오정희 · 박완서 소설의 두 가지 풍경

이정희(李貞姬)

1968년 경북에서 태어나 경희대학교 국어국문학과 및 동 대학원 국어국문학과를 졸업했다(문학박사). 현재 경희대학교 비교문화연구소 연구박사로 재직중이며 『여성과사회』 (창작과비평사) 편집위원을 맡고 있다. 주요 논문으로 「근대 여성지 속의 자기서사 연구」 「노동문학 속의 여성상―정화진과 방현석을 중심으로」 「훈육되는 몸, 저항하는 몸―1980년대 초반의 여성 노동수기를 중심으로」 등이 있으며, 주요 평론으로 「그녀의 아름다운 시작, 그리고 나의―공지영론」 「자전적 여성 에쎄이의 두 측면」 「여성성공담의 유행과 페미니즘의 현주소」 등이 있다.

청동거울 문화점검 ❷❺

오정희·박완서 소설의 두 가지 풍경

2003년 11월 5일 1판 1쇄 인쇄 / 2003년 11월 15일 1판 1쇄 발행

지은이 이정희 / 펴낸이 임은주
펴낸곳 도서출판 청동거울 / 출판등록 1998년 5월 14일 제13-532호
주소 (137-070) 서울 서초구 서초동 1359-4 동영빌딩 / 전화 02)584-9886~7
팩스 02)584-9882 / 전자우편 cheong21@freechal.com

편집장 조태림 / 편집 곽현주 / 영업관리 김경우
북디자인 하은애 김세희

값 13,000원

ISBN 89-5749-009-4

청동거울 문화점검 ㉕

오정희·
박완서
소설의 두 가지
풍경

한국 소설에 나타난 근대와 여성

이 정 희 지음

청동거울

머리말

　내 앞에 높은 산이 우뚝 서 있다. 산의 아름다움에 취해 오르지만 자꾸만 길을 잃고 만다. 그러나 이따금씩 나타나는 탁 트인 시야와 그것이 선사하는 상쾌한 즐거움 때문에 발길을 돌리지도 못한다. 오정희와 박완서의 문학은 내게 이 산과 같은 존재였고 지금도 그러하다. 『오정희·박완서 소설의 근대성과 젠더의식 비교연구』로 박사 학위를 받은 지 어느덧 3년이 되어 간다. 논문을 제출하던 즈음, 나는 미진했던 부분들을 보완하여 그야말로 멋진 책으로 출간하겠다는 야심도 만만한 포부를 가졌었다. 그러나 그 논문을 책으로 출간하게 된 지금, 산이 너무 높고 험하다는 변명 아닌 변명을 늘어놓고 있다.

　오정희와 박완서는 우리의 여성문학사에서 누구도 부인할 수 없는 독보적인 위치를 차지하고 있다. 30년이 넘는 창작기간 동안 그들이 보여준 창작에의 열정은 장인정신이라는 상투적인 말로는 다 설명할 수 없는, 그러나 또 그 말 이외에는 다른 적절한 말이 떠오르지 않는 그렇게 철저하고도 왕성한 것이었다. 우리의 여성문학사가 『토지』의 작가 박경리와 함께 오정희, 박완서를 갖게 된 것은 그런 점에서 행운이 아닐 수 없다. 사실 해방 이후의 여성문학사가 오정희, 박완서, 박경리라는 세 개의 산을 중심으로 그 밑그림이 그려진대도 거기에 반박할 만한 사람은 그리 많지 않을 것이다. 내가 박사 논문을 낸 후 지난 3년 동안에만도 오정희와 박완서의 문학에 대한

석·박사논문이 수십 편 쏟아져 나왔으니 이를 명백한 증거로 삼아도 될 듯하다.

　그러나 오정희와 박완서의 문학에 대한 내 특별한 관심은 그런 이유에서만 비롯된 것은 아니다. 그들의 문학 속에는 자기를 찾아나가는 집요한 탐구심이 숨어 있다. 그들의 문학 전체를 하나의 단일한 서사로 간주할 때 우리는 선명하게 그려지는 한 편의 성장드라마를 만나게 되는데, 그것을 일컬어 나는 '자기발견의 서사'라고 명명해 보았다. 시련과 갈등을 넘어 자기에로 돌아오는 서사구조는 여성의 글쓰기에 관심을 갖고 있던 내게 썩 흥미로운 현상이었다. 더욱이 자전적 성격을 강하게 드러내는 박완서뿐만 아니라 자전적 이야기를 허구라는 외피로 은밀하게 감추고 있는 오정희까지 그러하다는 사실에 깊은 흥미를 느꼈다.

　또한 오정희와 박완서의 문학이 근대화 시기를 살았던 우리 여성들의 삶과 생활과 감정을 담아내고 있다는 사실에서 여성의 근대체험이 이루어지는 독특한 양상을 살펴볼 수 있는 의미 있는 텍스트라는 확신을 얻을 수 있었다. 박완서의 문학에는 일제시대에 유년기를 보낸 여주인공이 전쟁과 산업화를 겪으면서, 나아가 여성해방이념이 도래하는 1980년대를 거치면서 변모되는 양상이 비교적 세밀하게 그려져 있다. 오정희의 문학에는 전후에 유년기를 보낸 여주인공이 결혼하고 아이를 낳는 과정에서 겪게 되는 변모가 다양한 상징들 속에 은유적으로 그려져 있다.

이러한 양상들은 여성의 근대체험이 남성의 근대체험과는 어떻게 다른가를 살펴보는 데 의미 있는 단서가 되었다. 이 책의 내용은 바로 그러한 차이를 풀어내는 내 나름의 언어이다. 이 언어들은 때로 깊은 산중에서 길을 잃기도 하고 길을 가로막는 육중한 바위와 만나기도 했지만 결국에는 산 정상에 올랐다. 그러나 산에 오르기까지의 과정을 한마디로 요약하겠다는 내 시도는 번번이 실패하고 말았다. 이제 그 과정을 짚어보는 일은 독자의 몫으로 남겨 둔다. 오정희 소설 속의 여성인물들은 환멸의 근대체험 속에서 히스테리의 증후를 보이게 된다는 식의 요약이나, 박완서 소설 속의 여성인물들은 양가적(兩價的)인 근대체험 속에서 양가성(兩價性)을 보이는 신여성이 된다는 식의 요약은 아무래도 내 논문의 내용을 충분히 담아내지 못한다는 말로 변명을 대신하고 싶다. 다만 여성의 근대체험은 자기발견의 과제와 깊이 맞물려 있다는 점에서 남성의 근대체험과는 다르다는 사실을 덧붙여 둔다.

박사학위논문을 수정하여 책으로 출간한다. 그러나 그것은 어설픈 용어를 바꾸거나 일부 내용을 수정·삭제하는 아주 초보적인 데서 그쳤다. 부끄러운 마음이 앞서지만 한편으로는 큰짐을 던 듯한 느낌도 든다. 미숙아를 세상에 내놓은 듯한 걱정스러움이 늘 마음 한 구석에 남아 있었기 때문이다. 이제 논문을 책으로 내놓는 마당에 많은 분의 학덕과 그분들께 진 마음의 빚이 새삼스런 무게로 다가온다. 그러나 앞으로 공부하고 글을 쓰는 과정에서 그 빚을 조금이나마 갚아나갈 수 있으리라 믿고 싶다.

논문을 쓰는 데 도움을 주신 많은 분들이 계신다. 논문의 단점보다는 장점을 더 많이 보아 주시면서 격려를 아끼지 않으셨던 지도교수 조해일 선생님, 논문심사를 맡아 주셨던 동국대학교의 한용환 선생님, 숭실대학교의 한승옥 선생님, 그리고 모교의 김재홍 선생님과 김종회 선생님, 그분들의 따뜻한 격려와 날카로운 조언이 없었다면 내 논문은 이나마도 완성도를 갖추기 어려웠을 것이다. 고개 숙여 감사드린다. 더불어 학문의 길에서 든든한 길동무가 되어준 학교의 선후배와 동기들, 여성연구소 문학연구실 회원들에게도 고마운 마음을 전한다. 또한 책 출간을 흔쾌히 허락하고 도와주신 청동거울 식구들에게도 감사드린다.

공부하고 가르치는 딸을 자랑스러워하시면서도
늘 안타까워하셨던 부모님께 이 책을 드린다.

2003년 초겨울
水原에서 이정희

7

차례

제1장
서론

제1장
서론

1. 문제 제기

　박완서·오정희가 왕성하게 창작활동을 벌인 1970년대에서 90년대에 이르는 시기는, 근대의 발전 이데올로기가 전면적으로 확산된 시기이자 이러한 발전 이데올로기의 허구성이 점진적으로 비판된 시기이다. 즉, "과학과 기술의 진보, 산업혁명, 그리고 자본주의에 의해 야기된 광범위한 사회 경제적 변화의 산물"인 사회·역사적 근대성이 전면적으로 확산되는 동시에, 이에 반작용해 온 미적 근대성이 차츰 그 면모를 드러낸 시기였다.[1] 그러므로 박완서·오정희의 소설세계에는 작가 자신이 자각했든 자각하지 못했든, 이러한 근대성의 경험이 필연적으로 투영되어 있다. 더불어 "여성문학사에서

---

1) 사회·문화적 근대성과 미적 근대성 개념은 『모더니티의 다섯얼굴』(Calinescu, M., 이영욱 外 옮김, 시각과언어, 1998, pp.53~54, p.103)을 참조했음.

6 · 70년대는 보수적 여성 의식에 대한 반성이 적극적으로 이루어지면서 여성 억압적인 현실과 여성 자아의 주체적 자각의 문제가 여성문학의 중심 테마로 자리잡기 시작한 시기"라는 지적[2]에서도 알 수 있듯이, 박완서 · 오정희의 소설세계에는 여성 자아에 대한 인식이 뚜렷하게 자리잡고 있다.

예컨대 박완서[3]는 근대세계에 양가적(兩價的) 태도를 보이는 여성 인물들을 통해 근대의 양면성을 비판적으로 조명하는 한편, 당대에 새롭게 부상하는 여성상을 적극적으로 형상화함으로써 근대와 여성의 긴장관계를 뚜렷하게 보여주었다. 또 오정희[4]는 환멸의 근대체험 속에서도 근대의 위계적 성별 이분법을 넘어설 수 있는 새로운 가능성을 모색하는 여성인물들을 통해 남성적 근대를 비판적으로 조명하는 한편, 남성적 근대의 부정적인 극복 방식으로 여성인물들은 히스테리의 증후를 무의식적으로 선택한다는 것을 보여주었다. 물론 후기로 갈수록 오정희 소설의 여성인물들은 여성육체의 히스테리화를 극복해 가는 양상을 보이지만, 주된 경향은 역시 히스테리

---

2) 김양선, 「왜곡과 침묵의 서사에서 정체성과 발화의 서사로의 긴 여정―근 · 현대문학에 나타난 여성문제 인식의 변모양상」, 『문학사상』(1999년 4월호).
3) 박완서(1931~)는 1970년 「裸木」으로 『여성동아』 여류장편소설 공모에 당선한 이래 30년에 걸친 창작기간 동안 13권의 장편소설과 100여 편에 이르는 중 · 단편소설 및 꽁트, 수필, 동화 다수를 발표했다. 현재, 도서출판 세계사에서 14권의 박완서 소설전집 『휘청거리는 오후』 『도시의 흉년(上 · 下)』 『살아있는 날의 시작』 『욕망의 응달』 『목마른 계절』 『엄마의 말뚝』 『오만과 몽상』 『그해 겨울은 따뜻했네』 『나목』 『서있는 여자』 『미망(上 · 下)』 『그대 아직도 꿈꾸고 있는가』가 나와 있고, 도서출판 문학동네에서 5권의 단편소설 전집 『어떤 나들이』 『조그만 체험기』 『아저씨의 훈장』 『해산바가지』 『가는비, 이슬비』가 나와 있다. 이 19권의 책에 장편소설 『그 많던 싱아는 누가 다 먹었을까』(웅진, 1992), 『그 산이 정말 거기 있었을까』(웅진, 1995)와 창작집 『너무도 쓸쓸한 당신』(창작과비평사, 1998)을 더하면 지금까지의 박완서 소설이 거의 망라된다.
4) 오정희(1947~)는 1968년 「완구점 여인」으로 중앙일보 신춘문예에 당선되어 등단한 이래, 30년이 넘는 창작기간 동안 4권의 창작집 『불의 강』(1977), 『유년의 뜰』(1981), 『바람의 넋』(1986), 『불꽃놀이』(1995)와 1권의 중편소설 『새』(1996)를 냈다. 그 외에 꽁트집 『술꾼의 아내』(1993), 장편동화 『송이야, 문을 열면 아침이란다』(1993), 수필집 『물안개 피는 날』(1991), 『허리 굽혀 절하는 뜻은』(1994)이 있다.

아들의 증후적 발화라고 할 수 있다. 박완서·오정희 소설에 나타난 이러한 특징은 여성작가들이 또 하나의 문학적 주체로서 근대성의 경험을 형상화해 왔고 그것도 여성 주체의 경험을 형상화해 왔음을 보여준다.

그러나 여성작가들의 작품에 나타난 근대성과 여성의 정체성 정립 사이의 상관성에 주목한 논의는 아직까지 많지 않다. 그 이유는 첫째, 여성작가들은 사회 현실보다는 개인의 내면성을 탐구하는 데 관심을 기울인다는 통념이 작품해석의 시야를 암암리에 제한하고 있기 때문이다. 이는 페미니즘 문학비평의 시각이 정립되기 전에는 오정희 소설에 대한 평가가 개인의 실존의식을 보여준다는 데 집중되었던 것에서도 확인된다.

둘째는, 첫번째 이유와 어느 정도 관련되는 것으로서 근대적 주체는 여성이 아닌 남성이라는 이데올로기적 이분법이 작동된 결과이다. 우리 문학사 기술에서 근대문학의 장을 연 선각적인 지식인이자 문학인으로 거의 언제나 이광수·최남선이 거론되는 데서 알 수 있듯이, 근대적 주체는 보편성의 담지자로 간주되는 남성으로 일원화되어 왔고 근대문학의 주체 역시 남성작가로 일원화되어 왔다. 이러한 이분법은 여성작가들의 작품 속에 표현된 여성들의 고유한 근대체험을, 남성들의 근대체험과는 다르다는 이유로 외면하는 결과를 낳았다.

셋째는, 우리의 페미니즘 문학논의의 현재적 한계와 관련되는 것으로서 여성 주체가 대개 몰역사적이고 본질적인 주체로 상정되고 있다는 것이다. 여성은 하나의 보편적인 계급으로 환원될 수 없는, 차이를 가진 복수(複數)의 주체들이다. 여성은 현실의 역동성 속에서 끊임없이 재구성되는 '과정 중의 주체'로서, 그러한 여성들의 경험은 사회·역사적 현실과의 상호작용 속에서 생성되는 것이다. 다시 말하면, 여성성 혹은 모성성이란 본질적인 생물학적 조건의 결과가 아니라 사회·역사적 현실의 구성물이다. 그러므로 여성작가들의 작품에 나타난 여성성 혹은 모성성은 언제나 사회·역사적 맥락 위에서 조명되어야 한다. 그리고 그럴 때, 비로소 여성의 경험 속에 각인된 근대성의 경험 역시 발견될 수 있다.

　본고에서는, 지금까지의 여성작가 연구가 노정해 온 이러한 한계를 극복하는 일환으로서 근대성과 여성의 정체성 정립 사이의 상관성에 주목하여 오정희·박완서 소설을 비교 연구하고자 한다. 비교의 근거는, 여성의 자아발견의 서사를 두 갈래로 나눌 때 오정희와 박완서는 그 각각의 흐름을 대표하는 작가로 간주될 수 있다는 것이다. 여성의 자아발견의 서사는 페미니스트 성장소설(Feminist Bildungsroman)과 각성소설(The Novel of Awakening)로 대별될 수 있는데, 페미니스트 성장소설은 내적 세계에서 외적 세계로 지향해 가면서 사회적 자아(public self) 발견의 여정을 보여주는 소설을, 각성소설은 숨겨진 여성적 자아(female self)를 찾기 위하여 외적 지향보다 내적인 지향을 묘사하면서 각성 자체의 순수하게 내향적이고 개인적인 체험을 중시하는 소설을 가리킨다.[5] 도시로 입성한 어린 주인공이 주체적인 여성상을 발견해 가는 성장소설의 구조를 취하고 있는 박완서의 소설세계는 페미니스트 성장소설의 대표적인 경우로, 그리고 지방 소도시를 배경으로 성장하는 여성 주인공이 내면

---

5) Felski, R. *Beyond Feminist Aesthetics*, Harvard University Press, 1989, pp.127~128.

의 불안과 혼돈을 극복하고 자기 안에 숨겨진 여성성·모성성을 새롭게 발견해가는 과정을 그리고 있는 오정희의 소설세계는 각성소설의 대표적인 경우로 볼 수 있다.

그러므로 본고에서는 오정희·박완서의 소설세계를 비교 연구함으로써, 일차적으로는 페미니스트 성장소설과 각성소설에 나타난 근대체험의 차이를 규명하고자 한다. 그리고 두 번째로는 여성인물들의 정체성 정립에 주목하여 근대체험과 정체성 정립 사이의 상관성을 밝히고자 한다. 이는 그 동안 관심의 대상이 되지 못했던 여성소설의 근대성을 규명하는 작업으로서, 그리고 남성 주체를 중심으로 전개되어 온 우리 문학의 단선적인 근대성 논의를 다면화시키는 작업으로서 의미가 있다. 이러한 작업은 앞으로 한국 여성소설의 특질을 규명하는 데로, 궁극적으로는 한국문학의 특질을 규명하는 데로 확대되어야 할 것이다.

2. 연구사 검토

1) 오정희 문학연구에 대한 연구사

오정희 문학연구의 경우, 처음에는 주인공들이 겪는 존재론적인 불안이라는 주제의식에 초점이 맞춰지다가,[6] 점차 오정희 문학의 미학적 특성을 해명하려는 방향으로 확장된다.[7] 여성문학적 특성에 주목한 논의는 1980년대 후반부터 활기를 띠기 시작한 여성문학 논의에 힘입어 이루어지는데, 그것은 크게 세 갈래로 나뉜다.

첫째, 여성인물의 정체성 탐구와 관련된 논의이다. 여성문학에서의 정체성 논의는 대개 여성성·모성성의 획득이라는 측면에서 이루어지는데, 오정희 문학의 경우에는 독특하게 광기의 의미를 해명하는 데서부터 출발하여 모성성의 의미를 모색하는 데로 나아간다. 그러므로 정체성 탐구와 관련된 논의도 다시 세 갈래로 세분하여 살펴볼 수 있다.

먼저, 광기의 의미에 주목한 김경수, 김복순, 심진경의 논의를 살펴보면 다음과 같다.

김경수는 『불의 江』에서 보이는 "태아살해의 강박관념은 『幼年의 뜰』에 등장하는 계집아이들의 경험과 깊은 상관성이 있다"고 지적

6) 권영민, 「오정희와 소설적 열정」, 『소설의 시대를 위하여』(이우출판사, 1983).
　김병익, 「성장소설의 문화적 의미」(『세계의 문학』 1981년 여름호).
　____, 「세계에의 비극적 비전」, 『월간조선』(1982년 7월호).
　김승환, 「오정희론—오정희적 자아의 존재양상에 대하여」, 『한국현대작가연구』(민음사, 1989).
　김용구, 「일상의 감힘과 밀침」, 『세계의문학』(1983년 겨울호).
　김주연, 「말의 순결 그 파탄과 회복」, 『세계의문학』(1981년 가을호).
　김치수, 「외출과 귀환의 변증법」, 『불꽃놀이』 해설(문학과지성사, 1995).
　____, 「전율 그리고 사랑」, 『유년의 뜰』 해설(문학과지성사, 1981).
　김 현, 「살의의 섬뜩한 아름다움」, 『불의 강』 해설(문학과지성사, 1977).
　____, 「삶의 양면성에서 느껴지는 긴장감」, 권영민 엮음, 『한국현대작가연구』(문학사상사, 1991).
　____, 「새와 상처받은 유년」, 『뿌리깊은 나무』(1980년 8월호).
　____, 「새와 상처받은 유년」, 『한국문학』(1980년 9월호).
　박혜경, 「신생을 꿈꾸는 불임의 성」, 『불의 강』 신판 해설(문학과지성사, 1997).
　박찬종, 『오정희론—비관적 세계인식의 근원』(중앙대 석사학위논문, 1997).
　성민엽, 「존재의 진실의 추구」, 『우리시대의 작가』 11 해설(동아출판사, 1987).
　____, 「존재의 심연에의 응시」, 『바람의 넋』 해설(문학과지성사, 1986).
　신철하, 「성과 죽음의 고리—오정희의 소설구조」, 『현대문학』(1987년 10월호).
　오생근, 「오정희 문학론—허구적 삶과 비관적 인식」, 『야회』 해설(나남, 1990).
　____, 「집, 가족, 그리고 개인—이청준과 오정희의 경우」, 『현실의 논리와 비평』(문학과지성사, 1994).
　원 화, 『오정희 소설 연구—작중인물 분석을 중심으로』(경희대학교 석사학위논문, 1998).
　이남호, 「휴화산의 내부」, 『문학의 위족2』(민음사, 1990).
　이태동, 「오정희의 〈동경〉」, 《동아일보》(1982년 4월 22일).
　이혜원, 「도도새와 금빛 잉어의 전설을 찾아서」, 『작가세계』(1995년 여름호).
　정정숙, 「유년체험의 소설적 변형—오정희론」, 『한성어문학』(1997. 5).
　정현기, 「유년기 체험소설 연구」, 『매지논총』(연세대학교, 1994).

한다. 즉 「幼年의 뜰」「中國人 거리」의 "계집아이들은 한 사회가 강제한 성의 이데올로기에 대한 거부감 속에서 성장"하는데, 이는 성인이 되었을 때 보이는 태아살해 등 광기의 심리적 원천을 형성한 다는 것이다.[8] 그러면서 태아살해, 임신중절 등으로 나타나는 광기 는 "개체로서의 자아를 찾으려는 여성의 적극적인 행위의 결과"라 고 설명한다. 광기의 근저에 "가부장제의 허구성 및 여성에게 부과 된 성역할 모델에 대한 회의와 환멸"이 깔려있다고 보기 때문이다.[9]

김복순[10]도 태아살해, 유아방기, 어린이 유괴, 방화, 동성애 및 왜

7) 권영민, 「현실적 상황과 소설적 상상력」, 『문학과지성』(1978년 봄호).
　　　　, 「동시대인들의 꿈 혹은 고통」, 『문학사상』(1982년 12월호).
　　권오룡, 「원체험과 변혁의식」, 『우리세대의 문학』(1985년 1월호).
　　김기주, 「욕망의 기의, 기의에의 욕망」, 『한국문학연구』(동국대, 1997).
　　김병진, 『오정희 소설의 문체와 기법 연구』(한국외국어대학교 석사학위논문, 2000).
　　김윤식, 「창조적 기억 회상의 형식」, 『소설문학』(1985년 11월호).
　　김화영, 「개와 늑대 사이의 시간」, 『문학동네』(1996년 가을호).
　　노수진, 『오정희 소설의 시간구조 분석』(동국대학교 석사학위논문, 1998).
　　노희준, 『오정희 소설 연구―시·공간 구조를 중심으로』(경희대학교 석사학위논문, 1998).
　　박혜경, 「불모의 삶을 감싸안는 비의적 문체의 힘」, 『작가세계』(1995년 여름호).
　　　　, 「안과 밖이 어우러져 드러내 보이는 무늬」, 『문학과사회』(1996년 겨울호).
　　신철하, 「'별사'의 죽음」, 『문학정신』(1992년 4월호).
　　이상섭, 「〈별사〉의 수수께끼」, 『문학사상』(1984년 8월호).
　　이상신, 「'바람의 넋'의 다기능 문체 분석」, 『소설의 문체와 기호론』(느티나무, 1990).
　　이상우, 「의식의 흐름과 불연속적 장면제시」, 『현대소설론』(양문각, 1993).
　　이중재, 「오정희 소설을 읽는 방법―'저녁의 게임'을 중심으로」, 『동국어문학』, 1996.
　　임금복, 「한국적 외디푸스 콤플렉스의 초상」, 『비평문학』, 1993.
　　임순만, 「미학의 정점―오정희 소설」, 『옛우물』 해설(청아출판사, 1994).
　　정우련, 『오정희 소설의 서술시점 연구』(경성대학교 석사학위논문, 1999).
　　정재석, 「의식의 흐름과 그 서사적 변주 : 오정희의 '옛우물'」, 한국소설학회 엮음, 『현대소설 플롯의 시학』(태학사, 1999).
　　최윤정, 「부재의 정치성」, 『작가세계』(1995년 여름호).
　　황도경, 「빛과 어둠의 이중문체」, 『문학사상』(1991년 1월호).
　　　　, 「불을 안고 강 건너기」, 『문학과사회』(1992년 여름호).
　　　　, 「뒤틀린 성, 부서진 육체」, 『작가세계』(1995년 여름호).
　　　　, 「어긋나는 말, 혹은 감추어진 말 : 오정희 인물의 말하기」, 『작가세계』(1996년 가을호).
8) 김경수, 「여성적 광기와 그 심리적 원천―오정희 초기소설의 재해석」, 『작가세계』(1995년 여름호).
9) 김경수, 「여성성의 탐구와 그 소설화」, 『문학의 편견』(세계사, 1994).
10) 김복순, 「여성 광기의 귀결, 모성혐오증」, 한국문학연구회 편, 『페미니즘은 휴머니즘이다』(한길사, 2000).

곡된 성적 관계 등으로 나타나는 여성인물의 광기에 주목하면서, 이 광기는 가부장제에 대한 거부를 의미하는 것이기 때문에 여성문학의 새로운 가능성으로 평가될 수 있다고 말한다. 그러면서도 태아살해가 "어머니와의 일체감을 확보하려는 구원 열망"과 관계된다고 분석하는 자리에서는, 자궁회귀를 지향하는 여성인물들에게는 "진정한 성장이 없다"고 단정하고 있어, 광기가 어떤 측면에서 여성문학의 새로운 가능성이 될 수 있는지 불분명하다.

심진경[11]은 오정희 초기소설의 특징을 모성의 거부에서 찾는다. 「幼年의 뜰」 「中國人 거리」 「완구점 여인」이 생물학적 모성에 대한 거부를 보여준다면, 「燔祭」는 어머니 되기의 거부를 보여준다는 것이다. 그러나 이 거부는 철저하지 못해 가부장제 질서의 경계에서 흔들리는 모습으로 나타난다고 설명한다. 예컨대 「燔祭」에서 태아살해라는 비정상적인 형태로 나타나는 어머니되기의 거부는 "가부장제적 질서 속으로 편입되고 싶은 욕망"의 표현이자, 동시에 "가부장제적 질서에 대한 무의식적·의식적 거부의식", "자신의 진정한 모성성에 대한 탐색의 시도"라고 해석한다. 이는 여성인물들이 경험하는 모성이 "그리 단순하지 않다"는 것을 보여주는 진술들이지만, 서로 모순되는 진술로 읽힐 수 있으므로 섬세한 설명이 요청된다.

다음으로, 모성성의 의미에 주목한 하응백, 이태동의 논의를 살펴보면 다음과 같다.

하응백은 오정희 소설의 전개과정이 "안온한 일상에 안주하려는 우리 시대 여성의 삶을 일깨워 그것이 진실인가 허위인가를 밝혀나

---

11) 심진경, 「오정희 초기소설에 나타난 모성성 연구」, 서강여성문학연구회 편, 『한국문학과 모성성』(태학사, 1998).

가는 집요한 자기성찰의 과정, 자기정체성의 확인 과정"이었다고 평가하면서,[12] 「옛우물」에 이르러서는 모성성으로의 지향을 보여준다고 진단한다.[13]

이태동[14]은 오정희는 한국문학의 기층을 이루고 있는 생명력과 깊은 관계가 있는 여성의 정체성을 지속적으로 탐색하고 있다고 평가하면서, 오정희 소설세계에서 여성은 성별을 초월한 생명의 근원과 관련될 뿐 아니라 가부장적 남성의 억압에도 불구하고 가정을 지배하고 이끌어 가는 역할을 한다고 평가했다.

그 외에 중산층 여성의 자아 정체성 정립 양상에 주목한 김영미·김은하, 우찬제, 송명희, 우미영, 박향자, 조정희, 이정선의 논의를 살펴보면 다음과 같다.

김영미·김은하[15]는 「어둠의 집」 「전갈」 「바람의 넋」을 분석하면서, 오정희의 여성인물들이 토로하는 자기 삶에 대한 회의와 집요한 불안의식은 여성의 진정한 자아찾기를 요구하는 긍정적인 출발이지만 그 출발에 비해 탐색의 과정은 지나치게 내면화되어 있고 소극적이라고 평가한다. 그러면서 내면으로만 향해 있는 그들의 시선이 외부세계로 확대될 필요가 있다고 말한다.

우찬제[16]는 오정희 소설의 주인공들은 집 안에 갇힌 넋을 일으켜 '집 밖의 꿈'을 꾸는데, 그것은 세가지 유형으로 나뉜다고 설명한

---

12) 하응백, 「자기정체성 확인과 모성적 지평」, 『작가세계』(1995년 여름호).
13) 하응백, 「소멸에의 저항과 모성적 열림—옛우물 자세히 읽기」, 『문학과 사회』(1996년 겨울호).
14) 이태동, 「여성작가 소설에 나타난 여성성 탐구—박경리, 박완서 그리고 오정희의 경우」, 『한국문학연구』(1997.3).
15) 김영미·김은하, 「중산층 여성의 정체성 탐구—오정희와 김채원의 소설을 중심으로」, 『오늘의 문예비평』(1991.9).
16) 우찬제, 「'텅 빈 충만', 그 여성적 넋의 노래」, 이남호·이광호 엮음, 『오정희 문학앨범』(웅진, 1995).

다. '유예의 감금의식', '거부당한 기아의식', '상상적인 미망인 의식'이 그것이다. 이 의식 속에서 오정희는 환(幻)의 언어와 환(幻)의 눈을 통해 텅빈 충만의 세계에 사로잡힌 여성적 넋을 노래한다고 평가한다.

송명희[17]는 1980년대를 전후하여 쓰여진 오정희의 소설들이 여성 정체성에 대한 탐구라는 페미니즘 문학의 전형적 모티프를 사용하여 주부의 일상성이 여성의 삶에 강요해 온 횡포와 억압을 드러내고 있지만, "여성적 삶의 소외와 모순을 극복하고 주체성과 개성을 실현하는 결말 및 주체적 인간상을 제시하는 실천적 페미니즘의 단계로 발전하고 있지는 못하다"고 비판한다.

우미영[18]은 『불의 江』과 『幼年의 뜰』을 중심으로 여성의 주체성이 형성되는 과정을 다음과 같이 설명한다. 즉 오정희 소설의 여성인물들은 세계를 감각적인 방식으로 이해하는데, 그들은 아버지나 오빠 같은 남성인물에게는 '무관심의 시선'을 보내는 반면, 여성인물들에게는 '감정이입의 시선'을 보낸다는 것이다. 그들은 자기 동일성이라는 남성적 원리를 무의식적으로 수용하는 동시에 여성의 특성과 맞닿아 있는 타자성도 함께 갖고 있기 때문에, 가부장적 현실 사회와 주체적인 여성의 무의식적인 욕망이 상호작용하는 경계에서 혼란스러워 하고 있다는 것이다.

박향자[19]는 정체성(identity), 모성(motherhood), 성(sexuality)의 세 가지 기준을 제시하여 작품을 분석하면서, 오정희 소설은 심리적

---

17) 송명희, 「한국소설의 페미니즘―오정희와 김향숙의 경우」, 『동양문학』(1991년 3월호) ; 『문학과 성의 이데올로기』(새미, 1994)에 재수록.
18) 우미영, 「세계에 대한 부정의식과 탈주욕망―오정희론」, 『현대소설의 여성성과 근대성 연구』(깊은샘, 2000).
19) 박향자, 『여성중심적 시각에서 본 오정희의 작품세계』(계명대학교 석사학위논문, 1993).

리얼리티의 추구나 반전의 기법을 통해 중산층 여성의 문제를 탁월하게 포착했다고 평가한다. 조정희[20] 역시 오정희 소설이 타자화된 여성들의 정체성 찾기라는 문제를 다룬 것으로 여성주의 소설로서의 의미가 있다고 분석한다. 그리고 이정선[21]은 오정희 소설이 페미니즘 문학의 전형적인 모티프인 여성의 정체성이나 자아의 문제를, 중산층 중년여성을 주인공으로 공간의 이동과 의식의 흐름을 병치시키면서, 작품 속에 탁월하게 형상화해 내고 있다고 평가한다.

둘째, 여성적 문체나 여성적 글쓰기의 문제와 관련된 논의가 있다.

김혜순[22]은 「옛우물」를 분석하면서 "오정희의 소설은 여성적 글쓰기의 전범"이라고 평가하면서, 이 여성적 글쓰기는 여성으로서의 성찰적 글쓰기와 기억의 재생을 통한 여성적 통과의례를 감당해내는 글쓰기의 복합으로 이루어진다고 설명한다.

이상신[23]은 「夜會」에 나타난 13개의 주요장면을 분석한 후, 「夜會」의 특징은 '여성적 글쓰기 정신'의 구현에 있다고 평가한다. 여기서 '여성적 글쓰기 정신'이란 혼돈과 무질서 속에서 오히려 새로운 의미를 창조하는 변혁지향적인 정신을 가리키는 것으로 사용되는데, 모든 존재는 규범적인 이성의 언어로는 설명될 수 없는 무수한 '틈새'를 갖고 있기 때문에 여성적 글쓰기는 '존재의 본질'을 추구하는 데 적확한 형식이 될 수 있다고 말한다. 그러나 이 논문은 오정희 문학의 특성을 섬세하게 서술한 글이라기보다는 해체론이 부

---

20) 조정희, 『오정희 소설에 나타난 여성주의―타자(The other)화된 인물을 중심으로』(성신여자대학교 석사학위논문, 1997).
21) 이정선, 『오정희 소설에 나타난 중산층 여성의 자아 탐색』(경남대학교 석사학위논문, 1996).
22) 김혜순, 「여성적 정체성을 향하여」, 『옛우물』 해설(청아출판사, 1994).
23) 이상신, 「광기, 그 영원한 틈새의 축복―〈夜會〉에 나타나나 여성적 글쓰기의 정신」, 김경수 外, 『페미니즘과 문학비평』(고려원, 1994).

상하고 있는 시대적 분위기를 더 많이 반영한 글로 보인다. 이는 「夜會」에 등장하는 인물 중 가장 유사성이 큰 인물인 길모와 명혜를 각각 '남성의 정신'과 '여성의 정신'을 표상하는 인물로 분류하는 도식적인 해석에서 단적으로 확인된다.

정영화[24)]는 오정희 소설에 나타난 상상력이 자기애와 죽음의 상상력으로 대별된다고 평가하면서, 이는 자폐적 문체전략과 환상적 문체에 대응된다고 설명한다. 자기애와 죽음의 상상력이 여성 특유의 삶의 경험에 근거하고 지배받는 것으로서 타자화되고 주변화된 여성의 시간을 응축하고 있다면, 자폐적 문체전략과 환상적 문체는 오정희의 텍스트를 '여성 특유의 성질'로 차고 넘치게 한다는 것이다. 그 외에 김은정[25)]은 오정희 소설이 '여성적 글쓰기'의 한 양태를 보여준다고 평가했고, 박미경[26)]은 오정희 소설의 글쓰기 전략이 여성의 삶을 탐사하기 위한 장치들이라고 진단했다.

셋째, 시·공간이나 상징과 같은 문학적 장치 내지 기법과 관련된 논의, 장르적 특성에 관한 논의가 있다.

먼저, 문학적 장치 내지 기법과 관련된 논의는 주로 공간의 상징성을 중심으로 이루어진다. 성현자[27)]는 「꿈꾸는 새」「비어있는 들」에서 "공간은 〈집〉과 〈길〉로 분할되고, 그 기능은 〈내부〉와 〈외부〉로 대립되면서 주인공의 〈일탈〉과 〈회귀〉라는 행위구조와 상응되고 있다"고 분석한다. 이는 오정희 문학을 논할 때 자주 언급되는 외출

---

24) 정영화, 『오정희 소설연구—여성적 상상력과 문체징후를 중심으로』(중앙대학교 석사학위 논문, 1996).
25) 김은정, 「여성적 자아로의 접근—오정희 담론의 한 연구」, 안숙원 외 공저, 『한국여성문학 비평론』(개문사, 1995).
26) 박미경, 『오정희 소설 연구—글쓰기 전략을 중심으로』(동덕여자대학교 석사학위논문, 1998).
27) 성현자, 「오정희 소설의 공간성과 죽음」, 『충북대 인문학지』(1989.4).

모티프의 성격을 공간 연구를 통해 구체화했다는 점에서 의미가 있다. 그리고 남혜란[28]은 성현자의 논문을 그대로 답습하여 「꿈꾸는 새」「비어있는 들」「바람의 넋」「전갈」「순례자의 노래」의 공간을 서술했다.

다음으로 장르적 특성과 관련된 논의는 주로 성장소설을 중심으로 이루어진다. 기성학자인 김윤식[29]은 「中國人 거리」를, 여성인물의 성장과정을 그린 것이기보다는 한 작가가 자기의 유년시절을 회상한 것에 지나지 않기 때문에, 게다가 주인공은 성장하지도 않기 때문에 "성장소설과 관련이 없다"고 평가한다. 반면, 신진학자들은 이를 부정한다. 가령 심진경[30]은 「幼年의 뜰」「中國人 거리」「완구점 여인」을 대상으로 여성인물의 성 정체성 형성 과정을 다루면서, 이 작품들은 성장소설의 한 형식으로 간주되어야 한다고 말한다. 왜냐하면 여기에 등장하는 "여자아이들은 사회적 현실을 부정하면서 전혀 새로운 자아를 형성하는 유토피아적 이상을 거부하고, 사회적 현실에 대한 순응을 배면에 깔고 그 위에서 여성 자아의 형성을 새롭게 모색하려고 시도"했기 때문이라는 것이다. 또한 김경수[31]도 「바람의 넋」은 주인공의 성적 정체성 탐색과 본래적 자아에 대한 확인 요구가 긴밀하게 맺어져 있기 때문에 성장소설로 보아야 한다고 말한다. 심진경과 김경수의 논의는 여성 억압적인 현실 속에서는 여성의 성장 경로 역시 남성의 그것과 다를 수밖에 없다는 전제에서 이루어진 것으로, 여성 성장의 고유성이라는 문제를 제기함과 동시에

---

28) 남혜란, 『오정희 소설의 공간 연구』(경남대학교 석사학위논문, 1998).
29) 김윤식, 「창조적 기억, 회상의 형식」, 『소설문학』(1985년 11월호).
30) 심진경, 「여성의 성장과 근대성의 상징적 형식―오정희의 유년기 소설을 중심으로」, 한국 여성문학회 편, 『여성문학연구』창간호(태학사, 1999).
31) 김경수, 「여성 성장소설의 제의적 국면」, 『페미니즘과 문학비평』(고려원, 1994).

우리의 성장소설 논의를 확장시켰다는 점에 의의가 있다.

지금까지 살펴본 오정희 소설의 여성문학적 특성에 주목한 논의의 의의는 다음과 같다.

첫째, 여성 정체성에 대한 탐구에서부터 여성적 문체나 글쓰기, 문학적 기법과 장치에 이르는 다양한 접근법에서 알 수 있듯이 오정희 소설의 여성문학적 특성을 구체화·다각화시켰다는 점이다. 여기서 특히 소장파에 해당될 심진경, 김경수, 우미영의 논의는 오정희 소설의 태반이라 할 수 있는 세계에 대한 부정의지를 여성 광기의 측면과 결합시켜 설명함으로써, 오정희의 여성인물들이 보이는 그로테스크한 광기를 여성의 저항의지로 해석할 수 있는 단서를 제공했다는 점에서 의미가 크다.

둘째, 오정희 소설에 대한 다양한 논의는 우리의 여성문학 논의를 한 단계 고양시키는 데 기여했다는 점이다. 여성해방적인 지향이 부재하다는 점에서, 특히 초기의 논의에서는 오정희 소설이 진정한 여성문학에는 미달되는 것으로 평가되었었다. 그러나 억압/해방의 이분법적인 시각이 극복됨에 따라 점차 억압의 경험 속에는 해방의 지향이 상징화된 형태로 내재되어 있음에 주목하게 되었다. 이는 억압/해방의 내용 중심적인 여성문학 논의를 형식미학적 논의로 확장시키는 계기를 마련했다는 점에서 의미가 있다.

이러한 의의에도 불구하고 지금까지의 오정희 문학연구는 작품의 난해성 때문인지 작품 속에 나타난 상징들을 섬세하게 해석해 내야 한다는 작품분석의 필수조건을 충족시키지 못한 경우가 많았다. 이는 "도식을 거부"하는 오정희 문학의 특성에 일차적인 원인이 있지만, 오정희 소설의 여성문학적 특성의 윤곽이 어느 정도 드러난 지금, 섬세하고도 치밀한 작품분석은 필수적으로 해결해야 할 과제이다. 또한 여성인물들이 경험하는 세계를 우리의 역사적 현실과 결합시켜 설명하는 작업도 요청된다. 오정희 소설의 여성인물들이 경험하는 세계는 인간의 실존적 기반이라는 추상적인 세계로 설명되는 경우가 많았다. 그러나 그들이 살아가고 경험하는 세계는 바로 근대화 시기의 우리의 사회·역사적 현실이다. 그리고 그들이 경험하는 세계의 부정성은 바로 우리 현실의 그것이다. 그러므로 여성인물들의 경험세계를 근대성의 경험이라는 보다 현실적인 맥락에서 해석할 필요가 있다. 이는 내면성의 문학으로 규정되어 온 오정희 문학이 실은 사회·역사적 현실과의 지속적인 상호작용 속에서 생성되었음을 보여주는 작업으로서 의미가 있다.

2) 박완서 문학연구에 대한 연구사

박완서 문학연구의 경우 처음에는 세태풍자·분단의 소설화 등 작품의 주제의식을 해명하는 데 초점이 맞춰지다가,[32] 점차 작품의 형식미학적 특성을 규명하려는 방향으로 나아가게 된다.[33] 그리고 1980년대 후반부터는 당시 활기를 띠기 시작한 여성문학 논의에 힘입어 여성문학으로서의 특성에 대한 논의가 적극적으로 이루어지게 되는데, 이는 크게 네 갈래로 나뉜다.

첫째는, 중산층 여성의 자기 인식이라는 주제에 관심을 기울인 논의로서, 긍정적 측면에 초점을 맞춘 경우와 부정적 측면을 부각시킨 경우로 이분된다.

먼저, 긍정적 측면에 초점을 맞춘 조혜정, 박혜란, 김치수, 이정

숙, 남진아, 이광호, 이선미, 김주연, 이태동, 하응백의 논의를 살펴

32) (a) 세태 풍자
　　김교선, 「生理的 感覺的 情緒形態의 小說」(『표현』 1989년 7월호).
　　김영무, 「朴婉緖의 소설세계」(『세계의 문학』 1977년 겨울호).
　　김우종, 「韓國人의 遺産과 그 未忘」(『세계의 문학』 1978년 봄호).
　　김주연, 「順應과 脫出—朴婉緖論」, 『변동 사회와 작가』(문학과지성사, 1979).
　　백낙청, 「사회비평 이상의 것」(『창작과 비평』 1979년 여름호).
　　서영채, 「사람다운 삶에 대한 갈망」, 박완서 단편소설 전집 3 『아저씨의 훈장』 해설(문학동
　　　　네, 1999).
　　성민엽, 「윤리적 결단과 소설적 진실—朴婉緖의 작품 세계」, 『지성과 실천』(문학과지성사,
　　　　1985).
　　염무웅, 「사회적 허위에 대한 인생론적 고발」(『세계의 문학』 1977년 여름호).
　　원윤수, 「꿈과 좌절」(『문학과 지성』 1976년 여름호).
　　이광훈, 「소시민적 삶과 일상의 덫—박완서론」(『현대문학』 1980년 2월호).
　　이동하, 「70년대의 소설」, 『한국 문학의 현단계1』(창작과비평사, 1982).
(b) 분단의 소설화
　　김문조, 「참회로의 긴 여로」, 『그해 겨울은 따뜻했네』 해설(중앙일보사, 1983).
　　김영민, 「상처의 인식과 그 치유」(『월간문학』 1991년 7월호).
　　김인환, 「이중의 분단」, 『그해 겨울은 따뜻했네』 해설(중앙일보사, 1983).
　　김주연, 「구원과 소설—朴婉緖의 〈부처님 근처〉」, 『문학을 넘어서』(문학과지성사, 1987).
　　유종호, 「고단한 세월 속의 삶」, 『나목, 도둑맞은 가난』 해설(민음사, 1997).
　　＿＿＿, 「고단한 세월 속의 젊음과 中年」(『창작과 비평』 1977년 가을호).
　　＿＿＿, 「불가능한 幸福의 秩序」『동시대의 시와 진실』(민음사, 1982).
　　윤병로, 「분단 극복 위한 민족적 정서로 승화」, 『박완서 문학 수상 작품집』(훈민정음,
　　　　1993).
　　이경훈, 「작가의 전쟁 체험 문학의 핵심적 구조」(『문학사상』 1996년 3월호).
　　이남호, 「〈말뚝〉의 사회적 의미」, 『문학의 위즉2』(민음사, 1990).
　　＿＿＿, 「그 때 거기에 있었던 아픔과 아름다움에 대하여」, 『그 산이 정말 거기 있었을까』
　　　　해설(웅진, 1996).
　　이선영, 「세파속의 생명주의와 비판의식」, 『그가을의 사흘동안』 해설(나남, 1991).
　　정규웅, 「목마른 계절의 세계」, 『제3세대 한국문학』(삼성사, 1983).
　　정호웅, 「상처의 두 가지 치유 방식」(『작가세계』 1991년 봄호).
　　정홍수, 「지난 연대를 향한 문학의 증언」(『창작과 비평』 1996년 봄호).
　　황광수, 「민족문제의 개인주의적 굴절」(『창작과 비평』 1985년 가을호).
(c) 종합적 접근 : 세태 풍자 + 분단의 소설화
　　김기숙, 『박완서 소설 연구 : 현실반영을 중심으로 한 작가의식 고찰』(연세대학교 석사학
　　　　위논문, 1994).
　　윤철현, 『박완서 소설 연구』(부산여자대학교 석사학위논문, 1991).
　　이경식, 『박완서 소설 연구』(경희대학교 석사학위논문, 1987).
　　이홍진, 『박완서 초기 장편소설 연구』(계명대학교 석사학위논문, 1996).
　　지지연, 『박완서 소설 연구』(경희대학교 석사학위논문, 1997).
　　최두연, 『박완서 소설 연구—산업사회의 변동과 소설의 관련양상을 중심으로』(안양대학
　　　　교 석사학위논문, 1999).
(d) 『미망』에 대한 논의
　　권영민, 「소설 〈미망〉의 구도」, 『미망』 해설(문학사상사, 1990).
　　박민숙, 『박완서 소설 〈미망〉 연구』(서강대학교 석사학위논문, 1998).
　　서준섭, 「개성상인 또는 근대적 시민을 찾아서: 박완서 장편소설 〈미망〉」(『현대문학』 1997
　　　　년 1월호).
　　신덕룡, 「고립된 폐쇄주의, 그 비극적 결말」(『동서문학』 1991년 겨울호).
　　이동하, 「근대화의 문제와 소설적 진실」(『작가세계』 1991년 봄호).

보면 다음과 같다.

  조혜정[34]은 기왕의 박완서 문학에 대한 비평을 '남근 중심적 비평'과 '남성 중심적 비평' '여성 해방문학 비평'의 세 가지로 나누어 비판하면서, 박완서가 비평가들에 의해 부당한 대우를 받고 있음을 신랄하게 지적했다. 박완서는 현 사회의 보이지 않는 '거대한 음모'를 일상생활 속에서 훌륭하게 집어내 주고 있는, 또한 핵가족화 과

33) **(a) 체험과 소설의 관련성에 대한 논의**
　　김영민, 「슬픔, 종교, 성숙, 글쓰기」(『오늘의 문예비평』 1995년 가을/겨울호).
　　김윤식, 「기억과 묘사」, 『그 많던 싱아는 누가 다 먹었을까』 해설(웅진, 1999).
　　김윤식, 「천의무봉과 대중성의 근거」(『문학사상』 1988년 1월호).
　　류보선, 「고통의 기억, 기억의 고통 : 〈그 많던 싱아는 누가 다 먹었을까〉 연작에 대한 단상」(『문학동네』 1998년 봄호).
　　신수정, 「증언과 기록에의 소명」(『소설과사상』 1997년 봄호).
　　신철하, 「기억·음화·미망」(『동서문학』 1998년 봄호).
　　안광진, 『박완서 장편소설 연구 : 체험의 소설적 형상화를 중심으로』(중앙대학교 석사학위논문, 1997).
　　정호웅, 「스스로 넓어지고 깊어지는 문학」, 박완서 단편소설 전집5 『가는 비,이슬비』 해설(문학동네, 1999).
　　하응백, 「한국 자전소설의 계보학을 위하여―박완서의 『그 많던 싱아는 누가 다 먹었을까』와 김형경의 『세월』, 『문학으로 가는 길』(문학과지성사, 1996).
　　(b) 문체 및 양식상의 특징에 대한 논의
　　권향숙, 『박완서 소설의 성장소설적 양상』(서강대학교 석사학위논문, 1999).
　　김민아, 『박완서 소설의 문체적 특성 연구』(동덕여자대학교 석사학위논문, 1999).
　　김희진, 『박완서 소설 연구: 풍자성을 중심으로』(중앙대학교 석사학위논문, 1995).
　　배경열, 「중간소설의 구조 미학」(『문학과 의식』 1995년 3월호).
　　신상성, 「중편적 미학―〈굶주린 혼〉과 〈엄마의 말뚝〉의 경우」(『현대문학』 1981년 11월호).
　　신수정, 「자아의 서사, 소설의 기원」, 박완서 단편소설 전집4 『해산 바가지』 해설(문학동네, 1999).
　　이두혜, 「박완서 〈엄마의 말뚝〉에 나타난 서사 전략 연구」(동아대학교 석사학위논문, 1996).
　　이태동, 「성장소설과 리얼리즘―박완서의 『그 많던 싱아는 누가 다 먹었을까』」(『소설과 사상』 1993년 여름호).
　　(c) 대중문학으로서의 특징에 대한 논의
　　권영민, 「박완서와 도덕적 리얼리즘의 성과」, 박완서·권영민·호원숙 옮김, 『박완서 문학앨범』(웅진, 1992).
　　오생근, 「한국 대중문학의 전개」, 권영민 편, 『해방 40년의 문학4』(민음사, 1977).
　　이동하, 「한국대중소설의 수준」, 『해방 40년대의 한국문학』(민음사, 1985).
　　(d) 등장인물의 특징에 대한 논의
　　유남옥, 「풍자와 연민의 이중성―박완서 소설에 나타난 노인」(『숙명여대어문논집』 제5호, 1995.12).
　　한상희, 『박완서 소설의 작중인물 연구』(경희대학교 석사학위논문, 1999).
34) 조혜정, 「박완서 문학에 있어서 비평은 무엇인가」(『작가세계』 1991년 봄호).

정에서 파생되고 있는 문제를 정확하게 포착하고 있는 여성주의 리얼리즘 문학의 새 장을 열어가고 있는 작가이므로 정당하게 평가되어야 한다는 것이다.

박혜란[35]은 『살아있는 날의 시작』 『서있는 여자』 『그대 아직도 꿈꾸고 있는가』에는 한국사회에서 여성들이 겪고 있는 억압의 다양한 양상이 예리한 시각으로 섬세하게 포착되어 있다고 평가하면서도, 여성 주인공이 의식화에 이르는 과정이 좀더 치밀하게 그려지지 못한 점이나 도식적인 구도는 한계라고 지적했다.

김치수[36]는 재래의 가족관계가 가지고 있는 여러 가지 문제를 조금씩 제기해 온 박완서가 『서있는 여자』에서는 이를 전면적으로 제기하고 있다고 평가하면서, 남녀평등의 문제는 우리가 살고 있는 삶속에 있는 모든 불평등의 문제를 가장 상징적으로 보여주기 때문에 보다 큰 보편성을 획득하고 있다고 지적했다.

이정숙[37]은 『서있는 여자』를 경숙여사와 연지의 이혼에 대한 대응방식의 차이를 통해 읽어내면서, 경숙여사가 "서성거리고 방황"하는 반면 연지가 "자신 있게 앉아" 있을 수 있는 것은 일을 가졌느냐 갖지 않았느냐에 있다면서, 작가가 연지의 목소리를 주장·관철시킨 것은 여성성이 중심이 되는 페미니즘 소설의 중요한 국면을 읽게 한다고 평가한다. 즉 여성의 일은 정체성의 확립 과제에 중대한 영향을 미친다는 사실을 보여주었다는 것이다.

남진아[38]는 '여성으로서의 독해(Reading as a woman)'의 입장 속

35) 박혜란, 「여자다움의 껍질벗기」(『작가세계』 1991년 봄호).
36) 김치수, 「함께 사는 꿈을 위하여」, 『우리시대의 작가, 박완서』(동아, 1987).
37) 이정숙, 「〈서 있는 여자〉, 그 서성거림의 두 가지 방식」(『서울사대 선청어문21』 1993.9).
38) 남진아, 『박완서 소설 연구』(인하대학교 석사학위논문, 1996).

에서 『나목』 『휘청거리는 오후』 『살아있는 날의 시작』 『서있는 여자』 『그대 아직도 꿈꾸고 있는가』 「꿈꾸는 인큐베이터」를 읽으면서, 박완서 소설의 여성문제 인식은 여성의 위치에 대한 자각에서부터 출발하여 인간평등사상, 생명존중사상의 보편적 가치로 확장되고 있다고 평가했다.

이광호[39]는 「꿈꾸는 인큐베이터」가 여성에 대한 남성의 억압을 고발하고 여성의 저항을 의식화하는 차원을 넘어 자본주의적 가부장제 사회의 이데올로기적 기반을 비판하고 있다고 평가하면서, 사회의 물신주의 비판과 여성의 억압된 자리에 대한 비판이라는 두 영역의 상호 연관이 뚜렷하게 나타나는 점을 「꿈꾸는 인큐베이터」의 성과로 들었다. 또한 여성에 대한 물음과 생명에 대한 물음이 일치된다는 점도 의의라고 지적했다.

이선미[40]는 「지렁이 울음 소리」 「부끄러움을 가르칩니다」 「닮은 방들」이 경제제일주의와 물신주의 신화 속에서 생겨난 중산층의 허위의식과 가정주부로서의 분열의식이 그려진 작품이라면, 「초대」 「꿈꾸는 인큐베이터」는 자기인식의 치열함의 수위가 좀더 높아진 작품이라고 평가했다.

김주연[41]은 60년대까지 여성이 사회적 현실과의 긴밀한 관계 아래서 고찰된 경우가 드물었는데 박완서가 그것을 극복하였다고 평가했다. 박완서는 물질적 풍요를 위해 부끄러움마저 잃어 가는 중년 여인들의 탐욕스러운 일상생활을 리얼하게 묘사해 줌으로써 한국여성들

---

39) 이광호, 「여성에 대한 물음과 소설쓰기—박완서의 「꿈꾸는 인큐베이터」, 『위반의 시학』(문학과지성사, 1993).
40) 이선미, 「위기의 여자와 성찰의 시선—박완서론」, 한국문학연구회 편, 『페미니즘은 휴머니즘이다』(한길사, 2000).
41) 김주연, 「말이 학대받는 사회」, 『문학과 정신의 힘』(문학과지성사, 1990).

이 바야흐로 부딪치고 있는 문제의 실상에 접근했다는 것이다.

이태동[42]은 『나목』을 독특하게, 등장인물들의 본능적인 욕구와 인간의식과의 치열한 갈등으로 해석했다. 즉 이경은 성적인 충동을 극복하지 못하고 그것에 순응하는 모습을 보이는 반면, 옥희도는 그것에 뼈아픈 저항을 보인다는 것이다. 그러나 옥희도는 경아와 같은 생명력 넘치는 여인을 만났기 때문에 나목을 그릴 수 있었을 것이라고 평가했다.

하응백[43]은 『나목』이 박경리의 『토지』와 더불어 한국 모계문학의 발원지 역할을 한다고 평가하면서, 박완서 초기 소설의 두 기둥은 "옳지 못한 것에 대한 비판정신"과 "모성적 사랑"이라고 지적했다.

다음으로 부정적 측면을 부각시킨 정영자, 홍정선, 송지현, 송명희, 김경연 外 3人, 전승희, 김양선·오세은의 논의를 살펴보면 다음과 같다.

정영자[44]는 「그 가을의 사흘 동안」을 평가하면서, 박완서는 "특유의 날카로운 여성심리 묘사가 뛰어나다"는 지적과 함께, "부끄럼 없이 너무나 가혹하게, 어떤 면에서는 무자비하고 잔인하게 여자들을 요리하고 있는 여성학대소설가"일 뿐 "더 이상은 없다"고 비판했다.

홍정선[45]도 박완서가 "무서운 집념을 가지고 자신의 생애를 살아가는 이기주의자"이며, 이 이기주의의 뿌리에는 집안에서 남자의

---

42) 이태동, 「서 있는 여자의 갈등」(『문학사상』 1992년 3월호).
　　　, 「여성작가 소설에 나타난 여성성 탐구」(동국대 『한국문학연구』 19집, 1997.3).
43) 하응백, 「모성, 그 생명과 평화」, 박완서 단편소설 전집 2 『조그만 체험기』 해설(문학동네, 1999).
44) 정영자, 「현대인기소설의 특성과 문제점」(『분단현실과 비평문학』, 1986).
45) 홍정선, 「한 여자 작가의 자기 사랑」(『샘이 깊은 물』 1985년 11월호).

의미를 고의적으로 거세시키려는 '모녀간의 공범관계'가 놓여있다고 추측했다.

송지현[46]은 박완서를 가장 지속적이고도 수준 있는 창작 활동을 하는 작가로 인정하면서도, 『살아있는 날의 시작』의 경우 우리 사회의 구조적인 모순과 깊이 관련된 여성문제를 지나치게 사적인 것으로 환원해 여성문제를 '운이 나쁜' 여자나 '팔자가 센' 여자의 문제로 보이게 할 우려가 있다고 비판했다.

송명희[47]는 『살아있는 날의 시작』을 "부덕(婦德)이란 페르조나에 자아를 동일시해 오던 중년여성이 자아를 발견하고 선택해 가는 고통스러운 과정을 그린 작품"이라고 평가하면서도, 박완서의 보수주의적인 가치관 때문에 "부부간의 불안, 소외, 질투, 음란성과 같은 문제가 개인적 인격과 도덕성의 결함으로 노정된 문제점으로 표현"되고 말았다고 비판했다.

김경연 外 3人[48]은 여성문학론이란 민족·민중문학론을 새로운 차원으로 고양시키는 논의라고 규정한 뒤, 여성해방의 시각에서 박완서의 작품세계를 조망한다. 그들은 『휘청거리는 오후』에서 박완서가 중산층의 삶의 방식에 대한 폭로와 비판을 탁월하게 형상화해 냈고, 그외 「세상에서 제일 무거운 틀니」「부처님 근처」「카메라와 워커」「겨울 나들이」「더위먹은 버스」 등의 작품에서는 분단현실과 소시민적 자세의 상관관계를 여실하게 포착해 보였지만, 여성문제를 조명하는 시각에는 사회구조적인 원리에 대한 성찰이 이어지지

---

46) 송지현, 『페미니즘 비평과 한국소설』(국학자료원, 1996).
47) 송명희, 「중년여성의 위기의식」, 『문학과 성의 이데올로기』(새미, 1994).
_____, 「중년여성의 위기의식」(『표현』 1989.1).
48) 김경연·전승희·김영혜·정영훈, 「여성해방의 시각에서 본 박완서의 작품세계」, 『여성2』(창작사, 1988).

않는 한계가 있다고 비판한다.

김양선·오세은[49]은 박완서 소설이 가족으로 상징되는 현 상황에 안주하려는 측면과 이로부터 탈출하려는 욕망의 이중심리를 잘 드러내고 있다고 평가하면서도, 「지렁이 울음소리」「닮은 방들」「어떤 나들이」에 표현된 탈출의지는 일회적이고 기형적인 해결방식이기 때문에 필연적으로 실패하게 된다고 지적했다. 따라서 무엇보다 중산층 여성들이 지닌 이기주의적 속성과 허위적인 면모에 대한 자각이 선행되어야 한다는 것을 박완서 문학의 과제로 제시했다.

전승희는 조혜정의 「박완서 문학에 있어서 비평은 무엇인가」에 대한 반론의 형식을 빌어 글을 전개하면서, 조혜정의 여성의 범주는 초계급적이고 통시대적인 것으로써 생물학적 결정론과 다원주의, 상대주의, 경험주의 등 자유주의의 여러 변형들과 밀접한 관련을 맺고 있다고 비판했다.[50] 나아가 박완서에게 보내는 비평적 질문의 형식의 글에서는 『그대 아직도 꿈꾸고 있는가』에 나타난 "전형성의 문제, 여성문제를 바라보는 시각, 인물 형상의 상투성과 추상성"을 문제점으로 지적했다.[51]

둘째, 여성인물의 근대체험에 주목한 논의가 있다.

김영희[52]는 박완서 소설을 가리켜 "근대 한국여성들의 삶에 대한 다각적이고 총괄적인 묘사"라고 평가하면서, 박완서는 산업화가 한참 추진되던 70년대에 일찌감치 근대의 생활양식이 평범한 여성들에게 어떤 의미를 갖는지를 인상적으로 드러낸 바 있고, 한국사회의

---

49) 김양선·오세은, 「안주와 탈출의 이중심리」(『오늘의 문예비평』 1991년 가을/겨울호).
50) 전승희, 「여성문학과 진정한 비판의식」(『창작과비평』 1991년 여름호).
51) 전승희, 「소설가 박완서에게 보내는 비평적 질문」(『사상문예운동』 1991.6).
52) 김영희, 「근대체험과 여성—박완서·김인숙·공선옥의 소설」, 『창작과비평』(1995년 가을호).

온전한 근대성 획득을 가로막는 분단이라는 고리가 여성들에게 미치는 영향에 주목하였으며, 여성문제를 의식적이고 직접적으로 다루는 장편들을 써내기도 하였다고 그 의의를 지적했다.

최경희[53]는 「엄마의 말뚝·1」이 작가의 근대여성으로서의 성장과 예술가로서의 문제의식을 그 발생부터 볼 수 있게 해주는 자전적 성장소설이라고 평가하면서, 엄마의 신여성 이상(理想)이 여성성을 부정하고 남녀평등의 차원을 강조하는 경향이 있다면, 이와 달리 '땜장이 딸'이나 '서답 빠는 소녀'와 같은 분신들은 여성으로서의 당당한 자기자신을 보여준다고 지적했다. 즉 '나'의 신여성기획은 '차이의 페미니즘'을 보여준다고 보았다.

강인숙[54]은 먼저, 박완서 문학을 받치고 있는 가장 근원적인 축은 작가가 겪은 6·25전쟁 체험이라고 지적하면서, 박완서의 글쓰기 행위의 목적은 6·25 체험을 토해 내는 것, 현실에 대한 복수, 증언, 가면 벗기기에 있다고 말했다. 두 번째로 박완서 소설에 나타난 도시의 양상을 세 갈래로 나누어 설명하면서, 1930~40년대의 서울이 배경이 되고 있는 「엄마의 말뚝·1」에서는 도시가 항상 부정적으로 받아들여지고 있다면, 동란기의 서울이 배경이 되고 있는 『나목』 『목마른 계절』에서는 황폐화된 공간으로, 그리고 산업화 시기의 서울이 배경이 되고 있는 『도시의 흉년』에서는 광역성, 다층성을 특징으로 하는 공간으로 제시되고 있다고 분석했다. 세 번째로 모성상의 경우 「엄마의 말뚝」에서는 거모(巨母)상이, 「그 가을의 사흘 동안」

---

53) 최경희, 「〈엄마의 말뚝1〉과 여성의 근대성」(『민족문학사연구』 9호, 1996.6).
54) 강인숙, 『박완서 소설에 나타난 도시와 모성』(동지, 1997).
　　　, 「박완서의 소설에 나타난 도시의 양상(3)」(『건국대인문과학논총』 16, 1984).
　　　, 「박완서론―〈울음소리〉와 〈닮은 방들〉, 〈泡沫의 집〉의 비교 연구」(『건국대인문과학논총』 26, 1994).

에서는 '무서운 어머니의 원형'이 제시되고 있다고 지적했다.

류보선55)은 박완서 초기 소설을 다루는 자리에서 박완서 문학은 '개념에 대한 불신'과 '생활 세계에 대한 관심' 속에 출발한다고 설명하면서, 이는 궁극적으로 근대적인 것(보편적인 것)과 전근대적인 것(전통적인 것)의 굴절 현상을 민감하게 포착하는 기반이 되었다고 평가한다. 즉 박완서 문학은 보편 세계의 주변부에서 근대화를 추진했던 나라들이 경험하는 근대성 일반에 대한 새로운 성찰의 길을 열어놓았다는 것이다.

김윤정56)은 『휘청거리는 오후』에서 근대 · 몸 · 욕망 · 소비 등의 문제가 작품의 서사구조 및 주제의식과 긴밀한 관련을 맺고 있다고 지적하면서, 『휘청거리는 오후』는 모성성 · 여성성의 신화가 어떻게 제도적으로 관리되어 왔는지, 그리고 어떻게 지배 이데올로기의 수호 세력으로 자리잡게 되었는지를 선명하게 보여준다고 평가했다.

셋째, 여성적 문체나 여성적 글쓰기의 특징에 주목한 논의가 있다.

황도경57)은 「부처님 근처」 「나의 가장 나종 지니인 것」에서 말이란 막힌 것을 풀어냄으로써 삶을 지탱시키는 생명의 말인 동시에 부재를 견디게 하는 나눔의 말 · 생존의 말이라고 평가하면서, 이는 바로 여성언어의 특성이기도 하다고 지적했다. 또 이재현58)은 「한 말씀만 하소서」를 분석하면서 일기나 수다가 여성의 자잘한 일상적 체험과

---

55) 류보선, 「개념에의 저항과 차이의 발견」, 박완서 단편소설 전집1 『어떤 나들이』 해설(문학동네, 1999).
56) 김윤정, 「근대주체, 소비자본주의, 여성의 욕망」, 『현대소설의 여성성과 근대성 연구』(깊은샘, 2000).
57) 황도경, 「생존의 말, 교신의 꿈」(『이화어문논집』 14, 1996.4).
58) 이재현, 「90년대의 징후와 추억으로서의 글쓰기」(『문예중앙』 1994년 여름호).

감각을 문학적 공간으로 유입시키는 데 기여했다고 평가했다.

전창호[59]는 여성의 글쓰기의 특징이 여성체험의 기술과 자기발견 과정의 기술에 있다고 규정하면서, 『살아있는 날의 시작』『서있는 여자』『그대 아직도 꿈꾸고 있는가』는 결혼과 이혼이라는 서사단위를 통해 우리 사회에 지속되고 있는 여성 억압적인 현실을 보여주었다고 평가했다.

김연숙·이정희[60]는 『그 많던 싱아는 누가 다 먹었을까』 연작을 정체성의 위기 속에서 사회적 자아를 발견해 가는 여성의 성장담이라고 규정하면서, 이 소설은 자전적 글쓰기가 정체성의 확립과제와 긴밀하게 결합되어 있는 글쓰기 양식임을 보여주었다고 평가했다.

김경수[61]는 『저문날의 삽화』를 논하면서, 삽화란 여성의 일상과 긴밀한 관계를 맺고 있는 형식으로서, "우리 시대의 여성성에 대한 소설화의 한 특이한 양상을 드러내는 소설의 양상"으로 논의될 수 있다고 평가했다.

넷째, 시·공간 등의 문학적 장치나 주요 모티프, 장르적 특성과 관련된 논의가 있다.

먼저, 시·공간 등의 문학적 장치에 대한 강금숙, 이두혜, 김동선의 논의를 살펴보면 다음과 같다.

강금숙[62]은 독특하게 젠더 공간이라는 렌즈를 통해 박완서의 『살

---

59) 전창호, 『여성의 글쓰기와 자기발견의 서사구조 : 박완서 장편소설을 중심으로』(한남대학교 석사학위논문, 1993).
60) 김연숙·이정희, 「여성의 자기발견의 서사, '자전적 글쓰기' : 박완서, 신경숙, 김형경. 권여선을 중심으로」(『여성과사회』 제8호, 1997).
61) 김경수, 「여성경험의 소설화와 삽화형식」(『현대소설』 1991년 12월호).
62) 강금숙, 『젠더공간 구조로 본 서사체 연구─1930년대 소설을 중심으로』, 이화여자대학교 박사학위논문, 1989 ; 「박완서 소설의 공간에 나타난 여성의식」(『이화어문논집』 제10집. 1989.3).

아있는 날의 시작』을 분석했다. 강금숙은 전통적으로 구분되어 온 남성/여성의 영역을 본래의 젠더공간이라 규정한 뒤, 현대 소설로 올수록 본래의 젠더공간이 해체되는 양상을 보인다고 설명했다. 강금숙은 젠더공간의 해체를 여성 소외의 표지로 해석함으로써 젠더공간의 해체에 내재된 역설적인 여성해방적 비전을 간과하고 말았다

이두혜[63]는 「엄마의 말뚝 1·2·3」이 독자적인 주제론적 의미를 가지고 출현했지만 구조적으로는 상호텍스트성의 유기적인 결합을 보여준다고 평가했다. 그리고 이렇게 차이를 둔 각각의 서사전략은 「엄마의 말뚝」 연작을 작가의 '자전적 맥락'으로 읽게 만듦으로써 독자의 공감대를 폭넓게 확보하는 바탕이 되었다고 지적했다.

김동선[64]은 '집' 공간을 중심으로 부권상실 하의 여성의 변모를 고찰하면서, '전쟁으로 인한 부(父)상실'이 "억척어멈과 피해의식에 사로잡힌 딸의 모습을 양산했다"면, '산업화 시기의 정신적 부(父)상실'은 불평등한 부부관계를 강화하기도 하고, 여성 정체성의 모색이나 남아선호사상의 극복을 가능하게 하기도 했다고 지적했다. 그러나 정신적 부(父)상실의 의미가 모호하여 전체적인 설득력이 떨어진다.

그리고 모녀관계 모티프에 주목한 안숙원, 오세은, 권명아, 윤송아의 논의를 살펴보면 다음과 같다.

안숙원[65]은 「엄마의 말뚝 1·2·3」 연작을 통해 박완서 소설에 나

---

63) 이두혜, 『박완서 〈엄마의 말뚝〉에 나타난 서사전략 연구』(동아대학교 석사학위논문, 1997).
64) 김동선, 『박완서 소설 연구 : 부권상실 하의 여성상을 중심으로』(성신여자대학교 석사학위논문, 1997).

타난 어머니—딸의 플롯이 분리에서 결합으로 귀결됨으로써 종국에는 여성의 자아 정체성 탐구에 이른다는 것을 해명하면서, 이 연작들은 박완서 소설의 모성성의 한 전형인 실존적 생명의식과 억척어멈 이미지에 의한 모계가족 구조, 한국 여성의 상처의 극복이란 과제를 형상화했다고 평가했다.

오세은[66] 역시 박완서 소설에 나타난 어머니—딸의 모티프에 주목하여, 「부처님 근처」 「엄마의 말뚝」 연작 등 전반기의 작품들은 주로 딸의 시점으로 그려진 '어머니 중심'적 서사인 반면, 「티타임의 모녀」 「꿈꾸는 인큐베이터」 등 후반기 작품은 여성 정체성의 문제, 남성과 여성의 존재 가치에 대한 올바른 이해, 모성의 힘과 의미를 포괄하는 어머니—딸의 서사라고 평가했다.

권명아[67]는 기존의 박완서 소설에 대한 논의에서 사회 비판적 성격과 여성의 정체성에 대한 문제가 분리되어 평가되어 온 점을 하나로 통일하여, 전쟁의 치유되지 않은 상처들이 물신주의 현실에 대한 비판으로 자연스레 연결되었다고 평가했다. 그리고 전쟁에서 출발한 현대사의 질곡을 뚫고 나갔던 억척 모성의 이중성과, 그러한 어머니의 이중성에 대한 비판과 이해라는 딸의 세계를 두 축으로 하여 박완서의 작품세계를 조망했다.

윤송아[68]는 박완서 소설에 나타난 모녀관계가 '소외와 단절'의 양상에서 점차적으로 '허위와 환멸'의 양상, '긍정과 융합'의 양상으

---

65) 안숙원, 「〈엄마의 말뚝 1·2·3〉 연작소설과 모녀관계의 은유/환유체계」, 서강여성문학연구회 편, 『한국문학과 모성성』(태학사, 1998).
66) 오세은, 「박완서 소설 속의 '어머니와 딸' 모티프」, 『한국여성문학비평론』(개문사, 1995).
67) 권명아, 「박완서 문학연구 — 억척모성의 이중성과 딸의 세계의 의미를 중심으로」(『작가세계』 1994년 겨울호).
68) 윤송아, 『박완서 소설에 나타난 모녀관계 연구』(경희대학교 석사학위논문, 1999).

로 발전한다고 평가하면서, 이는 갈등의 문학에서 화해의 문학으로 나아가는 박완서 문학의 도정에 부합되는 현상이라고 지적했다.

마지막으로 장르적 특성에 대한 황도경, 김경수, 이선미의 논의를 살펴보면 다음과 같다.

황도경[69]은 「엄마의 말뚝·1」을 어린 시골소녀의 성숙과정과 변모를 그린 일종의 성장소설로 규정하면서, 주인공이 경험하는 탈남성·탈전통의 세계는 여성 정체성에 위기와 혼란을 낳는 동시에 새로운 정체성 획득의 계기를 제공하고 있다고 평가했다.

김경수[70]는 『나목』의 여주인공이 육체적·정신적으로 온전한 성인의 영역에 편입할 수 없는 주변성 속에서 성적 정체성의 확립이라는 과제에 직면하지만 그 과제를 완결적으로 성취하지 못하는 미완의 서사를 보여준다고 평가하면서, 여성 성장소설은 대체로 미완의 서사·미해결의 서사를 보여준다는 가설을 제시했다.

이선미[71]는 「엄마의 말뚝·1」의 모녀는 이율배반적인 근대세계 속에서 정체성 정립의 과제를 수행하게 되는데, 이는 여주인공에게 '문밖의식'을 심어주게 된다고 보았다. 그리고 이 '문밖의식'이 또한 작가의식의 근원으로 작용하고 있다는 점에서, 「엄마의 말뚝·1」은 작가의식의 형성과정을 알려주는 성장소설로 정의될 수 있다고 평가했다.

---

69) 황도경, 「정체성 확인의 글쓰기—박완서의 〈엄마의 말뚝 1〉의 경우」, 『페미니즘과 문학비평』(고려원, 1994) ; 「정체성 확인의 글쓰기—박완서의 〈엄마의 말뚝 1〉의 경우」(『이화어문논집』 13, 1994.2).
70) 김경수, 「여성 성장 소설의 제의적 국면」, 『페미니즘과 문학비평』(고려원, 1994).
71) 이선미, 「엄마와 딸이 겪는 성장의 역사—〈엄마의 말뚝〉론」, 『우리시대의 소설, 우리시대의 작가』(계몽사, 1997).

지금까지 살펴본 박완서 소설의 여성문학적 특성에 주목한 논의의 의의는 다음과 같다.

첫째, 전쟁체험 소설 혹은 세태소설로 두루뭉실하게 평가되어온 박완서 소설의 구체적인 형성지점을 밝힘과 동시에 여성이 경험하는 현실세계의 특수성을 세밀하게 분석해 냈다는 점이다. 이는 특히 여주인공의 근대체험에 주목한 김영희, 도시와 모성의 의미를 규명하고자 한 강인숙, 소비주의 문화와 여성의 삶의 상관성에 관심을 기울인 김윤정, 근대적인 것과 전근대적인 것의 길항관계에 주목한 류보선의 논의에서 찾아볼 수 있는 의의이다. 둘째, 여성 정체성의 형성을 역사적 맥락과 관련지음으로써 정체성 논의를 한 단계 고양시킴과 동시에 박완서 소설의 여성 성장소설적 특성을 섬세하게 설명해 냈다는 점이다. 이는 특히 「엄마의 말뚝·1」을 분석한 최경희, 황도경, 안숙원, 권명아, 오세은, 이선미의 논의에서 발견되는 의의이다.

이러한 의의에도 불구하고 지금까지의 박완서 문학연구는 박완서의 전체 문학세계를 일원론적인 시각으로 일관성 있게 조망해 내는 데까지 이르지는 못했다. 앞에서 예시한 의의가 크다고 판단된 논의들의 경우도 대개가 작품론으로서, 박완서 문학연구의 새로운 시각이라는 자신의 성과를 작가론의 형태로 발전시킨 경우는 강인숙을 제외하면 없다. 그러므로 근대체험 속에서의 여성 정체성 정립양상을 일관성 있는 시각으로 조망하는 작업은 여전히 과제로서 남아있다. 그리고 그것은 본고의 과제가 될 것이다.

지금까지 검토해 본 오정희·박완서 소설의 연구사에서 알 수 있듯이, 이들의 소설에 나타난 근대성의 의미에 주목한 논의는 많지 않고 더욱이 근대성이 젠더화되어 있다는 인식을 보여준 논의는 찾아보기 어렵다. 그러나 근대성이란 그 자체로서 젠더화된 것이다. 사회·역사적인 근대성이 지금까지 남성으로 젠더화되어 왔다면, 그에 반응해 온 미적 근대성은 경험 주체의 젠더와의 밀접한 관련 속에서 남성 혹은 여성으로 젠더화되어 왔다. 그러므로 본고에서는 근대세계에 대한 반응양식으로서의 근대성 개념을 사용하여 오정희·박완서 소설에 나타난 근대성의 특징을 규명해 보고자 한다. 아울러 이러한 근대성이 여성 정체성의 정립과 맺고 있는 관계를 고찰하는 한 방법으로서 여성의식의 표출양상을 살펴보고자 한다. 이는 앞에서도 언급했듯이 오정희·박완서 소설 각각의 특성을 해명하는 작업으로서 의미가 있을 뿐만 아니라, 오정희로 대표되는 각성소설과 박완서로 대표되는 페미니스트 성장소설에 나타난 근대성과 여성의 정체성 정립양상을 규명하는 작업으로서도 의미가 있을 것이다.

3. 연구방법 및 대상

본고에서는 오정희·박완서 소설의 여주인공들이 엮어내는 서사를, 유년→청년→장년→노년으로 이어지는 단일한 자아의 서사로 볼 수 있다는 전제 아래 오정희·박완서 소설을 여주인공의 연령에 따라 재배열하여 살펴보았다. 그 이유는 이들의 소설에서 여주인공의 육체적 성숙과정과 자아발견의 과정이 대위법적으로 전개되고 있기 때문이다. 물론 예외적인 경우도 있지만 여주인공들은 연령이 높아짐에 따라 세계를 보는 시야와 자아를 인식하는 깊이가 넓어지고 심화되는 양상을 보인다. 그리고 여주인공의 연령은 대개 작가의 연령과 비례하는데, 그 이유는 오정희·박완서 소설이 자전적 요소를 강하게 띠고 있다는 데서 찾을 수 있다.

오정희·박완서 소설이 이러한 성장담의 구도를 보이는 것은 여주인공들이 실감하는 정체성의 위기가 그만큼 심각하다는 것을 의미한다. 왜냐하면, 성장 과정이란 안정된 계급사회에서는 중요하게 다루어지지 않기 때문이다. 안정된 사회에서의 청년기란 전통적인 사회적 역할을 전수 받는 시기로서 생물학적으로 어른이 아닌 시기일 뿐이다. 그러나 계급 사회가 무너지고 도시화가 시작되는 불안정한 사회에서는 청년기가 불확실한 사회 공간을 탐험하는 가운데 자기의 정체성과 사회 속에서의 역할을 찾는 시기로 그 중요성을 인정받게 된다. 여기에서 젊음은 근대의 역동성과 불안정성을 강조하는 능력 때문에 근대성의 중요한 기호가 된다. 그리고 젊은이의 자아탐구는 근대적 성찰성과 직접적으로 결합된 프로젝트가 된다.[72] 그러므로 오정희·박완서 소설을 단일한 자아의 서사로 간주하는 것은 여주인공들이 경험하는 근대성의 특성을 살펴보는 데 유효한 방법론이 될 수 있다.

여주인공들의 근대성의 경험을 살펴볼 때 본고에서는 특히 공간의 상징성에 주목하였다. 공간이란 '사고, 행동, 지배, 통제의 도구'이자 '권력의 지배를 실행하는 장'으로서, 특히 도시 공간의 경우

---

72) 권향숙, 앞의 논문, p.2 참조.

거기에는 도시인의 세계관이나 가치관이 표현되어 있다는 점에서 상징성이 강하기 때문이다. 도시 속에서 사는 사람들이 개별적으로 또는 집단으로 가진 가치관이나 세계관은 건물, 거리, 공원 등의 도시환경을 통해 표출된다. 즉 이 공간들은 모두 인간의 의식과 연결되어 있으며 크고 작은 사건으로 인해 의미를 부여받을 때 비로소 추상적·객관적인 공간에서 구체적·주관적인 장소로 탈바꿈한다. 이처럼 도시는 정주(定住)의 장소일 뿐 아니라 '읽을' 거리여서 그 기호를 해독하는 사람들에게 '이야기'를 해 준다.[73] 그러므로 본고에서는 오정희·박완서 소설에 나타난 공간의 상징성에 주목하여 근대성과 여성의 정체성 정립 사이의 상관성을 해명하고자 한다.

먼저 제2장에서는 작품 분석을 위한 예비적 고찰로서 근대성과 정체성의 개념을 규정하고자 한다. 근대성과 정체성은 본 논문을 전개해 나가는 데 있어 핵심적인 개념이자 일종의 방법론으로 기능하므로 구체적인 설명이 요청되기 때문이다.

제3장에서는 오정희의 소설집 『불의 江』(1977), 『幼年의 뜰』(1981), 『바람의 넋』(1986), 『불꽃놀이』(1995), 『새』(1996)를 대상으로 오정희 소설에 나타난 근대성과 여성의 정체성 정립 사이의 상관성을 밝혀보고자 한다. 이를 위해 오정희의 소설세계를 세 단계로 나누어 각 단계의 대표작을 선정하였다. 어린 여주인공이 화자로 설정된 첫번째 단계의 대표작으로는, 「幼年의 뜰」「中國人 거리」「완구점 여인」「새」를 선정하였다. 그리고 미혼여성이나 기혼의 젊은 가정주부가 주인공으로 설정된 두 번째 단계의 대표작으로는 「직

---

73) 강홍빈, 「도시환경의 기호학」, 『세계의 문학』(1983년 봄호), pp.165~166 참조.

녀」「燔祭」「불의 江」「봄날」「새벽별」「전갈」「어둠의 집」「비어있는 들」「바람의 넋」「꿈꾸는 새」「순례자의 노래」를 선정하였다. 마지막으로 중년 혹은 중년으로 넘어가는 시기의 여성이 주인공으로 설정된 세 번째 단계의 대표작으로는 「옛우물」「夜會」「破虜湖」「木蓮抄」를 선정하였다.

제4장에서는 박완서 장편소설 전집(세계사刊, 1993~1999) 14권과 단편소설 전집(문학동네刊, 1999) 5권, 『그 많던 싱아는 누가 다 먹었을까』『그 산이 정말 거기 있었을까』 등을 대상으로 박완서 소설에 나타난 근대성과 여성의 정체성 정립 사이의 상관성을 밝혀보고자 한다. 이를 위해 박완서의 소설세계를 역시 세 단계로 나누어 각 단계의 대표작을 선정하였다. 어린 여자아이가 주인공으로 설정된 첫 번째 단계의 대표작으로는 「엄마의 말뚝·1」『그 많던 싱아는 누가 다 먹었을까』를 선정하였다. 그리고 미혼여성 혹은 젊은 기혼여성이 대개 주인공으로 설정된 두 번째 단계의 경우 근대체험의 내용에 따라 다시 두 갈래로 나누어 대표작을 선정하였다. 왜곡된 근대성의 폭발인 6·25체험이 형상화된 대표작으로는 『나목』『그 산이 정말 거기 있었을까』『목마른 계절』『그해 겨울은 따뜻했네』「부처님 근처」「카메라와 워커」「엄마의 말뚝·2」「세상에서 가장 무거운 틀니」를 선정했고, 부정적 근대성의 확산을 의미하는 생활세계의 식민화 현상이 표현된 대표작으로는 『휘청거리는 오후』『도시의 흉년』「歲暮」「주말 농장」「어떤 나들이」「닮은 방들」「泡沫의 집」「서울 사람들」을 선정하였다. 마지막으로 대개 중년여성이 주인공으로 설정된 세 번째 단계의 경우도 근대체험의 내용에 따라 다시 두 갈래로 나누어 대표작을 선정하였다. 여성해방 이념의 수용이라는 해

방적 근대체험이 형상화된 대표작으로는 『살아있는 날의 시작』『서 있는 여자』『그대 아직도 꿈꾸고 있는가』「꿈꾸는 인큐베이터」를 선 정하였고, 여성자아의 재발견이라는 내면성의 근대체험이 나타난 대표작으로는「그 가을의 사흘 동안」「지 알고 내 알고 하늘이 알건 만」「黑寡婦」「공항에서 만난 사람들」「그 살벌했던 날의 할미꽃」 「해산 바가지」「티타임의 모녀」를 선정하였다.

　제5장에서는 제3장과 제4장의 연구결과를 바탕으로 오정희·박완 서 소설의 특징을 비교 고찰하고자 한다. 그것은 특히 공간의 상징 성과 여성의 정체성 정립양상을 중심으로 논의될 것이다. 이는 오정 희로 대표되는 각성소설과 박완서로 대표되는 페미니스트 성장소설 의 특징을 규명하는 작업으로 확대될 수 있다는 점에서 의미 있는 것으로 판단된다.

제2장
근대성과 여성의 정체성

근대성과 여성의 정체성

1. 근대성의 개념과 범주

근대성이란 Modernity의 역어로서 근대를 바라보는 시각에 따라 현대성으로 번역되어 쓰이기도 한다. "근대성이란 번역은 현재 모더니티에 대한 전면적인 성찰이 진행되고 있다는 점을 강조하면서 모더니티 전반에 걸친 비판적 검토를 중시하는 입장인 반면 현대성이란 번역은 모더니티의 현재적 영향력과 당위성을 부각시키는 입장에서 사용된다"[1] 그러나 본고에서는 Contemporary의 의미가 아닌 경우에는, 저자나 역자가 현대성으로 쓴 경우에도 그 용어를 모두 근대성으로 통일하여 인용했다. 그것은 Modernity가 Contemporary의 의미가 아니라면, 근대성으로 통일하여 써도 그 뜻을 크게 해치지 않을

---

1) 장성만, 「개항기의 한국사회와 근대성의 형성」, 김성기 편, 『모더니티란 무엇인가』(민음사, 1994), p.261.

것이라는 판단과 논의 전개상 요구되는 용어의 통일성 때문이었다.

논의 서두에서부터 나타나는 이러한 혼란에서 알 수 있듯이 근대
성이란 다양한 함의를 지닌 용어이다. 이러한 다양한 함의를 마테이
칼리니스쿠는 두 개로 나누어 설명했다. 하나는 사회·역사적 근대
성이고 다른 하나는 미적 근대성이다. 사회·역사적 근대성이란 산
업혁명과 자본주의에 의해 야기된 광범위한 사회 경제적 변화의 산
물을 가리키는 것으로서 주로 물적 세계의 변화와 관련되는 개념이
다. 반면 미적 근대성이란 이러한 변화의 부정적 산물에 대한 "철저
한 거부 및 소멸적인 부정적 열정"을 가리키는 것으로서 주로 미학
이나 예술의 영역과 관련되는 개념이다.[2] 즉 미적 근대성이란 "사회
의 세속화가 전면화되면서 경험하게 되는 통합의 위기를 미학적 영
역이 극복·초월해야 한다는 기획"[3]으로서 종종 사조로의 모더니즘
과 등치되기도 한다. 그러나 이 등식은 옳지 않다. 왜냐하면 "근대
의 부정성에 대한 반응 자체가 미적 근대성의 주요 특질"[4]이라고 한
다면, 이러한 반응은 모더니즘 예술의 고유한 특징이 아니라 리얼리
즘 예술에서도 발견되는 특징이기 때문이다.

본고에서 사용되는 근대성은 이러한 미적 근대성 개념을 포괄하
는 광의의 개념이다. 본고에서는 근대성을, 자신과 당대를 근본적으
로 성찰하는 태도, 즉 근대적 경험의 양식으로 정의하여 사용하고자
한다. 이는 마샬 버만, 미셸 푸코, 리타 펠스키, 위르겐 하버마스 등
의 선행 연구에 따른 것으로 자세히 살펴보면 다음과 같다.

먼저, 버만[5]은 『현대성의 경험』에서 서구사회의 근대성의 형성과

---

2) Calinescu, M., 앞의 책, pp.53~54 참조.
3) 김성기, 「세기말의 모더니티」, 김성기 편, 『모더니티란 무엇인가』(민음사, 1994), p.27.
4) 김양선, 『1930년대 후반 소설의 미적 근대성 연구』(서강대학교 박사학위논문, 1997), p.4.

그 전개과정을 고찰하면서, 근대성이란 "전세계의 모든 사람들이 함께 하는 생생한 경험, 즉 공간과 시간의 경험, 자아와 타자(他者)의 경험, 삶의 가능성과 모험의 경험"을 가리키는 것으로 정의했다. 여기에서 경험이란 "본질적으로 전통적인 관습이나 역할의 벽이 와해될 때 겪게 되는 제한 없는 자아 발전이라는 주체상의 과정을 의미"하는 것으로서[6] 역동성과 개방성을 그 특징으로 한다.

이와 유사하게 푸코[7] 역시 근대성을 '일종의 태도'로 고려할 것을 제안한다. 여기서 태도란 "동시대의 현실에 관련되어 있는 어떤 (존재) 양식, 사람들의 자발적인 선택, 그러니까 사유하고 느끼는 방식"과 함께 '행동 방식' '행위 방식'을 포괄하는데, "전통에 대한 결별, 새것에 대한 감수성, 스쳐 지나가는 순간들에 대한 현기증과 같은 시간, 불연속성에 대한 의식"을 특징으로 한다. 푸코의 이러한 근대성 개념은 보들레르의 근대성 개념을 수용·확장한 것으로서 근대성에 대한 관심이 근대세계에 대한 비판적 관심에서 출발했음을 보여준다.

또 리타 펠스키[8]도 『근대성과 페미니즘』에서 근대성의 성별은 남성으로 규정될 수 있다는 비판적 논지를 펼치면서, 그러나 여성 역시 또 하나의 근대적 주체로서 근대성의 기획에 참여해 왔음을 다양한 텍스트 분석을 통해 밝힌다. 펠스키는 근대성을 "시간성(temporality)의 특수한 (때로는 비록 모순적이지만) 경험과 역사의식을 가리킨다"

---

5) Berman, M., 『현대성의 경험』, 윤호병 옮김(현대미학사, 1994).
6) 이선영, 「우리 문학 연구의 새로운 지평」, 민족문학사연구소 엮음, 『민족문학과 근대성』(문학과지성사, 1995), p.15.
7) Foucault, M., 「계몽이란 무엇인가」, 장은수 옮김, 김성기 편, 『모더니티란 무엇인가』(민음사, 1994), pp.350~351.
8) Felski, R., 『근대성과 페미니즘』, 김영찬·심진경 옮김(거름, 1998), pp.33~41.

고 정의하면서, "서로 상충되는 다양한 반응"을 근대성의 특질로 제시한다. 근대성이란 이질성의 경합에서 오는 역동성을 내재한 '미완의 용어'[9]라는 것이다.

이러한 역동성에 주목하여 하버마스는 근대성을 "스스로를 오래된 것으로부터 새로운 것으로의 전환의 결과로 이해하는 시대적 자의식"으로 이해하기도 한다.[10] 환언하면 근대성이란 "자기 자신을 자발적으로 갱신하는 시대 정신"[11]이라는 것이다. 하버마스가 보기에, 근대의 기획은 긍정적으로 완성될 비전을 내재하고 있는 '미완의 기획'이다. 그리고 그것은 하버마스가 근대성을 "자기 정당화와 자기 비판의 내면적 결합"이라고 보는 데서 가능한 판단이다.[12] 근대의 파산을 선고하는 포스트모더니즘 전반을 비판하면서, 하버마스는 역동성을 그 특징으로 하는 근대성이 자기자신의 부정성을 스스로 지양하면서 궁극적으로는 진보를 향해 나아갈 것이라고 기대한다. 데이비드 하비 역시 하버마스와 마찬가지로 근대성을 "근대화를 통한 진보의 경험"[13]으로 간주한다.

근대의 역동성을 강조한 버만, 푸코, 하버마스의 논의는 종종 미적 근대성 논의의 일환으로 평가되기도 한다. 예컨대 페리 앤더슨은 근대적 경험의 "본질적인 양면성을 미적으로 포착한 것이 모더니즘"이라는 점에서 볼 때 버만의 근대성 개념은 미적 근대성 개념과

9) Felski, R., 「페미니즘, 포스트모더니즘 그리고 모더니티 비판」, 정연재 옮김, 이소영 · 정정호 공편, 『페미니즘과 포스트모더니즘』(한신문화사, 1992), p.394.
10) Habermas, J., 「근대성—미완의 과제」, 윤평중 옮김, 윤평중 著, 『푸코와 하버마스를 넘어서』, (교보문고, 1990), p.241.
11) 최문규, 『탈현대성과 문학의 이해』(민음사, 1996), p.16.
12) 이진우, 「계몽의 변증법과 생활세계의 병리화」, 하버마스 著, 『현대성의 철학적 담론』 해설 (문예출판사, 1994), pp.449~452.
13) Harvey, D., 『포스트모더니티의 조건』, 구동회 · 박영민 옮김(한울, 1994), p.244.

상당히 유사하다고 평가했고,[14] 스콧 래쉬·조나단 프리드먼은 "버만의 모더니즘은 '존재성(the is)', 즉 여기에 지금 있는 '일상생활'의 모더니즘"이라고 규정하면서, 이는 '미학적인 비전'과 관련된다고 평가했다.[15] 이선영도 버만의 근대성 개념은 "'사회과학에서의 모더니즘'이나 '계몽주의적 근대성'과 유사한 것이라기보다는 '예술에서의 모더니즘' 내지 '미적 근대성'에 연결되는 그런 성질의 것"이라고 평가했다.[16] 그리고 김현은, 푸코가 근대성 논의에서 말하고자 한 것은 '어떤 태도'로서 그것은 "현재의 순간을 넘어서거나, 현재 뒤에 있는 것이 아니라, 그 안에 있는 영원한 어떤 것을 다시 찾는 태도"라고 규정하면서, 이 태도는 "보들레르가 예술이라고 부른 자리에서만 찾을 수 있고, 생산될 수 있다"고 설명했다. 즉 푸코의 근대성 개념은 미적 근대성 개념에 상당 정도로 부합된다는 것이다.[17] 또한 하버마스는 "근대를 자기 자신으로부터 정초하는 문제가 맨 처음 의식된 것은 미학 비판의 영역"이라고 언급하면서 근대성 논의에서 미적 근대성 논의가 차지하는 중요성에 주목했다. 자신이 정의한 '스스로를 갱신하는 시대정신'으로서의 근대성이 그 면모를 가장 뚜렷하게 드러내는 영역은 바로 미학 비판의 영역이라는 것이다.[18]

이처럼 버만, 푸코, 하버마스의 근대성 개념을 미적 근대성 개념

---

14) Anderson, P., 「근대성과 혁명」, 김영희·유재덕 옮김, 『창작과비평』(1993년 여름호), p.364.
15) Lash, S. & Friedman, J. ed. 『현대성과 정체성』, 윤호병 옮김(현대미학사, 1997), p.9.
16) 이선영, 「우리 문학 연구의 새로운 지평」, 민족문학사연구소 엮음, 『민족문학과 근대성』(문학과지성사, 1995), p.16.
17) 김현, 『폭력의 구조/시칠리아의 암소』(문학과지성사, 1992), pp.223~224.
18) Habermas, J., 「근대의 시간의식과 자기확신 욕구」, 서도식 옮김, 김성기 편, 『모더니티란 무엇인가』(민음사, 1994), pp.375~376.

과 동일시하는 평가는 이들의 근대성 개념에 내재된 근대 비판의 성격에 주목하는 데서 가능해 진다. 사실 근대에 대한 부정의지는 예술의 비판적 성격에서 가장 뚜렷하게 표출되고 있기 때문이다. 그러나 근대에 대한 부정의지란 예술의 비판적 성격을 포괄하는 좀더 광의의 것으로 보아야 한다. 왜냐하면 근대에 대한 부정의지는 이질성의 경합 장(場)인 역동적인 근대 공간에서 이루어지는 경험의 결과 생성되는 것이기 때문이다. 그리고 이 근대적 경험의 양식은 예술에 내재된 비판의지보다 폭넓은 것이기 때문이다. 그러므로 본고에서는 근대성을 자아와 시대를 성찰하는 태도, 즉 근대적 경험의 양식으로 정의하여 사용하고자 한다. 이는 물론 미적 근대성 개념을 포괄하는 광의의 개념이다.

본고의 이러한 정의에 시사점을 준 우리의 근대성 논의로는 김양선, 이광호, 김진송의 논의가 있다. 김양선은 본고에서처럼 근대성을 "자신과 당대를 근본적으로 성찰하는 태도, 근대적 경험의 양식"이라고 정의한 뒤, 1930년대 후반 소설의 미적 근대성이 '근대에의 양가적 반응과 일상생활의 미학화', '새로운 근대 기획과 환멸의 미학화', '근대의 배제와 환멸의 미학화'와 같은 세 가지 양상으로 나타난다고 분석했다.[19] 그리고 이광호는 1930년대 시론에 나타난 미적 근대성을 논의하는 자리에서 미적 근대성 개념은 "우리 문학사 연구의 해묵은 관념인 '리얼리즘/모더니즘' '사회·역사주의 방법론/내재비평'의 이분법적인 틀을 해체·재구성할 수 있는 전략적인 지점"으로서의 의미가 있다고 평가했다.[20] 또한 김진송의 경우, 근

---

19) 김양선, 『1930년대 후반 소설의 미적 근대성 연구』 참조.
20) 이광호, 『한국근대시론의 '미적 근대성' 연구—1930년대 시론을 중심으로』(고려대 박사학위논문, 1998), pp.1~12 참조.

대성을 "역사상의 한 시대로 고려하는 것보다 일종의 태도"로 생각해야 한다고 전제하면서 우리의 근대성이 형성된 시기로 간주되는 1930년대의 사회·문화를 분석했다.[21]

본고에서 사용되는 근대성 개념이 위의 논자들이 말한 미적 근대성 개념과 상당부분 겹침에도 불구하고, 근대성이란 용어를 사용한 이유는 미적 근대성이 종종 사조로서의 모더니즘과 등치되는 경향이 있기 때문이고, 특히 여성 고유의 경험세계를 강조하는 여성문학 논의에서는 경험의 양식으로서의 근대성 개념이 더 유효하다고 판단되었기 때문이다. 경험이란 "모든 사회적 존재의 주체성이 구성되는 과정"[22]으로서 자아의 서사는 바로 이 경험에 의해 형성된다고 볼 수 있다. 그런데 오랫동안 타자화되어 온 여성에게는 대체로 일관성 있는 연대기로서의 자아의 서사가 부재한다. 주체의 경험이나 지식을 자신의 것으로 내면화함으로써 스스로를 소외시켜 왔기 때문이다.[23] 그러므로 여성 주체가 자신의 타자성을 극복하는 데 있어 경험의 복원은 실로 중요하고, 이것은 '정치적 실천의 문제'[24]가 될 수 있다. 그러므로 근대적 경험의 양식으로서의 근대성 개념은, 근대화 시기를 배경으로 성장하는 오정희·박완서 소설의 여주인공들이 경험하는 근대의 성격과 그 반응양상을 밝힐 수 있는 유효한 개념틀이 될 수 있을 것이다.

---

21) 김진송, 『현대성의 형성: 서울에 딴스홀을 許하라』(현실문화연구, 1999).
22) 김선아, 「여성주의자, 그 불순한 이름에 대하여」, 『여/성이론』통권 제1호(여성문화이론연구소, 1998), pp.62~65.
23) 조(한)혜정, 『성찰적 근대성과 페미니즘』(또하나의 문화, 1998), pp.91~92 참조.
24) 고갑희, 「여성주의적 주체 생산을 위한 이론 I」, 『여/성이론』통권 제1호(여성문화이론연구소, 1998), p.18.

2. 젠더와 여성의 정체성

젠더(gender)란 생물학적 성을 의미하는 섹스(sex)에 대별되는, 사회·문화적인 구성물로서의 성을 의미하는 개념이다. 즉 여성과 남성에게 할애된 일련의 특질 및 행동을 가리키는 용어로서 사회적으로 요구되는 여성다움이나 남성다움을 의식적·무의식적으로 내면화한 결과 형성되는 것으로 간주된다.[25] 젠더 논의는 페미니즘 이론의 정밀(精密)화와 함께 심화·확장되는데, 처음에는 섹스/젠더의 구분을 통한 가부장제의 성차별 이데올로기에 대한 비판에서 시작되었다가, 지금은 섹슈얼리티 논의와 교차하면서 젠더의 선택이라는 개념으로까지 확장되고 있다.

페미니즘 문학논의에서 젠더가 중요한 개념으로 부상하게 된 데는, 기왕의 여성다움이나 남성다움의 덕목 속에 가부장제의 성차별 이데올로기가 작동되고 있다는 판단이 자리잡고 있다. 가령 여성다움/남성다움에 대한 규정을 보면 여성다움에는 수동성·무지·온순·비효율성 등의 부정적 자질이 주로 투사되어 온 반면, 남성다움에는 공격성·지력·힘·효율성 등의 긍정적 자질이 주로 투사되어 왔다는 것이다. 이러한 현상을 케이트 밀렛[26]은 '성의 정치'라고 명명하면서, '성의 정치'의 결과 가부장제 사회에서 여성은 열등한 지위를, 남성은 우월한 지위를 할당받게 되었다고 분석한다. 이 불평등한 남/녀 관계가 바로 밀렛이 주장하는 지배/종속의 '성의 정치'로서 이 때의 성은 젠더를 의미한다.

---

25) Humm, M.,『페미니즘 이론 사전』, 심정순·염경숙 옮김(삼신각, 1995), p.156.
26) Millett, K.,『성의 정치학 (上·下)』, 정의숙·조정호 옮김(현대사상사, 1976) 참조.

젠더에 대한 페미니스트들의 관심은 이처럼 여성이 '제2의 성'으로 존재해 왔다는 문제의식에서 출발한다. "여성은 태어나는 것이 아니라 만들어진다"고 했던 시몬느 드 보봐르의 통찰도 바로 젠더로서의 여성에 관한 인식 속에서 이루어진 것이라 할 수 있는데, 젠더 논의는 성차별 이데올로기에 대한 비판과 결합되면서 1970년대 중반까지 활발하게 이루어진다. 이러한 논의의 대표적인 이론가로는 앞서 언급한 『성의 정치학』의 저자 케이트 밀렛을 들 수 있다. 밀렛은 가부장제 사회 속에서 여성이 어떻게 '제2의 성'으로 타자화되어 왔는가를 밝힘으로써 젠더 논의의 정치적 의미를 환기시켰다.

이러한 섹스/젠더의 구분은 80년대를 경과하면서 점차 퇴색한다. 그 이유는 모든 인간은 출생과 더불어 이미 젠더화된 존재라는 인식에 있다. 개개인의 성 정체성은 생물학적 조건의 결과로서 형성되는 것이 아니라, 사회·문화적으로 이미 구성되어 있는 성에 대한 관념을 바탕으로 형성된다는 인식의 대두와 함께 성 정체성 논의는 젠더 정체성 논의로 거의 일원화되고 성(性) 자체도 젠더로 규정된다. 실제로 1995년 북경에서 열린 제4차 세계여성대회에서는 성(性)을 구분할 때 섹스라는 용어가 아닌 젠더라는 용어를 사용하는 것이 바람직하다는 합의가 이루어졌고, 그 결과 젠더 개념의 사용은 더욱 일반화된다. 그리고 젠더 정체성과 관련된 논의는 정신분석학적 페미니즘을 중심으로 이루어지는데, 그 특징은 생물학적·본질적 성을 부정하고 성의 구성성을 주장하는 데서 찾을 수 있다.

정신분석학적 페미니즘은 지그문트 프로이트를 비판적으로 극복·계승하는 가운데 형성된다. 프로이트[27]는 "해부학은 숙명이다"라는 발언 때문에 생물학적 결정론자로 비판되어 왔지만, 그럼에도

불구하고 여아와 남아의 발달 한가운데에 외디푸스 컴플렉스
(Oedipus complex : 아이가 동성부모를 경쟁상대로 인식하면서 이성부모
를 사랑하는 것)를 설정함으로써 성의 구성성에 대한 연구의 길을 열
어놓기도 했다. 프로이트는 유아의 발달단계를 5단계(구강기→항문
기→남근기→잠복기→생식기)로 나눈 후, 여아와 남아가 남근기에
이르는 성적 충동 발달의 초기단계를 동일한 방식으로 경과한다고
설명했다. 즉 여아와 남아 모두가 초기에는 능동적이고도 다형적인
성생활을 영위한다는 것이다. 그러나 남근기에서 잠복기로 이행하
는 지점에서부터 남아와 여아의 발달은 현저하게 달라지는 것으로
설명된다. 남아가 거세 공포를 경험하면서 외디푸스 컴플렉스를 극
복하고 강력한 초자아를 형성하는 반면, 여아는 남근 선망에서 외디
푸스 컴플렉스로 나아가기 때문에 외디푸스 컴플렉스에 고착되는
경우가 많고 그 결과 초자아의 발달이 미약하다는 것이다.

　유아의 성 정체성 발달에 대한 프로이트의 설명은 남성을 우월한
위치에, 여성을 열등한 위치에 놓았던 기왕의 성차별적 관념을 그대
로 답습한 것이라는 점에서 많은 비판을 받았다. 그럼에도 불구하고
외디푸스 컴플렉스를 기점으로 남아와 여아의 성 정체성 발달이 달
라진다고 설명한 대목은 성의 사회적 구성성을 시사한다는 점에서
의미하는 바가 크다. 남근기의 초기 단계까지를 동일한 방식으로 경
과하던 여아와 남아가 이후 이질적인 발달경로를 보이는 원인을 프
로이트는 외디푸스 컴플렉스의 극복 여부에서 찾았는데, 외디푸스
컴플렉스란 유아가 가족과 맺는 관계를 상징하는 것으로 해석될 수

---

27) Freud. S., 「성의 해부학적 차이에 따른 심리적 결과들」, 『성욕에 관한 세 편의 에세이』,
　　김정일 옮김(열린책들, 1996) 참조.

있다. 남아가 아버지와 자신을 동일시함으로써 확고한 성 정체성을 획득하는 반면, 여아는 어머니와 자신을 분리함으로써 불안정한 성 정체성을 획득하게 된다는 설명이 그렇다.

프로이트가 열어놓은 성에 대한 연구의 새로운 시각은 정신분석학적 페미니즘에 의해 확장된다. 먼저, 미국의 정신분석학자 낸시 초도로우[28]는 어머니—자녀 관계에 주목하여 남녀의 심리구조의 차이를 설명한다. 프로이트가 외디푸스 컴플렉스 이후 단계에 초점을 맞춰 아버지와의 관계를 중심으로 유아의 성 정체성을 설명한 것과 달리, 초도로우는 외디푸스 컴플렉스 이전 단계에 비중을 두고 어머니와의 관계를 중심으로 유아의 정체성을 다룬다. 초도로우는 여아가 어머니와 성이 같기 때문에 어머니를 모델로 하는 '자연스런 동일시(natural identity)'를 통하여 의존적이지만 안정된 정체성을 획득하는 반면, 남아는 어머니와 성이 다르기 때문에 이상적인 남성 모델에 자신을 맞추는 '위치적 동일시(positional identity)'를 통하여 남성됨을 배우는 결과 독립적이지만 불안한 정체성을 획득하게 된다고 설명한다. 이는 프로이트의 해석을 역전시킨 것으로서 결여로서의 여성됨을 주장하는 이론들에 대한 진지하고도 학문적인 반론으로서 의미가 있다.

프랑스의 정신분석학적 페미니스트 루스 이리가레이와 엘렌 씨쑤[29]도 외디푸스 컴플렉스 이전 단계에 초점을 맞춰 여성의 정체성

---

28) Chodorow, N., *Reproduction Of Mothering*, University of California Press, 1978 참조.
29) Irigaray, L. 外, 『성적 차이와 페미니즘』, 권현정 편역 (공감, 1997) ; Irigaray, L., 『나, 너, 우리』, 박정오 옮김(동문선, 1996) ; Moi, T. 『성과 텍스트의 정치학』, 이명호 外 옮김 (한신문화사, 1994) ; Morris, P., 『문학과 페미니즘』, 강희원 옮김(문예출판사, 1997) 참조.

을 새롭게 정의한다. 이리가레이와 씨쑤는 가부장적인 언어체계 속에서 여성의 정체성이 부정적으로 정의되어 왔다고 비판하면서 여성 정체성의 긍정적 재구축을 기획한다. 이리가레이는 단 하나의 성 기관으로 환원되지 않는 여성 성욕의 다양성이라는 비유 아래 여성의 정체성을 복수(複數)의 정체성으로 규정한다. 그리고 씨쑤는 여성성의 특징을 '허여'(許與: 돌려받을 것을 생각하지 않고 주는 것)에서 찾으면서, 이 '허여성(許與性)'의 영역은 타자와 함께 쾌락과 오르가즘을 교환하는 해체적 공간이라고 규정한다. 이처럼 이리가레이와 씨쑤는 여성의 육체를 여성의 정체성이 표현된 장으로 해석하면서 쥬이상스(Jouissance, 희열)를 여성 정체성의 주요 특징으로 제시한다. 이는 육체/정신의 이분법을 넘어선 '사회적 육체(the social body)'라는 개념의 수용 속에서, 그리고 근본적으로는 결여로 정의되어 왔던 여성의 정체성을 충만한 정체성으로 재전유할 필요성 속에서 이루어졌다.

이리가레이와 씨쑤가 여성의 육체를 정체성 형성의 장으로 파악한 반면, 쥴리아 크리스테바[30]는 '상호 텍스트성(Inter-textuality)'을 강조한다. '상호 텍스트성'이란 언어를 구성하는 상징계(=사회적 형식)와 기호계(=리드미컬하고 리비도적인 前외디푸스 단계의 경험)의 변증법적 상호작용을 일컫는 용어로서, 크리스테바는 정체성 역시 상호 텍스트적인 것으로 파악한다. 크리스테바에 따르면, 정체성이란 무의식적인 충동들과 사회적인 의미 사이의 상호작용을 토대로 형성되는데 복수화(複數化)되어 결코 고정될 수도 종결될 수도

---

30) Oliver, K., 『크리테바 읽기』, 박재열 옮김(시와반시사, 1997) ; Morris, P., 『문학과 페미니즘』, 강희원 옮김(문예출판사, 1997) 참조.

없다. 크리스테바가 정의하는 이 복수화(複數化)된 정체성은 이리 가레이나 씨쑤의 정체성 개념과 유사해 보이지만, 여성의 육체가 아 닌 언어에서 출발하고 있다는 점에서 크게 다르다. 크리스테바는 여 성 육체의 상징성에 비중을 두는 이리가레이나 씨쑤의 논의에 우려 를 나타내면서, 페미니스트들은 여성 범주에 존재론적 완결성을 부 여하지 말고 이를 정치적 수단으로 활용할 수 있어야 한다고 강조한 다. 크리스테바가 보기에 단일한 여성 범주란 존재하지 않고 단지 상징계와 기호계의 상호작용이 생산해 내는 상호 텍스트적인 주체 가 있을 뿐이기 때문이다. 크리스테바 식의 정체성 논의가 갖는 강 점은 이전까지의 정체성 논의와는 달리, 생물학적 결정론으로부터 자유롭다는 것이다.

그리고 최근에 새롭게 이루어지고 있는 젠더 논의를 대표하는 이 론가로는 쥬디스 버틀러[31]를 들 수 있다. 버틀러는 제인 오스틴의 수행성 개념을 수용하여 수행적 정체성 개념을 제시한다. 수행적 정 체성이란 정체성은 고정되어 있지 않은 복수화(複數化)된 정체성이 라는 크리스테바의 정체성 개념을 확장시킨 것으로서, 행위의 반복 에 의해 정체성이 형성된다는 것을 가리키는 개념이다. 버틀러가 말 하는 정체성은 바로 젠더 정체성인데, 여기서 젠더란 일종의 가면처 럼 주체의 행위와 선택에 의해 언제든 바꿔쓸 수 있는 가변적인 것 으로 설명된다. 버틀러는 기왕의 섹스/젠더 구분을 강력하게 비판 하면서, 지금까지 생물학적 성은 사회·문화적인 성의 원본으로 간 주되어 왔지만 젠더의 원본이란 존재하지 않는다고 말한다. 육체란

---

31) Butler, J., 「성차의 문제점과 페미니스트 이론, 그리고 정신분석적 담론」, 이은경 옮김 『세계사상』 제4호(동문선, 1998) ; 임옥희, 「법과 권력이 생산한 주체─쥬디스 버틀러의 수행적 정체성」, 『여/성이론』 통권 제1호(성문화이론연구소, 1998) 참조.

그 자체로 사회화된 것이라고 보기 때문이다. 나아가 버틀러는 젠더가 남성/여성으로만 구분되는 것이 아니라 남성 정체성을 가진 남성, 여성 정체성을 가진 남성, 여성 정체성을 가진 여성, 남성 정체성을 가진 여성 등으로 다양하게 구분된다고 설명한다. 젠더 정체성이란 그야말로 복수화(複數化)된 정체성으로서 행위의 반복에 의해 형성되는 가변적인 정체성이라는 것이다.

지금까지 살펴본 젠더 정체성에 관한 논의에서 알 수 있듯이 젠더 정체성 개념은 한 개인의 정체성이 사회·역사적 현실과의 상호작용 속에서 형성되는 것임을 보여준다는 점에서 중요하다. 다시 말하면 정체성이 성(性)이라는 결정 요인뿐만 아니라 민족·계급·인종·성적 지향 등의 다양한 요인의 착종 속에서 형성된다는 것을 보여줌으로써 정체성 논의가 생물학적 결정론이나 성적 환원론에 빠질 위험을 피해갈 수 있게 해 준다.

근대에의 환멸과 히스테리아들
_오정희

근대에의 환멸과 히스테리아들 _ 오정희

여주인공의 변모를 중심으로 오정희의 소설세계를 조망해 볼 때, 오정희 소설의 전개과정은 한 여성의 삶의 과정이라고 해도 크게 무리가 없다. 한 여자아이가 성장하여 결혼하고, 그리고 아이낳고 어머니가 되는 일련의 경험들이 오정희 소설에는 순차적으로 나타나고 있기 때문이다. 그래서 김치수[1]는 오정희 소설의 여주인공을 "어떤 계층의 한국 여성의 보편적인 하나의 전형"으로 유추할 수 있다고 말한다. 특히 『幼年의 뜰』의 경우 빈번하게 사용되는 1인칭 대명사는 오정희 소설의 여주인공이 "1950~80년대까지 유년시절부터 중년시절을 산 한국여성의 한 전형을 나타내는 역할을 한다"는 것이다. 물론 후기로 갈수록 오정희 소설은 1인칭 시점에서 3인칭 시점으로 변화되는 양상을 보이지만,[2] 그럼에도 불구하고 이 지적은 타당한 것으로 판단된다.

---

1) 김치수(1981), 앞의 글, p.216.

오정희의 소설세계는 여주인공의 근대체험과 여성으로서의 자기 인식 정도에 따라 다음의 세단계로 나뉜다.

첫째 단계는 주로 어린 여자아이가 화자로 설정된 작품으로 「幼年의 뜰」「中國人 거리」「완구점 여인」「새」가 해당된다. 여기에서는 여주인공의 도시에 대한 동경과 좌절, 그에 따른 젠더 이데올로기에 대한 거부가 소설의 중심축을 이룬다. 어린 여주인공들은 새로운 가능성의 세계로 비치는 도시를 동경하지만, 그 세계가 여성들에게는 제한적으로 열려 있다는 것을 깨닫고 동경을 포기한다. 그

---

2) 본 도표는 노희준, 앞의 논문, p. 28 참조.

	작 품	발표연도	시 점		작 품	발표연도	시 점
1기	완구점 여인	1968	1인칭 (주)	3기	어둠의 집	1980	3인칭 (제)
	走者	1969	1인칭 (주)		別辭	1981	3인칭 (제)
	散調	1970	1인칭 (주)		夜會	1981	3인칭 (제)
	직녀	1970	1인칭 (주)		밤비	1981	3인칭 (제)
	燔祭	1971	1인칭 (주)		人魚	1981	1인칭 (관)
	봄날	1973	1인칭 (주)		夏至	1982	3인칭 (제)
	관계	1973	1인칭 (주)		銅鏡	1983	3인칭 (제)
	木蓮抄	1975	1인칭 (주)		전갈	1983	3인칭 (제)
	적요	1976	1인칭 (주)		순례자의 노래	1983	3인칭 (제)
	안개의 독	1976	1인칭 (주)		지금은 고요할 때	1983	3인칭 (제)
	未明	1977	1인칭 (주)		새벽별	1984	3인칭 (교)
	불의 江	1977	1인칭 (주)	4기	바람의 넋*	1982	3인칭 (교)
2기	꿈꾸는 새	1978	1인칭 (주)		不忘碑*	1983	3인칭 (교)
	中國人 거리	1979	1인칭 (주)		破虜湖	1987	3인칭 (제)
	저녁의 게임	1979	1인칭 (주)		그림자 밟기	1987	3인칭 (제)
	비어있는 들	1979	1인칭 (주)		불꽃놀이	1987	3인칭 (교)
	幼年의 뜰	1980	1인칭 (주)		옛우물	1994	1인칭 (주)
	겨울 뜸부기	1980	1인칭 (주)		새	1995	1인칭 (제)

*표는 발표연도와 시기구분이 맞지 않는 작품
1인칭 (주) : 1인칭 주인공 시점   1인칭 (제) : 1인칭 제한 시점
1인칭 (관) : 1인칭 관찰자 시점
3인칭 (제) : 3인칭 제한 시점   3인칭 (교) : 3인칭 제한시점에 의한 교차 시점

결과 여주인공들은 가부장제에 의해 젠더화된 여성이라는 표지 또한 거부하게 되는데, 이는 구토, 탐식(貪食), 도둑질, 동성애 등의 증후로 표현된다.

둘째 단계는 대개 가정주부가 화자로 설정된 작품으로 오정희 소설 대부분이 여기에 해당된다. 여기에서 주인공들 대부분은 주된 생활공간인 집을 생명이 싹트지 못하는 불임(不姙)의 공간, 생명이 자라지 못하는 불모(不毛)의 공간으로 경험한다. 그래서 그들은 종종 집밖으로의 외출을 시도하지만 그 시도는 좌절로 종결된다. 근대의 위계적 성별 이분법이 여성이 사적(私的) 영역으로부터 이탈하는 것을 다양한 방식으로 통제하고 있기 때문이다. 그 결과 여주인공들은 태아살해의 욕망과 같은 광증(狂症)이나 타나토스의 욕망과 같은 파괴본능을 표출함으로써 가부장제에 의해 제도화된 모성성 혹은 여성성이라는 표지를 파열한다. 이는 여성의 근대체험과 젠더화가 부정과 환멸 속에서 이루어져 왔음을 보여준다.

셋째 단계 역시 가정주부가 화자로 설정된 작품으로 「옛우물」 「夜會」 「破虜湖」 「木蓮抄」가 해당된다. 이 소설들의 여주인공들은 '혼자만의 공간'에서 자기 성찰의 시간을 갖는다. 「옛우물」의 여주인공은 '작은집'에서, 「夜會」의 여주인공은 '책상'과 '오후 다섯시와 여섯시 사이'의 부엌에서, 「破虜湖」의 여주인공은 자기만의 방에서, 그리고 「木蓮抄」의 여주인공은 '비어 있는 방'에서 자신의 경험을 자신의 시각으로 재구성해 본다. 그 결과 그들은 자신의 모성 경험이나 섹슈얼리티(sexuality)를 새롭게 인식하게 된다.

1. 도시에 대한 동경과 반(反)성장의 성장

「幼年의 뜰」[3]「中國人 거리」[4]「완구점 여인」[5]「새」[6]는 유년기의 여아(女兒)를 주인공으로 삼아 이들의 성장을 다룬 일종의 성장소설이다. 이 유년의 주인공들은 대개 취학 직전에서 중학교 입학 전까지 연령의 아이들로서, 세계와 상호작용하면서 여성 젠더로서의 자신의 위치를 자각하게 된다. 이는 상당히 독특한 방식으로 진행되는데, 예컨대 어린 주인공들은 도시에 대한 동경이 좌절되자 자신이 속한 세계의 주류적인 질서에 편입되기를 무의식적으로 거부하면서 성장하는 반(反)성장의 길을 걷는다. 이는 어린 주인공이 초경이나 다산 등 여성됨의 과정을 부정적인 경험으로 받아들이는 데서, 그리고 아버지의 귀환으로 상징되는 가부장제로의 복귀를 두려운 사건으로 인식하는 데서 확인된다.

1) 지방 소도시의 상징성

「幼年의 뜰」「中國人 거리」에 등장하는 유년 주인공들은 피난지 혹은 전후의 지방 소도시에서 성장하는데, 이 지방 소도시는 전근대적 질서와 근대적 질서가 서로 착종되어 있는 역동적인 공간이자 전통적인 관습은 해체되고 새로운 규범은 아직 정착되지 못한 무질서의 공간이다. 이 변화하고 움직이는 지방 소도시의 세계는 '저개발

---

3) 오정희, 『幼年의 뜰』(문학과지성사, 1997/초판발행, 1981).
4) 위의 책.
5) 오정희, 『불의 江』(문학과지성사, 1997/초판발행, 1977).
6) 오정희, 『새』(문학과지성사, 1997/초판발행, 1996).

의 모더니즘'을 상징한다. '저개발의 모더니즘'이란 이질적인 것들의 상호 착종과 역동성을 그 특징으로 하기 때문이다.[7] '저개발의 모더니즘'을 응축하고 있는 세계가 「幼年의 뜰」에서는 저잣거리로, 「中國人 거리」에서는 미군 지아이(GI) 문화로 나타난다.[8]

「幼年의 뜰」의 저잣거리에는 전근대적인 공간과 근대적인 공간이 혼재하고 있다. 예컨대 미장원·여인숙·완행버스의 차부·교회가 있는가 하면, 그 한켠에는 대장간이 있고 닷새에 한 번씩 장이 서기도 한다. 이처럼 저잣거리는 이질적인 것들의 종합이자 변화하고 움직이는 것들의 집산지라는 점에서 근대 세계의 명확한 상징이다. 이 근대 세계는 여성들의 삶을 가장 현격하게 바꿔놓은 것으로 표현된다. 밤이면 집에 있어야 할 '나이찬 처녀'들이 "잔뜩 죄인 허리와 엉덩이를 흔들며 거리의 끝인 미장원에서 차부까지 오락가락하고", 아이들도 "밤 거리에 음험하게 끓어오르는 알 수 없는 열기, 끈끈한 정념으로 가득찬 달착지근한 공기"에 이끌려 저잣거리로 나온다.

장이 서는 날은 구경거리가 많았다. 술집과 여인숙에서는 밤내 노랫소리, 고함 소리가 끊이지 않았다. 때문에 아이들은 저물면 무언가에 이끌리듯 개울을 건너 저자거리로 모여드는 것이었다. 아이들뿐이 아니었

---

7) Berman, M., 『현대성의 경험』(윤호병 옮김, 현대미학사, 1994), pp.212~347 참조.
8) 심진경도 오정희의 유년기 소설의 도시공간에 주목하여 근대성의 문제에 접근한다. 「幼年의 뜰」에서 도시의 거리가 여성인물들이 "성적인 상호작용의 형식과 접촉하고 자신들의 성욕을 자각하게 되는 곳"이라면, 「中國人 거리」에서 도시공간은 "중국으로 상징되는 낡은 것과 미군 지아이(GI) 문화로 상징되는 새로운 것이 혼재하면서 부딪히는 공간"으로서, 결국에는 "자본주의적 근대 문화에 의해 촉발된 여성의 욕망이 여성의 삶을 왜곡시키는 가짜 욕망이며, 자본주의적 문화는 여성의 삶을 전근대적인 성적 규범과는 다른 방식으로 억압하는 죽음의 문화라는 사실을 극적으로 드러낸다"는 것이다. 이처럼 심진경은 도시공간과 여성의 섹슈얼리티(sexuality) 형성을 결합시켜 오정희의 유년기 소설을 상당히 독특한 시각으로 분석하고 있다(「여성의 성장과 근대성의 상징적 형식」, 『여성문학연구』창간호, 태학사, 1999).

다. 나이찬 처녀들도 잔뜩 죄인 허리와 엉덩이를 흔들며 거리의 끝인 미장원에서 차부까지 오락가락하고 으아이스케키, 으아이스케키, 아이스케키 통을 멘 사내아이들이 히죽거리며 목청을 돋구었다.

　　〔…중략…〕

　　밤의 저자거리는 늘 재미있었다. 나는 밤이 되어도 식지 않는 더위에 치마를 걷고 언니 또래 틈에 쥐새끼처럼 끼어앉아 밤 거리에 음험하게 끓어오르는 알 수 없는 열기, 끈끈한 정념으로 가득찬 달착지근한 공기를 들이마셨다.

—「幼年의 뜰」, pp.23~24

　　이 저잣거리의 밥집에서 노랑눈이의 어머니는 '늙은 갈보'가 되어 일한다. 노랑눈이의 아버지는 참전했고, 집에는 경제능력이 없는 외할머니와 다섯 아이들이 있기 때문이다. 궁여지책으로 밥집에 나가게 되지만 이로 인해 어머니의 삶은 바뀐다. 어머니는 "나팔꽃처럼 보얗게 피어나는" 얼굴을 갖게 되고, "할머니의, 어머니에 대한 말투에는 언제나 면목 없어하는 듯한 아첨기"가 생겼으며 어머니는 그것을 '당연하게' 받아들이게 된다. 경제력을 갖자 어머니는 가정에서 당당해지고, 이 어머니와 같은 여성들 때문에 지역경제는 활성화된다. 이는 노랑눈이네가 세들어 사는 외눈박이 목수의 딸들에게서도 확인된다. 목수의 딸들은 대처로 나가 '보얗게 분바른 얼굴'로 돈을 벌고, 사람들은 명절이나 목수의 생일 때면 딸들 덕에 하루종일 '기름 타는 냄새와 고깃내'가 풍기게 된 목수네를 부러워하게 된다.

　　경제인구에 해당하는 여성들이 성적 봉사를 동반한 노동력으로서 저잣거리 혹은 대처로 나가는 동안, 노랑눈이나 노랑눈이의 언니와 같은 소녀들은 호기심과 '알 수 없는 열기'에 이끌려 저잣거리로 나간다. 소녀들이 느끼는 저잣거리에 대한 동경은 일차적으로는 소비문화의 현란한 이미지에 현혹된 결과이다. 그러나 구체적으로 보자면, 노랑눈이의 언니가 느끼는 동경의 감정은 사춘기에 접어든 소녀의 성(性)에 대한 자연스런 호기심의 발로이자 동시에 가부장제가 여성의 섹슈얼리티를 통제하는 데 대한 반발의 결과이다. 이는 노랑눈이의 오빠가 저잣거리 출입을 통제하면 할수록 언니의 밤외출이 더욱더 잦아지는 데서 알 수 있다.

반면 노랑눈이는 사탕에 현혹되어 저잣거리로 나간다. '뚱보'에다가 먹을 것을 병적으로 탐하는 노랑눈이는, 할머니가 숨겨둔 찐 고구마나 늦게 돌아오는 어머니를 위하여 남겨둔 밥까지 몰래 훔쳐먹는데, 급기야는 어머니의 지갑에 손을 대면서까지 사탕에 빠져든다. 사탕이란 아이들에게 근대적인 것을 상징하는 사물이다. 즉 대처에 대한 꿈과 동경을 불러일으키는 근대의 표상이거나 현실을 잊게 하는 중독적인 탐닉의 대상이다.[9] 그러므로 노랑눈이가 보여주는 사탕 중독은 근대세계에 대한 무의식적인 동경을 상징하는 것으로, 나아가 대행가장의 폭력에 지배되는 가족관계를 잊고 싶어하는, 집에 대한 환멸을 상징하는 것으로 읽을 수 있다.

또한 저잣거리는 소녀들에게 가족의 '동물적인 삶'을 잊게 해주는

---

9) 이는 박완서의 장편소설 『그 많던 싱아는 누가 다 먹었을까』(웅진, 1992)에서도 찾아볼 수 있다. 어린 여주인공 '나'에게 사탕이란 두 가지 의미를 지닌다. 하나는 근대적인 세계를 상징하는 것으로서, 박적골이라는 농촌마을에서 성장할 당시, 사탕이란 송도로 나간 할아버지가 가져다주는 근대세계의 선물이었다. 다른 하나는 지루한 현실의 시간을 잊게 하는 중독적인 먹거리의 의미로서, 서울 사대문 밖의 빈촌으로 이주해 온 뒤부터 '나'는 도벽과 함께 사탕에 빠져든다.

공간이기도 하다. 노랑눈이에게 가족이란 정겨운 대상이기보다는 "맹렬히 이빨 가는 소리" "저마다 뿜어대는 땀냄새, 떨어져내리는 살비듬내, 풀썩풀썩 뀌어대는 방귀 냄새, 비리고 무구한 정욕의 냄새"가 끓어오르는 '동물적인 삶'의 공모자이다. 이들의 '동물적인 삶'은 노랑눈이 가족이 '임자 없는 닭'을 잡아먹는 장면에서 그로테스크하게 표현된다. 할머니가 주인 있는 닭을 '임자 없는 닭'이라며 잡아와 닭국을 끓이면, 온 가족은 닭을 잡아먹은 흔적을 '감쪽같이' 지워가면서 닭국을 먹는다.

> 할머니가 또 임자 없는 닭을 잡아온 것이다.
>
> 〔…중략…〕
>
> 옷이 척척 들러붙게 더운 날인데도 할머니는 부엌문을 닫아 걸고 흘러드는 땀에 눈을 섬벅이며 닭 털을 뽑았다.
>
> 우리는 방문을 굳게 닫고 땀을 뚝뚝 흘리며 뜨거운 닭 국을 마셨다.
>
> 할머니는 우리의 손이 닿기 전 먼저 닭의 다리와 똥집을 오빠의 밥 위에 얹었다.
>
> 뒷처리도 재빨랐다. 바람에 날리지 않게 재에 버무린 닭 털을 오빠는 마당 구석 깊숙이 묻고 부엌 바닥의 검게 엉긴 피도 흙을 뿌려 쓸자 감쪽같았다.
>
> 할머니는 또 살이 마끔히 발린 닭 뼈를 눈에 안 띄는 찬장 뒤에 놓았다. 지네를 잡아 약에 쓴다는 것이다.
>
> —「幼年의 뜰」, p.39

이처럼 집이 '동물적인 삶'이 이루어지는 공간이라면, 다른 한편

대행가장의 과잉 훈도와 억압이 정당화되는 공간이기도 하다. 노랑눈이의 오빠는 '임자 없는 닭'을 잡아먹는 데 암묵적으로 동조하면서도, 안집의 감나무에서 떨어진 감에 손을 못대게 하는 이중성을 보인다. "떨어진 감에 손만 대봐라, 손목을 잘라버리겠다"라고 과잉 훈도를 하는가 하면, 저잣거리로 나가는 어머니에 대한 화풀이로 언니의 저잣거리 출입을 단속하며 폭력을 행사하기도 한다. 오빠는 '늙은 갈보'인 어머니의 수입에 의존하는 무력한 가장임에도 불구하고, 자신이 가장임을 지나치게 의식한 결과 가족들에게 '엉뚱한 잔인성이나 폭력'을 행사하는 '작은 폭군'이 된다.

> 오빠의 매질은 무서웠다. 오빠는 작은 폭군이었다. 아버지가 떠난 이래 오빠는 은연중 가장의 위치로 부상했고, 더우기 어머니가 읍내 밥집에 나가게 되면서부터, 그리고 수상쩍은 외박으로 우리에게서 비켜서고 있음을 시사하자 오빠는 암암리에 대행 가장의 위치를 수락하였음을, 공공연히 자행되는 매질로 나타냈다.
>
> 오빠는 자신이 가장임을 지나치게 의식하고 있어 언제나 침울하고 긴장으로 부자연스럽게 굳어 있었다. 그 긴장으로 억눌려져 자라지 못하는 욕망, 자라지 못하는 슬픔, 분노 따위는 엉뚱한 잔인성이나 폭력의 형태로 나타났다.
>
> ―「幼年의 뜰」, p.25

이러한 대행가장의 모습은 근대화의 시점에서 '유교적 가부장제'가 우리 사회에 변형된 형태로 뿌리내리게 되었음을 보여준다. '유교적 가부장제'란 남존여비의 남성 중심주의적인 유교적 관념이 근대화의 시기에 이르러 새롭게 변형된 형태로서, 한국사회에서 여성의 지위가 낮을 수밖에 없는 근본적인 여성 억압기제로 작동되고 있다. 노랑눈이 오빠의 대행가장으로서의 역할에 대한 강박관념은 이 '유교적 가부장제' 이데올로기에 강박된 결과라 할 수 있다. 그래서 노랑눈이는 전쟁이 끝나고 아버지가 귀환하자, '유교적 가부장제'로의 복귀를 두려워하며 '욕지기' '구토'와 같은 거부 반응을 보이게 된다.[10]

가부장권에 대한 노랑눈이의 이러한 거부 반응은 노랑눈이의 도시에의 동경이 어디에서 연원하는지 짐작하게 해준다. 노랑눈이에게 도시란 여성들에게 새로운 삶의 가능성을 열어주는 세계로 비쳐진다. 이는 부네의 동생 서분이의 이야기를 통해 뚜렷하게 나타난다. 미국인의 '식모'인 서분이는 노랑눈이의 눈에 '멋장이'인데다가, '껌과 초콜렛' '냄새 독한 향수' 같이 사람들이 좋아하는 '미제' 물건을 많이 소유한 능력 있는 여성이다.

---

10) 황도경은 노랑눈이의 '구토'를, "환상과 실제 사이의 거리"를 확인하는 데서 오는 혼란의 일종으로 해석한다. 노랑눈이는 "따뜻하고 부드럽고, 커다란" 어떤 것으로 아버지를 기억하고 있었는데, 실제의 아버지는 "벌건 얼굴의 키가 훌쩍 큰", "거렁뱅이"에 지나지 않자, 그 이질감 때문에 "욕지기와 구역질"을 하게 되었다는 것이다. 그러나 노랑눈이가 과연 아버지를 그렇게 긍정적으로만 기억하고 있었는지는 불분명하다. 예컨대, "땀으로 펑 젖은 셔츠의 등과 더 짙은 얼룩으로 젖어 있던 겨드랑이를 보이며 트럭에서 내리던 모습"이라든가, "구역질 나는, 익숙한" "아버지의 머리에서 풍기던 기름 냄새"와 같은 묘사에서 알 수 있듯이, 아버지에 대한 노랑눈이의 기억은 오히려 상당히 혼란스러운 것으로 나타나기 때문이다. 게다가 오정희 소설에서 '구토'는 거의 언제나 억압적인 현실에 대한 거부 반응으로 사용되고 있다. 예컨대, 「未明」에서는 모성을 제도화하는 현실에 대한 거부 반응으로, 「夜會」에서는 중산층의 속물적인 삶에 대한 거부 반응으로,「적요」에서는 소외를 강요하는 현실에 대한 거부 반응으로 '구토' 모티프가 사용되고 있다. 그러므로, 노랑눈이의 욕지기와 구토는 아버지의 귀환에 대한 두려움과 거부로 해석하는 것이 옳다고 생각한다. 또, 페미니즘의 시각이 반영된 김경수, 심진경, 김복순, 김정자, 조정희 등의 논문에서는 대체로 노랑눈이의 '구토'를 가부장제로의 복귀에 대한 두려움으로 해석하고 있음을 밝혀둔다(황도경, 「여성의 글쓰기와 꿈꾸기, 그 여성성의 지평」, p.52 ; 김경수, 「여성적 광기와 그 심리적 원천—오정희 초기소설의 재해석」, p.103 ; 심진경, 「여성의 성장과 근대성의 상징적 형식」, p.193과 「오정희 초기소설에 나타난 모성성 연구」, p.243 ; 김복순, 「여성 광기의 귀결, 모성 혐오증」, p.44 ; 김정자, 앞의 글, p.246 ; 조정희, 앞의 논문, pp.27~31).

서분이는 멋장이었다. 밤마다 엉덩이를 흔들고 다니는 읍내 처녀들과 비할 바가 아니었다. 집에서도 꼭 끼이는 스커트에 환히 살이 비치는 양말을 신고 굽높은 구두를 신었다. 서분이는 우리에게 껌과 초콜렛을 주고 어머니에게는 냄새 독한 향수를 주었다.

—「幼年의 뜰」, p.45

또한 영어를 가르쳐 준다는 핑계로 '더러운 짓'을 하도록 오빠를 유혹해 가족에 대한 그의 권위를 실추시키고 결국에는 대행가장으로서의 그의 입지를 무너뜨리는 팜므 파탈(femme fatale)이기도 하다. '알 수 없는 흥분과 열기'로 읍내 저잣거리에 이끌리던 언니는 서분이와 관련된 오빠의 수치심을 건드리는 방식으로 '매질'에 저항하고, 오빠는 어머니의 등신대 거울을 산산조각냄으로써 자신의 패배를 자인한다.[11] 이처럼 서분이가 팜므 파탈이 될 수 있었던 이유는 그녀가 근대세계로부터 온 데 있다. 서분이가 대처로의 진출을 미끼로 오빠를 유혹해 그의 세계를 무너뜨렸기 때문에, 비록 자각적인 형태는 아닐지라도 노랑눈이는 근대세계를, 전근대적인 가부장제 질서로부터 벗어날 수 있는 새로운 가능성의 세계로 받아들이게 된다.[12]

---

11) '거울'은 오정희 소설에서 자주 사용되고 있는 모티프 중의 하나이다. 대표적인 예로는「中國人 거리」「봄날」「散調」「銅鏡」「어둠의 집」을 들 수 있다. 오생근(1990)은 오정희 소설에서 '거울'이란 "비치는 대상의 감춰져 있는 면 혹은 감추고 싶은 어떤 부정적인 면을 숨김없이 들춰내는 역할"(p.411)을 한다고 평가한다. 이는「中國人 거리」의 소녀가 여성으로 성숙하는 과정에서 거울에 비친 남자의 얼굴을 만난다든지,「봄날」의 젊은 주부가 "눈동자의 빛이 흉하게 바래서 엷어진, 나이 먹고 지친" 자신의 얼굴을 보며 흐느낀다든지,「散調」의 노인이 상점의 유리 앞에서 "죽어 있는 시간 속에 갇혀 있는 낯선 사내"인 자신을 발견한다든지,「銅鏡」의 노부부에게 구리거울이란 젊은 나이에 억울하게 죽은 아들 영로를 기억하게 하는 사물이라든지,「어둠의 집」의 중년 주부가 "다만 어둡고 깊을 뿐 아무 것도 되비치지 않는 거울면"을 통해 자신이 처한 막막한 현실을 감지한다든지 하는 것을 보면 타당한 지적으로 판단된다.

이러한 양상은 「中國人 거리」에서 주인공이 양공주 매기언니 방에 매일 놀러가는 데서, 친구 치옥이가 "난 커서 양갈보가 될 테야"라고 선언하는 데서도 확인된다. 매기언니 방에서 주인공은 자신이 의붓딸이라는 상상을 즐기고 의붓딸인 치옥이는 '허벅지의 피멍'을 친구에게 보이며 집으로부터의 탈출 의지를 다진다. 이처럼 소녀들에게 매기언니의 방이란 집으로부터의 탈출을 꿈꾸는 모반의 공간이자 집의 영향권에서 벗어나 있는 일종의 치외법권 지대이다. 그래서 소녀들은 '미제' '향수병'과 '비스켓'을 가진, 국제결혼을 해 곧 미국으로 떠날 매기언니에게 선망과 동경의 감정을 품게 된다.[13]

사실 양공주는 이중적인 의미를 띤 존재이다. 양공주는 남성의 성적 소비대상이라는 측면에서 보면 반근대적인 남존여비 관념을 응축하고 있는 존재이지만, 반면 "경제와 성욕, 합리적인 것과 비합리적인 것, 도구적인 것과 미적인 것 간의 모호한 경계를 교란시키는" 존재라는 측면에서 보면 '성애화된 근대성'[14]의 전형적인 상징이기도 하다. 근대성이란 이질성의 경합으로 특징지워 지는데, 양공주는 이처럼 서로 이질적인 것들을 가로지르는 존재이기 때문이다. 그리고 양공주는 재생산을 위한 성이 아니라 쾌락을 위한 성을 상징한다는 측면에서도 근대적 여성 섹슈얼리티의 표상이 될 수 있다. 근대 이전에는 여성의 섹슈얼리티가 주로 재생산과 관련되었을 뿐 쾌락

---

12) 이는 노랑눈이의 인식의 한계로서, 이후 노랑눈이는 몇 가지 사건을 간접 경험하면서 이러한 인식의 한계를 깨닫고 도시에 대한 동경을 철회하게 된다.

13) 전후세대 여성작가들의 소설 중에는 양공주의 건강함과 생활력을 예찬하는 작품 이 꽤 있다. 예컨대, 강신재의 「寬容」(1951), 「解放村 가는 길」(1957)은 양공주가 될 수밖에 없던 여성들의 현실과 내면을 우호적인 시선으로 그리고 있고, 「解決策」(1958)은 양공주의 건강성과 함께 여성해방적인 반봉건 의식을 조명하고 있다(졸고, 『1950년대 여성작가 연구』, 경희대학교 석사학위논문, 1994, pp.74~79 참조).

14) Felski. R., 『근대성과 페미니즘』(김영찬 · 심진경 옮김, 거름, 1999), p.47 p.109 참조.

과는 무관한 것으로 규정되었었기 때문이다.

양공주에게는 전쟁의 산물이라는 역사적 특수성이 또한 새겨져 있다. 양공주는 전쟁이 여성의 '국민화 프로젝트'를 촉진시킨 혁신이며 일종의 '극한적 형태'였음을 증명하는 존재로서,[15] 근대화와 더불어 본격화된 여성의 공적(公的) 영역 참여가 부정적인 방식으로 이루어졌음을 뚜렷하게 보여준다. 양공주의 광범위한 확산에서 알 수 있듯이 여성의 공적 영역 참여는 성적 서비스 계층으로의 편입이라는 지극히 부정적인 방식으로 이루어졌음에도 불구하고, 오정희 소설의 어린 주인공들은 인식의 한계 때문에 미처 그것을 깨닫지 못한다. 그들은 양공주의 화려한 외양과 소비 행태를 근대 세계의 표상으로 받아들이다가 결정적인 몇 가지 사건들을 경험하면서 그 부정성에 눈뜨게 된다.

저잣거리 혹은 양공주에 대한 그릇된 동경을 통해 근대세계로의 편입을 꿈꾸는 어린 주인공들의 모습은 이들이 경험한 근대가 생산적인 것이라기보다는 소비적인 것이었다는 것과 관련이 있다. 오정희 초기소설의 어린 주인공들은 대개 근대의 부정성을 통해 근대를 경험한 것으로 나타나는데, 이는 우리 근대화의 특수성과 밀접한 관련이 있다. 미국의 원조경제에 의해 시작된 본격적인 근대화는 식민지 반자본주의적인 토대 위에서 진행되었고, 그 결과 소비 중심주의

---

15) 우에노 치즈코는 "'여성의 국민화'를 근대에서부터 이어지는 미완의 프로젝트라고 해석한다면, '전쟁'이 '국민화 프로젝트' 과정 속의 '일화(逸話) anecdote'가 아니라 오히려 그것을 촉진시킨 '혁신'이며 일종의 '극한적 형태'였음을 인정할 수밖에 없게 된다"(pp.20~21)고 평가한다. 그리고 특히 피식민지의 경우에는 "전쟁을 통해 가능했던 여성의 '공적 영역'의 참가는 여성에게 무엇인지 알 수 없는 흥분과 새로운 정체성을 부여했다."(p.56)고 지적하면서 '여성의 국민화' 프로젝트가 피식민지와 식민지에 걸쳐 두루 진행되었음을 강조하고 있다(우에노 치즈코, 앞의 책). 치즈코의 이러한 논의는 6·25 이후 미군기지를 중심으로 광범위하게 형성된 양공주 계층을 설명하는 데 유용한 시사점을 제공한다.

적인 자본주의 체제가 전면적으로 이식된다. 오정희의 유년 주인공
들은 바로 이러한 배경 속에서 성장했기 때문에 근대세계를 소비문
화로서 경험하게 된다.

2) 반(反)성장의 성장

근대세계를 동경하던 어린 주인공들은 그 동경이 결국 좌절로 종
결된다는 것을 몇 가지 경험을 통해 감지한다. 그것은 먼저,「幼年
의 뜰」에서 부네를 통해 이루어진다. 부네는 '바람'이 나서 집을 나
갔다가 아버지인 목수에게 끌려들어온 뒤, 아이를 가졌다는 둥, '문
둥병'에 걸렸다는 둥, "미쳐서 짐승처럼 재갈 물리고 손발 묶여" 있
다는 둥의 소문에 휩싸여 있다가 '혀를 물고' 자살하는 인물이다.
대사가 없는 하회탈의 이름 부네처럼, 자신의 말을 박탈당한 존재인
부네는 근대세계 속에서 '벙어리된' 여성, 즉 타자화된 여성을 상징
한다.

자신의 말을 박탈당한 채 소문을 통해서만 말할 수 있는 부네에게
는 진실을 증언할 길이 봉쇄되어 있다. 그래서 부네와 관련된 소문
의 진위는 확인되지 못한다. 다만 부네가 아버지의 지배를 벗어나
독자적으로 근대세계에 진입하려 했기 때문에 아버지인 외눈박이
목수에게 붙들려 온 것만은 분명해 보인다. 부네의 다른 자매들은
명절이면 풍성한 선물과 함께 집으로 돌아옴으로써 아버지의 권위
를 강화시키는 역할을 하지만, 부네는 그렇지 않다. 집을 떠나 영영
돌아오지 않으려고 함으로써 아버지의 권위에 저항한다. 이유는 소
설의 문면(文面)에 뚜렷하게 제시되고 있지는 않지만 아버지 세계

의 불구성 때문으로 해석된다. 아버지 세계의 불구성은 아버지가 외눈박이라는 것으로 상징되고 있는데, 외눈박이란 육체적 불구성뿐만 아니라 세계를 전체적으로 바라보지 못하는 의식의 불구성을 또한 상징하기 때문이다.

이 부네에 대하여 노랑눈이는 친화감과 함께 "이상한 두려움과 가슴 한 귀퉁이가 무너져 내리는 듯한 슬픔" "이유모를 서러움" 등의 감정을 느낀다. 그것은 노랑눈이가 부네와의 동일시를 통해서 주변 세계를 의식하고 있었기 때문이다. 이는 작품 안에서 노랑눈이의 감정이 명확하게 표현된 경우는 노랑눈이가 부네에 대해 상념할 때뿐이라는 데서도 확인된다.[16] 「幼年의 뜰」은 노랑눈이를 주인공으로 하는 1인칭 시점임에도 불구하고 노랑눈이의 감정이 표명된 경우는 거의 없다. 노랑눈이가 부네의 닫힌 방앞에서 서성이며 부네를 상념할 때만, 노랑눈이의 감정이 간접적으로나마 표명된다.

나는 방으로 들어와 옷을 벗고 거울 앞에 섰다. 몸의 근육을 조금도 긴장시키지 않고 축 늘어뜨리고 불룩 튀어나온 배와 작고 주름진 가랑이를 물끄러미 보며 나는 까닭없이 흐느꼈다.

깊은 밤, 안채에서 느닷없이 곡성이 터졌다.

---

16) 김경수도 "노랑눈이에게 부네의 정황이 강인하게 인지된 저변에는 그녀가 부네에게서 느끼는 모종의 일체감 및 연민의 정이 깔려 있다"고 분석한다. 그는 "「幼年의 뜰」 전체를 통해서 주인공 노랑눈이의 명확한 감정적 태도가 드러난 경우는 바로 부네에 대해 상념할 때뿐"이라고 지적하면서, 노랑눈이는 "부네를 감금하고 죽여보낸 그의 아버지와 자기 집안 식구를 단속하는 훈도의 역할을 떠맡은 오빠의 존재를 하나의 묶음으로 놓고 여자들에게 제한적인 삶의 양상을 강요한 것으로 느낀다"고 해석한다(「여성적 광기와 그 심리적 원천─오정희 초기소설의 재해석」, pp.101~102 참조). 이는 「幼年의 뜰」의 구조를 한 사회가 강제한 성의 이데올로기를 둘러싼 대립과 갈등으로 파악하는 데서 가능한 해석이다. 이 해석은 성 이데올로기를 남/여의 대립이라는 단선적인 구도로 설명하는 한계가 있지만, 노랑눈이의 심리 구조를 성 이데올로기의 측면에서 해석한 최초의 시도라는 점에서 의미가 있다.

딸이 죽었댄다. 혀를 물고 자살을 했대. 약을 달여 들어가니 글세 벌써
죽어 있더라지 뭐냐.

— 「幼年의 뜰」, p.43

예문은 노랑눈이가 '까닭없이' 흐느끼던 어느 초저녁, 부네의 부
고를 받는 장면이다. 이는 노랑눈이가 부네와의 동일시를 통해 세계
를 바라보고 자신의 미래상을 예감하며 성장한다는 것을 나타낸다.
노랑눈이는 부네의 감금과 죽음을 지켜보면서, 근대세계에 대한 자
신의 동경 역시 좌절될 운명에 있음을 깨닫고 정상성을 거부하는 반
(反)성장의 길을 선택하게 된다. 이는 일차적으로 노랑눈이의 육체
적·정신적 병리성으로 나타난다. 노랑눈이는 '뚱보'인 데다가 병적
으로 먹을 것을 탐하고, "웃지도 않고 말도 않고" "일곱살이 되도록
오줌을 싸고" 도둑질을 한다. 노랑눈이의 이러한 병리적 성장은 정
상성에 대한 거부와 조롱으로 해석될 수 있다. 물론 이 소설에서 노
랑눈이가 직접적으로 현실을 비판하는 대목은 찾아볼 수 없다. 노랑
눈이는 어리고 세계를 자기 방식으로 이해할 만한 인식 수준을 갖추
지 못했기 때문이다. 그럼에도 불구하고 노랑눈이는 예민하고 섬세
한 감각으로 자기가 속한 세계의 여성 억압적 측면을 막연하게나마
감지했기 때문에, 그 거부의 수단으로 정상성으로부터의 이탈, 즉
육체의 무질서화를 선택하게 된다.

이러한 구도는 「中國人 거리」에서도 마찬가지로 나타난다. 앞에
서 살펴본 것처럼 「中國人 거리」의 어린 주인공 '나'와 치옥이는 양
공주 매기언니의 삶을 동경하지만 매기언니는 흑인 병사에 의해 죽
임을 당하고 만다. 국제결혼을 해 미국으로 가는 꿈을 꾸던 매기언

니는 술취한 '검둥이'에 의해 창밖으로 내던져져 죽게 되고 그녀의 딸 제니는 고아원에 맡겨진다. 이는 백인 지아이(GI)가 칼을 던져 고양이를 죽이는 장면과 병치되는 이야기로서 고양이는 매기언니의 비유로 해석된다. 그리고 "비눗물이 눈에 들어가도 울지" 않고 "혼자 옷을 입는 것은 물론 숟갈질도 못해 밥을 떠넣어 주면 한 귀로 주르르" 흘리는 제니의 이야기는, 매기언니가 추구해 온 세계의 실상을 상징적으로 보여준다. 그것은 바로 불구성과 불모성의 세계이다.[17]

매기언니의 죽음을 계기로 근대세계의 불구성과 불모성을 감지한 어린 주인공들은, 기왕의 전근대적인 가부장제 질서 속으로의 편입이 불가피하다는 것을 인정하게 된다. 그러나 그 인정은 제도화된 여성성의 거부와 함께 이루어지기 때문에 그리 단순하지 않다. 제도화된 여성성의 거부란 주인공들의 성장에 각인된 이중성을 나타내는데, 주인공들은 전근대적인 가부장제 질서 속으로 편입하는 한편, 제도화된 여성성을 거부함으로써 궁극적으로는 가부장제 질서를 약화시키는 이중전략을 취하게 된다.

「幼年의 뜰」에서 노랑눈이는 거울을 통해 자신의 "불룩 튀어나온 배와 작고 주름진 가랑이"를 바라보며 '까닭없이' 흐느끼는데, 이는 노랑눈이가 여성의 몸이 부정적인 방식으로 규정되는 데 대한 서글픔 속에서 성장한다는 것을 나타낸다. 그리고 「中國人 거리」에서

---

17) 불구는 오정희 소설에서 매우 빈번하게 사용되는 모티프이다. 예를 들면, 「幼年의 뜰」의 외눈박이 목수, 「未明」의 몽당손을 가진 전과자, 「적요」의 반신불수 노인, 「木蓮抄」의 앉은뱅이 무당, 「관계」의 단장 없이는 한발짝도 못 움직이는 노인, 「散調」의 곱사등이 소녀, 「지금은 고요할 때」의 정신 지체아가 있다. 이처럼 오정희가 불구적인 인물을 즐겨 등장시키는 이유는, 저능아 제니의 경우에서 확인되듯이 이러한 인물들이 현실의 불구성과 불모성을 드러내려는 데 효과적인 역할을 하기 때문이다.

주인공은 중국인 남자와의 조우 속에서 여성으로 성장해 가는 것으로 설정되고 있는데 중국인이란, 여성이 남/녀의 성별 이분법에서 타자화된 것과 동일한 방식으로 한국인/중국인(떼놈)의 인종적 이분법에서 타자화된 존재이므로, 그것은 주인공의 여성성 획득이 실은 타자성의 획득에 지나지 않음을 나타내는 것으로 해석될 수 있다. 더욱이 주인공이 중국인 남자로부터 받은 '빵'과 '등'을 '금이 가서 쓰지 않는 항아리'에 넣는 장면은 주인공의 여성성 획득이 훼손과 함께 이루어짐을 상징한다. 항아리나 우물과 같은 둥글고 우묵한 사물은 여성을 상징하는 관습화된 기호인데, 이것이 '금이 가서 쓰지 않는' 무용한 것이라는 설정은 여성성의 훼손을 의미하기 때문이다.

여성성의 훼손이란 여성성의 제도화를 나타낸다. 이는 주술에 걸린 고양이의 이야기에서 추론된다. 새끼를 일곱 마리나 낳은 고양이에게 할머니가 계속해서 "나비가 쥐새끼를 낳았구나"라고 주술을 걸자, 고양이는 결국 "새끼를 모조리 잡아먹고 대가리만 남겨 피칠한 입으로 야옹야옹 밤새" 운다. 이 이야기는 모성성·여성성이 생득적으로 주어지는 것이 아니라 외부로부터 주입·구성된 것임을 나타내는데, 특히 가부장제 사회에서의 모성성·여성성이란 할머니의 부정적인 주술과 같이 여성에게 부정적인 방식으로 부과된다는 것을 상징한다.

그래서 주인공은 "또 아이를 낳게 된다면 어머니는 죽게 될 것"이라고 생각하며 여덟 번째 아이를 배고 있는 어머니에게 "비통하고 처절한" 데가 있다고 느낀다. 어머니의 모성을 '동물적인 삶'으로 느꼈기 때문에 주인공은 여성됨의 표지인 초경을 "거미줄처럼 온몸을 끈끈하게 죄고 있는 후덥덥한 열기" "이해할 수 없는 절망감과 막막함" 속에서 경험하게 된다.

　　내가 낮잠에서 깨어났을 때 어머니는 지독한 난산이었지만 여덟 번째 아이를 밀어내었다. 어두운 벽장 속에서 나는 이해할 수 없는 절망감과 막막함으로 어머니를 불렀다. 그리고 옷 속에 손을 넣어 거미줄처럼 온 몸을 끈끈하게 죄고 있는 후덥덥한 열기를, 그 열기의 정체를 찾아내었다.

　　초조였다.

—「中國人 거리」, p.80

이처럼 주인공이 다산이나 초경을 부정적인 방식으로 받아들이는 것은, 여성성이 제도화되어 있기 때문이라 할 수 있는데 그렇다면 제도화되지 않은 충만한 여성성은 과연 존재하는가? 그리고 오정희 소설의 주인공들에게는 그에 대한 희구가 존재하는가? 이에 대한 답은 「완구점 여인」과 「새」에서 간접적으로 제시되고 있다.

「완구점 여인」의 주인공 '나'는 어머니와 동생을 잃고 계모마저 집을 나가자, 방과 후 빈 교실에 남아 도벽을 일삼고 완구점에서 오 뚝이를 사모으는 강박증을 보이다가 완구점 여인과의 동성애적인 정사를 계기로 아동기의 경험과 결별하게 된다. 이 주인공에게서 발 견되는 주요한 특징은 바로 남성 컴플렉스이다. 남성 컴플렉스란 여 아가 어머니와의 동일시를 경험했던 전(前)외디푸스 단계로의 회귀 를 희구하면서, 자신을 남근이 있는 존재로 인식하여 동성애에 빠져 드는 것을 가리킨다. 프로이트는 남성 컴플렉스를 정상적인 여성성으로의 진입이 실패한 결과로 간주하면서, 정상적인 여성성의 획득은 쾌락의 부위를 음핵에서 질로 이전하는 과정, 남자아이를 출산하는 과정 등을 거쳐 이루어진다고 설명했다.[18] 이 설명에는 가부장제에 의해 제도화된 여성성을 아무런 문제의식 없이 정상적인 여성성으로 등치시키는 한계가 있지만, 여성성의 제도화가 그다지 순조롭게 이루어지지 않는다는 것을 역설적으로 보여준 의의가 있다.

「완구점 여인」에서 주인공 '나'의 남성 컴플렉스는 먼저, "선 채 오줌을 누고 싶다는 충동"으로 표현된다. 방과 후 빈 교실에 남아 책상을 뒤지며 혼잣말을 중얼거리던 '나'는, "갑자기 이야기가 하고 싶어"지는 충동과 함께 방뇨 충동을 느낀다. 이는 자신이 경험하고 있는 현실에 대한 거부 의지로 해석되는데, 왜냐하면 방뇨 충동이 누군가와 의사소통하고 싶다는 욕구, '구역질'이 날 듯한 '입 안의 냄새'를 제거하고 싶다는 욕구와 함께 나타나고 있기 때문이다. 빈 교실에서 느끼는 고립감과 고립된 자신에 대한 "구역질이 날 듯"한 혐오감 속에서 '나'의 남성 컴플렉스의 증후는 선명하게 표출된다.

> 뻣뻣한 스커트를 허리께까지 훌쩍 걷어올리고 그대로 선 채 오줌을 누고 싶다는 충동을 느꼈다. 침을 뱉었다. 입안에서는 끈적한 타액이 자꾸 괴고 있었다. 나는 그것을 자꾸 뱉아냈다. 타액이 인조 대리석에 달라붙는 소리가 묘하게도 일정하다. 가득한 침이 마르자 입에서는 냄새가 나는 듯했다. 며칠이고 양치질을 안 한 채 낮잠을 자고 난 여름날 문득 느끼는 냄새였다.

---

18) Freud, S., 「여성의 성욕」, 『성욕에 관한 세 편의 에세이』, 김정일 옮김(열린책들, 1996) 참조.

〔…중략…〕

숨이 가빠왔다. 하나 입을 다물 수가 없었다. 구역질이 날 듯해서 입안
의 냄새는 도저히 들여마실 수 없었기 때문이다.

— 「완구점 여인」, pp.233~234

이 방뇨 충동의 의미는 '나'의 완구점 여인과의 동성애적인 정사
속에서 좀더 분명하게 나타난다. 완구점 여인은 '나'에게 "휠체어에
서 살아있던 동생"과 "가슴이 두껍고 목소리가 걸실걸실하던 가정
부"와 '어머니'를 생각나게 하는 존재이다. 그러므로 여인과의 정사
는 동생과의 합일, 어머니와의 합일을 의미한다. 여기서 어머니와의
합일이란 의미는 특히 중요한데, 왜냐하면 "여인은 아주 성숙한 자
세로 나의 팔 가득히 안겨 있었다"는 회고에서 나타나듯 주인공의
남성 컴플렉스의 일단을 뚜렷하게 보여주기 때문이다.

남성 컴플렉스는 자신이 남근을 가진 존재라고 상상함으로써 어
머니와의 동일시 경험을 지속시키려는 퇴행 심리에서 기인한다. 그
러므로 주인공의 남성 컴플렉스는 '충만한 어머니'에 대한 사랑의
표현으로 해석될 수 있다. 이는 언뜻 보면 「中國人 거리」에 나타난
어머니의 '동물적인 삶'에 대한 동정이나 혐오와는 배치되는 감정
으로 느껴지기도 하지만, 「中國人 거리」에 나타난 어머니에 대한
동정과 혐오는 가부장제 아래서 '제도화된 모성성'[19]에 대한 그것으
로 보아야 한다. 물론 「완구점 여인」과 같은 소설의 문면(文面)에도

---

19) 아드리엔느 리치는 "여성들이 재생산과 자녀들에 대해 갖는 잠재적인 관계, 즉 어머니노릇
의 구체적인 경험과 그러한 잠재력을 남성의 통제하에 두려고 하는 제도"를 "모성이라는
제도"로 규정하면서, 이를 구체적인 어머니되기의 경험과 구별짓는다. 즉 어머니되기의 경
험이 여성의 주체로서의 경험이라면, "모성이라는 제도"는 여성이 타자로서 부과받는 경험
이라는 것이다(Rich, A., 『더 이상 어머니는 없다』, 김인성 옮김, 평민사, 1995 참조).

"어머니의 은밀한 눈짓에 견딜 수 없었기 때문에" "어머니를 죽이는 꿈"을 꾸었다거나 "어머니를 향한 증오"로 살아왔다는 식의 진술이 나타나므로 해석에 혼란이 빚어질 수 있다. 그러나 정신분석학의 설명에 따르면 유아는 누구나 자신이 부모로부터 유혹당하고 있다는 환상을 겪으며 유아기를 경과한다.[20] 그리고 증오의 감정이란 사랑의 감정에 다름아니며, 또한 죽음 충동이란 대상과의 동일시를 추구하는 전(前)외디푸스적인 충동, 즉 쾌락원칙에 지배되는 충동이다.[21] 그러므로 오정희의 유년 주인공들이 모든 어머니를 동정하거나 혐오한다고 말할 수는 없다. 제도화된 모성성은 거부되지만 훼손되지 않은 이상화된 어머니는 일종의 '생명에의 희구'[22]로서 추구되고 있다고 보아야 한다.

이처럼 훼손되지 않은 충만한 어머니에 대한 추구는 현실의 부정성을 역설적으로 드러내는 역할을 한다. 예컨대 중편 「새」에서 우미·우일 남매는 부모로부터, 그리고 친척으로부터, 이웃으로부터 버려진 뒤 죽음의 문턱에 다가가면서 충만한 어머니의 부드러운 목소리를 듣는다. 남매가 기억하는 어머니의 얼굴은 "삭지 않는 피멍으로 언제나 꽃이 핀 듯 울긋불긋하던" 모습이지만 보이지 않는 어머니의 목소리는 다정하다.

우주에서 가장 예쁜 사람이 되라고 우미라고 이름짓고 우주에서 제일

---

20) Freud, S., 「늑대인간—유아기 노이로제에 관하여」, 『늑대인간』, 김명희 옮김(열린책들, 1996) 참조.
21) Freud, S., 「쾌락원칙을 넘어서」, 『쾌락원칙을 넘어서』, 박찬부 옮김(열린책들, 1997), pp.60~85 참조.
22) 황도경은 「완구점 여인」 「走者」 「散調」에 등장하는 섬뜩하고 기괴스러운 동성애의 분위기는 "모성에의 희구, 혹은 생명에의 욕구를 보여주는 장치"라고 해석한다(「뒤틀린 성, 부서진 육체—오정희 소설의 한 풍경」, pp.126~128 참조).

멋진 남자가 되라고 우일이라 이름지어 그렇게 부르던 목소리가 있었다. 그렇게 부르던 마음은 이제사 내게로 와 들리는가보다.

—「새」, p.154

이 다정한 목소리의 세계는 어머니의 세계이자 죽음의 세계이다. 어머니의 세계가 죽음의 세계로 설정될 수밖에 없는 이유는, 삶의 세계인 현실이 폭력적인 가부장권에 의해 지배되고 있기 때문이다. 남매의 어머니는 남편의 폭력 때문에 "삭지 않는 피멍으로 언제나 꽃이 핀 듯 울긋불긋"한 얼굴을 갖게 되었고, 아들인 우일이는 아버지에 의해 3층에서 내던져진 뒤 성장 지체아가 되었으며, 딸인 우미는 '보이지 않는 아버지'에 의한 반복되는 성폭행으로 정신 이상자가 된다. 이처럼 현실이 폭력적인 가부장권에 의해 회복이 불가능할 정도로 훼손되었기 때문에 우미는 훼손되지 않은 어머니의 세계를 찾아 길을 떠난다.

그러나 우미의 길 떠남은 결국 죽음 충동으로 귀결된다. 훼손되지 않은 어머니의 세계란 우미가 경험하는 현실 속에서는 구현될 수 없기 때문이다. 그렇다고 우미의 죽음 충동을, 어머니의 세계가 죽음의 세계와 상동성을 이룬다는 도식의 근거로 삼아서는 곤란하다. 왜냐하면 우미의 죽음 충동은 현실의 부정성을 드러내는 증후이지 훼손되지 않은 어머니의 세계가 현실 속에서는 구현되지 못한다는 메시지는 아니기 때문이다. 죽음으로 종결되는 우미의 반(反)성장은 가부장제 아래서 여성의 성장이 얼마나 왜곡될 수 있는가를 여실하게 보여준 점에서, 그리고 제도화된 어머니에 대한 거부가 실은 충만한 어머니의 세계에 대한 동경과 맞물려 있음을 보여준 점에서 의

의가 있다.

오정희의 유년기 소설 「幼年의 뜰」 「中國人 거리」 「완구점 여인」 「새」는 어린 여주인공의 근대 세계에 대한 동경과 좌절이라는 구도 속에서 제도화된 여성성의 문제를 제기하고 있다. 유년기의 아이를 주인공으로 설정했을 때 얻을 수 있는 일반적인 효과는, 세계를 비동일성의 시선으로 바라봄으로써 어른의 세계의 은폐된 균열의 틈을 포착할 수 있다는 데 있다. 이는 오정희의 유년기 소설에서도 예외는 아니어서 이 소설들은 근대 세계가 여성을 배제하는 남성으로 젠더화된 세계임을 언뜻 보아 별 연관성이 없어 보이는 에피소드의 중첩을 통해 보여준다. 나아가 제도화된 여성성을 거부하는, 훼손되지 않은 어머니의 세계에 대한 추구를 보여줌으로써 가부장제 질서의 억압성을 선명하게 부조한다. 요컨대 오정희 소설의 어린 여주인공들은 근대 세계에의 동경을 철회함과 동시에 불가피하게 전근대적인 가부장제 질서 속으로 편입하지만, 가부장제가 부과한 여성성을 거부함으로써 궁극적으로는 가부장제 질서를 약화시키는 이중 전략을 취하게 된다.

2. 집의 상징성과 거세된 어머니

오정희 소설은 거의 대부분이 중산층 가정주부를 주인공으로 삼고 있다. 물론 앞에서 살펴본 것처럼 유년기의 아이를 주인공으로 삼고 있는 경우도 있지만, 그것은 예외적이고 대개는 가정주부가 주인공으로 설정되어 있다. 예컨대 「직녀」「燔祭」「불의 江」「봄날」 「새벽별」 등은 갓 결혼한 젊은 주부나 아이를 하나 낳은 젊은 여성을 주인공으로 삼고 있고, 「전갈」「어둠의 집」「비어있는 들」「바람의 넋」「꿈꾸는 새」「순례자의 노래」 등은 중년의 가정주부를 주인공으로 삼고 있다. 이처럼 가정주부가 주인공의 압도적인 다수를 차지하고 있으므로 주인공들의 행동 반경도 대체로 집과 집 주변의 생활공간에 한정된다. 이러한 공간 분할은 상당히 중요한 의미를 띠는데, 왜냐하면 "성별분업구조는 공적 영역과 사적 영역의 분리가 심화되는 자본주의적 근대에서 더욱 강화"되었고 이 시기에 "다수의 여성들이 '가정주부'로 자리매김"되었기 때문이다.[23] 그러므로 오정희 소설의 중산층 가정주부들이 경험하는 지극히 내밀한 것으로 보이는 부부간의 불화나 가족과의 갈등은 여성들의 고유한 근대체험의 한 양상으로 볼 수 있다.

1) 집의 상징성

오정희 소설에서 여주인공들의 주된 활동 공간은 집이다. 주인공의 대부분이 교수, 교사, 혹은 회사원의 아내로서 살아가는 중산층 가정주부라는 점과 오늘날 집이 재생산의 기본 단위이자 사회화의 최소 단위라는 점을 떠올려 보면, 이는 어쩌면 당연한 현상일 수 있다. 그러나 오정희 소설에서 집의 의미란 그리 단순하지 않다. 집은 공공성과 사회성이 상실된 자폐적 공간이자 여성의 생산성과 자아

---

23) 김영희, 『근대체험과 여성』(『창작과비평』1995년 가을호), p.72.

를 위협하는 유폐의 공간으로 설정되고 있기 때문이다. 여기엔 근대 사회로 접어들면서 시작된 집의 기능 변화가 일정하게 반영되어 있다. 근대로 접어들면서 집은 사생활이 보장된 독자적인 생활 공간으로 변화되었고, 이에 따라 근대 이전에 집이 담당했던 생산의 기능과 사회화의 기능은 크게 약화된다.[24] 생산의 기능이 공적(公的) 영역으로 대거 이전되고 집이 재생산과 소비의 단위로 축소되면서 공적 영역은 남성에게, 그리고 사적 영역은 여성에게 할당하는 성별 이분법에 근거한 공간 분할이 전면적으로 이루어지게 된다. 오정희 소설은 집에 유폐된 여성 인물들의 불안한 내면을 통해 성별 이분법의 여성 억압적 작동을 보여줌으로써 사적 영역으로 구획된 집의 부정성을 선명하게 드러낸다.

(1) 불임(不姙)의 공간

집이 불임의 공간으로 제시된 작품으로는 「직녀」[25] 「새벽별」[26]을 들 수 있다. 일반적으로 집이란 생명이 싹트고 자라는 생명의 공간, 재생산의 공간으로 간주된다. 그러나 오정희 소설에서는 그렇지 않다. 오정희 소설의 주인공들은 집을 불임의 공간으로 경험하면서 인간의 불안한 실존적 조건에 대해 회의한다. 이는 물론 현실에 대한 구체적인 묘사나 사건의 기술을 통해 표현되지는 않는다. 오정희 소설 대부분이 그러하듯이 과거의 사실적 사건이 자유연상 속에서 현재와 결합되거나 개개의 사건이 인물의 내면을 드러내는 장치로 활용되는 가운데 비유적으로 표현된다.

---

24) 이진경, 『근대적 시 · 공간의 탄생』(푸른숲, 1997), pp.148~151 참조.
25) 오정희, 『불의 江』.
26) 오정희, 『바람의 넋』(문학과지성사, 1995/초판발행 1986).

먼저 「직녀」를 살펴보면 주인공은 전설 속의 직녀가 7년 동안 쉼 없이 베를 짜면서 견우와의 만남을 기다리듯이 회임의 그날을 희구한다. 그러나 그 희구는 이루어질 수 없다. 왜냐하면 그녀는 '석질의 자궁'을 가졌고 남편은 육체의 불구성을 상징하는 '육손이'이기 때문이다. 지금까지 '육손이'에 대해서는 다양한 해석이 있었지만, 주인공의 회임에의 욕망이 좌절로 끝나는 소설 구도를 고려할 때 '육손이'란 '아내의 불임과 함수관계'를 가지는 남성 육체의 불구성을 상징하는 것으로 보인다.[27]

> 활짝 핀 꽃의 징그러움을 아시는가. 눈꺼풀이 두꺼워지도록 깊은 잠에서 깨어난 오후, 그 부어오른 눈덩이에 푸른 칠을 하고 입술을 붉게 그려 일곱 송이의 꽃을 쥐고 대문을 나서면 볕바른 개천을 조심조심 건너가는 아, 당신은 육손이. 손가락이 여섯 개.
>
> —「직녀」, p.193

예문의 '일곱 송이의 꽃'이란 작품 앞부분에서 설명되고 있듯이 부부의 인연을 나타내는 사물이다. 그리고 '개천'이란 '직녀'라는 제목에서 짐작되듯이 견우직녀 전설의 은하수를 상징하는 공간이

---

27) '육손이'에 대해 김현은 "기형이 나타내는, 정상보다 큰 힘을 가진 자'의 표상이라고 해석했고, 김병익은 "필요없이 덧가짐으로써 기형이 된 자의 과잉된 자의식에 대한 원망스런 비난을 함축"한다고 해석했다. 이에 대해 김윤식은 "김현이 시 분석의 독법으로 소설을 읽고자 하다가 그 한계점을 드러내었다면 김병익은 소설 독법으로 읽었기 때문에 좀더 정확한 해석을 이끌어 낼 수 있었던 셈"이라고 평가했다. 또 하응백의 경우에는 불구를 뜻하는 육손이는 "아내의 불임과 함수관계"를 가지는 것으로 보인다고 해석하면서, 그러나 실상 육손이의 상징은 「직녀」의 가장 중요한 메시지인 불임여성의 회임에의 끈질긴 욕망에 비하면 부수적"인 것이라고 지적했다(김현, 「살의의 섬뜩한 아름다움」, p.254 ; 김병익, 「세계에의 비극적 비전」, p.278 ; 김윤식, 「창조적 기억, 회상의 형식」, p.236 ; 하응백, 「자기정체성의 확인과 모성적 지평」, p.57).

다. 그런데, 주인공이 '일곱 송이의 꽃'을 쥐고 대문을 나서면 남편인 '당신'은 '개천'을 건너 '나'에게로 오는 것이 아니라 '건너가' 버린다. '육손이'이기 때문이다. 불구인 그들은 온전한 만남을 갖지 못하기 때문에 생명을 틔우지 못한다. 결국 남편은 집을 나갔다가 '성근 마포'에 감겨서 죽어 돌아오고, 아내인 '나'는 '개천을 넘어오는 남자'를 남편이라고 상상하면서 회임을 꿈꿀 뿐이다. 이처럼 「직녀」에서는 집 공간의 불임성이 '석질의 자궁'이라는 여성 육체의 결손이나 '육손이'라는 남성 육체의 불구성을 통해 상징되고 있다.

반면 「새벽별」에서는 집 공간의 불임성이 동성애라는 성적 지향의 비정상성으로 표현된다. 이 소설에 등장하는 주요 인물은 5명이다. 이들은 대학시절의 학보사 동료로서 10년만에 만나 장삼이사(張三李四)로서 살아가는 자신들의 현실을 확인한다. 이 중에서 경해라는 인물은 다른 4명의 인물들과 달리 독특한 경험세계를 보인다. 경해는 여성지 기자인 독신 여성으로 옆집 여자와 동성애에 가까운 관계를 맺고 있다. 분명하게 표현되어 있지는 않지만 경해가 그러한 관계를 맺게 된 이유는 고독감에 있다. '풍랑 이는 바다에 떠 있는 기분'을 이겨보려고 경해는 옆집여자를 허용하게 되고, 딸둘을 데리고 사는 이혼녀인 옆집여자는 전(前)남편이 '바람둥이'였던 탓에 남자를 혐오하게 되면서 경해에게 빠져든다.

"어서 들어오잖구 뭘해? 잠도 안 오고 심란해서 목욕하고 머리 감고, 별짓 다 했어."

가운을 벗어던지고 침대에 들어간 여자가 벌거벗은 상체를 일으키며 경해를 불렀다.

"아침 출근하는 길로 취재 떠나야 돼. 나 눈 좀 붙이게 해 줘."

"어서 들어오라니까."

성난 고양이처럼 가르릉대는, 성마른 채근을 들으며 경해는 현관과 마루, 커져 있는 목욕탕의 전등 스위치를 차례로 눌러 껐다.

—「새벽별」, pp.153~154

여성 동성애는 레즈비언(Lesbian) 페미니즘의 입장에서 보면 자매애의 실현으로 간주되지만 이 소설에서는 그렇지 않다. 자매애란 이성애만을 정상적·보편적인 것으로 간주하는 가부장제 문화에 대한 비판 속에서 도출된 일종의 여성주의적 대안으로서 여성들 사이의 친밀한 관계를 일컫는다. 그러나 "성난 고양이처럼 가르릉대는, 성마른 채근"을 하는 옆집여자의 모습은 경해와 옆집여자의 관계가 기존의 부정적인 이성애 구도를 그대로 모방한 비대안적인 관계임을 암시한다. 그러므로 이 소설에 나타난 동성애는 관계의 불임성을 상징하는 문학적 장치로 해석된다.

이처럼 「직녀」나 「새벽별」에서는 불임이나 동성애 모티프가 집 공간의 부정성을 드러내는 문학적 장치로 활용되고 있다. 「직녀」의 불임 모티프가 관계의 불임성을 상징한다면, 「새벽별」의 동성애 모티프는 대안적인 관계의 불가능성을 상징한다. 이 두 작품에서 집의 부정성은 의사소통이 불가능한 관계라는 다소 좁은 범위에서 한정적으로 그려지고 있는데, 이는 주인공들이 소통을 열망하는 젊은 여성이라는 데서 일차적으로 기인한다. 사실 관계의 불임성이란 여성들만의 고유한 존재 조건은 아니다. 그러나 여성들의 경우에 훨씬 더 심각한 양상을 띠는 이유는 근대의 성별 분업구조가 여성을 사적

영역에 할당함으로써 공적 영역에서의 자아실현 기회를 봉쇄함은
물론 가사노동이라는 소외된 노동에 긴박시키고 있기 때문이다.

(2) 불모(不毛)의 공간

집이 어떠한 생명도 자랄 수 없는 불모의 공간으로 그려지고 있는
작품으로는 「불의 江」[28] 「봄날」[29] 「어둠의 집」[30] 「바람의 넋」[31] 「꿈꾸
는 새」[32] 등을 들 수 있다. 이 작품들에서 집의 불모성은 다양한 형
태로 표현된다. 「불의 江」과 「봄날」에서는 지루하게 반복되는 삶의
일상성으로, 「어둠의 집」에서는 여성인물들의 소외된 삶이라는 형
태로, 「바람의 넋」과 「꿈꾸는 새」에서는 여성인물들의 잦은 외출이
나 가출로 표현되고 있다.

먼저 「불의 江」에서는 반복되는 정체된 일상이 폐쇄된 발전소 건
물로 상징되고 있다. 그래서 아내인 '나'는 발전소 건물에 대한 원
인 모를 '생생한 적의'를 느끼고, 급기야 남편은 '가능하지 않은 탈
출의 욕망'에 시달리다가 발전소 건물에 불을 지르는 것으로 암시된
다. 또 「봄날」에서는 단조로운 일상이 "집 안 전체에 충만해 있는
절대로 깨어질 리 없는" "괴어 있는 물의 진부함", "괴어 있는 물의
평화"로 표현되는가 하면, "사람을 질식시키는" '개털'로 상징되기
도 한다.

창의 붉은빛은 좀처럼 사라지지 않고 방안을 가득 채워 우리는 마치

---

28) 오정희, 『불의 江』.
29) 위의 책.
30) 오정희, 『幼年의 뜰』.
31) 오정희, 『바람의 넋』.
32) 오정희, 『幼年의 뜰』.

조금도 뜨겁지 않은 화염 속에 나란히 누워 있는 듯했다.

—「불의 강」, p.26

우리 생활의 대부분을 차지하고 있는 것은 콜라와 은빛 가느다란 독침으로 빈틈없이 꽂히는 개털이었다. 있는 건 오직 개털뿐이야. 그원 모두 점점 텅 비어가고 그 빈 공간을 오직 개털만이 분분히 날리고 있는 거야. 나는 진저리를 쳤다. 거기에는 이상하게도 사람을 질식시키는 것이 있었다. 파삭하게 말라버린 일정한 길이와 모양의 털들. 건조하고 깔깔한 그 것들이 만져지고 보여질 때마다 눈에 보이지 않는 흰개미들의 무서운 침식작용, 잘디잔 균열에서부터 집채를 도괴시키고야 마는 거대한 파괴력을 느끼는 것이었으나 나는 그것에 대해 손가락 하나 까닥할 수 없는 무기력감에 빠져 기껏 진저리를 치는 것이 고작이었다.

—「봄날」, p.118

이처럼 집이란 '화염 속'의 공간이거나, '은빛 가느다란 독침'으로 덮여 있는 불모의 공간이기 때문에 아무런 생명도 자라지 못한다. 이는 「불의 江」에서 주인공인 '나'가 탈수증으로 아이를 잃은 뒤 불임이 된 데서, 그리고 「봄날」에서는 장미가지가 부러지는 소설 첫머리의 상징에서 암시되고 있다. 집이란 생명과 꿈 모두가 유산되는 공간인 것이다. 그래서 「봄날」의 부부는 원인 모를 갈증을 풀기 위해 습관적으로 콜라를 마시는가 하면, 아내인 '나'는 남편의 후배가 방문하자 아무런 호기심도 보이지 않는 그에게 자신이 대학시절에는 그림을 그렸었다는 등의 이야기를 두서 없이 늘어놓다가 그가 가버리자 '세상으로 통하는 길'을 잃어버린 상실감에 사로잡히기도 한다.

「불의 江」「봄날」에서 집이 생명과 꿈 모두가 유산된 무의미한 일상성의 공간으로 그려지고 있다면, 「어둠의 집」에서는 소외의 공간으로 그려지고 있다. 집은 "흐르는 전류에 무방비 상태로 포위되어 있는" 위험한 공간이거나, 주부에 대한 가족의 '악의적인 유기'가 이루어지는 '냉혹'한 공간이다. 야간 등화 관제 훈련이 실시되던 어느 날, 주인공 '그 여자'는 자신이 가족들의 '악의적인 유기'에 의해 홀로 버려졌다는 '피해의식'과 함께 '이유가 분명치 않은 당황함'을 경험한다. 그것은 '빈둥지 증후군(empty nest syndrome)'으로 설명될 수 있다. '빈둥지 증후군'이란 육아와 가사 때문에 자신을 돌볼 겨를이 없었던 여성들이 아이들이 성장하여 그들만의 세계를 갖게 됨에 따라 상대적으로 자신의 세계를 박탈당한 느낌에 사로잡히면서 우울증 등을 경험하는 현상을 일컫는다. '그 여자' 역시 가족들의 늦은 귀가 속에서 '피해의식'으로 나타나는 '빈둥지 증후군'을 경험한다.

　　가족들을 떠올리자 그 여자는 자신이 그들의 악의적인 유기에 의해 이 어둡고 쓸쓸한 집에 홀로 있게 된 것만 같은 생각이 들었다. 아니, 이처럼 뚜렷하고 생생한 느낌이 그녀 자신 홀로 버림받고 있다는 감정에서 구해 주기를 바랐다.
　　〔…중략…〕
　　요즘 들어 누수는 부쩍 심해져 가끔 벽에서도, 남비나 숟가락 따위 집기에서도 찌르르 전기가 통했다 지붕으로 스민 물이 천장 위로 얽혀 지나는 전깃줄을 적셔 누전이 되는 것이다. 전류는 결코 보이지는 않으나

물처럼 집안을 휘돌며 흐르고 있었다.

오늘 아침에도 딸애는 세면기의 물을 틀다가, 전기가 와요, 자지러 지는 비명을 질렀다. 온 집안이 흐르는 전류에 무방비 상태로 포위되어 있는 것이다.

— 「어둠의 집」, p.199

'어둠의 집'이라는 제목에서 암시되고 있듯이, 전업주부인 '그 여자'는 집에 유폐된 채 소외와 고립을 경험하고 있다. 그래서 '그 여자'는 '상대가 확실치 않은 분노'에 사로잡혀 전류가 흐르는 수돗물을 부엌 바닥에 철철 넘치도록 방치하면서 노려보는가 하면, 햇볕이 쨍쨍한 여름날 잔디밭을 손질하다가는 자기도 모르는 힘에 이끌려 '기계충 앓는 머리처럼' 파헤쳐 놓기도 한다. 이 '상대가 확실치 않은 분노'나 "텅 빈 혈관도 부풀어오르고 끝내는 파열하게 될 것" 같은 '긴장감'은, 미국의 페미니스트 베티 프리단이 일찍이 '이름 붙일 수 없는 병'이라고 명명했던 중산층 여성의 자아 상실감과 깊은 관계가 있다.

미국의 여성들은 여러 해 동안 이 문제를 가슴 깊이 간직한 채 침묵해 왔다. 그것은 이상한 동요였으며, 불만의 자각이었으며, 20세기 중기의 미국 여성들이 애타게 기다리던 바램이었다. 교외에서 사는 부유한 가정 주부들은 제각기 이 문제를 가지고 나름대로 싸웠다. 잠자리를 만들 때, 식료품점에서 물건을 살 때, 의자 커버에 신경을 쓸 때, 아이들과 땅콩버터 샌드위치를 먹을 때, 아이들을 소년단과 소녀단으로 태우고 다닐 때, 밤에 남편 옆에 누웠을 때, 여성들은 조용한 물음, '이것이 전부인가?'를

자신에게 묻기를 두려워했다.[33]

프리단은 『여성의 신비』에서 여성들이 전통적인 아내와 어머니 역할에서 전적으로 만족을 얻을 수 있으리라는 통념은, 특히 백인 중산층 이성애주의자 여성들에게 공허하고도 비참한 느낌을 갖도록 했다고 분석하면서, 그들에게 전일제의 공적인 노동력에 참여할 기회를 주지 않는다면 그들은 이상한 광기와 심각한 조울증에 빠지게 될 것이라고 경고했다. 이처럼 집이란 중산층 가정주부에겐 특히 고립의 공간이다. 중산층 가정주부의 존재론적 특성이 바로 기생성에 있기 때문이다. 기층여성은 생산노동과 재생산노동 모두에 참여함으로써 이중고에 시달리는 대신 경제적 측면의 독립성과 함께 상당한 정도의 정신적 자율성을 확보할 수 있다. 반면 중산층 전업주부는 재생산노동에만 참여함으로써 남편의 경제력에 의존하게 되고 그 결과 대부분 독립성과 자율성을 박탈당한다.

중산층 전업주부가 느끼는 집의 불모성은, 「꿈꾸는 새」「바람의 넋」에서 여성인물들의 잦은 외출이나 가출을 통해 표현된다. 「꿈꾸는 새」에서 주인공인 '나'는 집을 '실수로 생긴 애'가 있는 공간, "전혀 믿지 않는 것을 믿는 체하며 행복하게 살아야 할 그 지루한 나날들"이 기다리는 공간으로 인식한다. 그래서 '나'는 남편이 답사를 떠난 빈 집을 지키면서 "탁하고 텁텁한 포도주"를 질금거리다가, 아이를 업고 "전혀 발을 디뎌 본 적이 없는 미지의 땅"으로 외출을 한다. 그러나 이 외출을 통해 그녀가 발견하는 것은, 자신의 방향 감

---

33) Friedan, B., 『여성의 신비(上)』, 김행자 옮김(평민사, 1978), p.21.

각을 전혀 믿을 수 없다는 사실과 "아이와 남편을 먼 눈으로 보는" 자신에 대한 '공포'와 '두려움'의 감정이다.

> 길은 거미줄처럼 얽혀 있었다. 막다른 곳에 다다랐다고 생각하면 꼭 한 사람 비비적대며 지나갈 수 있는 길이 숨어 있었다. 내 방향 감각이란 이미 마비된 지 오래였다.
>
> 〔…중략…〕
>
> 당숙모의 집으로 가는 길은 물론 내가 여지껏 지나온 길도 전혀 기억할 수 없었다.
>
> 〔…중략…〕
>
> 나는 문득 이미 죽은 사람을 생각하듯 아이와 남편을 먼 눈으로 보는 자신에 공포를 느꼈다. 아이의 팔목에 매달린 풍선이 둥실 떠서 흔들렸다. 나는 갑작스런 두려움으로 아이의 팔에서 풍선을 떼어내었다. 그것은 춤추듯 흔들리며 날아가 이내 어둠에 묻혀 보이지 않았다.
>
> 나는 아이를 다시금 들쳐업고 단단히 띠를 동여매었다.
>
> ─「꿈꾸는 새」, pp.133~134

결국 '나'는 외출 후 기성의 질서 속으로 더욱 강고하게 재편입된다. 이러한 구도는 오정희 소설에서 자주 발견되는 것으로서 앞에서 살펴본 「幼年의 뜰」「中國人 거리」「완구점 여인」이 그러하다. 오정희 소설의 여성 인물들이 기성의 질서를 부정적인 것으로 인식하면서도 종국에는 그 질서 속에 재편입되는 양상을 보이는 이유는 질서로부터의 이탈이 무언가를 바꾸지는 못한다는 체념적 인식에 있다. 그러나 주인공들의 귀환은 다시 외출로 이어진다. 이처럼 오정희 소설의 주인공들이 외출과 귀환을 반복하는 이유를, 김치수[34]는 귀환의 공간이 삶의 정당성을 부여해 주지 못한다는 데서 찾는다. 때문에 오정희 소설의 주인공들은 '새로운 삶의 조건'에 대해 꿈꾸면서 '자기 존재의 진정한 정체성'을 찾고자 외출과 귀환을 반복한다는 것이다.

이러한 구도는 「바람의 넋」에서 조금 달라진다. 결혼 후 습관적으로 가출을 하던 인물인 은수는 마지막으로 가출한 뒤 귀가하지 않는다. 은수에게 집이란 "임시로 머물러 있는 듯한" 공간이기 때문이다. 물론 표면적으로 보면 은수가 집으로 돌아가지 않는 이유는 남편의 별거 선언으로 돌아갈 집이 없어졌기 때문이지만, 심층적으로 따져보면 그녀의 정체성 찾기에 대한 열망이 그만큼 강렬하기 때문이다. 은수의 정체성 찾기는 가정주부의 이유 없는 가출이라는 다소 비정상적인 형태로 외화되고 있지만, 이는 '전략적 메타포의 차원'에서 이해될 필요가 있다. 오정희 소설에서 반윤리성은 "일상화된 도덕적 기준을 통해서 모든 사람들의 삶을 동일한 규범의 틀 속으로 몰아넣으려는 이 세계의 근원적인 불모성과 그 불모성의 삶을 은폐하는 자기기만적 환상의 논리에 저항하는 하나의 미학적 전략"으로서의 의미를 띠기 때문이다.[35]

은수는 지독한 애연가라는 것 외에는 별다른 특징도, 가정생활에 대한 불만도 없어 보이는 평범한 가정주부이다. 그런데 결혼 6개월째부터 이유 없는 가출을 반복한다. "그냥 어떻게 이렇게 평생을 사나" 하는 생각이 들면 홀린 듯이 집을 나간다는 것이다. 그러나 은

---

34) 김치수, 「외출과 귀환의 변증법」, p.252 참조.
35) 박혜경, 「불모의 삶을 감싸안는 비의적 문체의 힘」(『작가세계』1995년 여름호), pp.116~117.

수의 가출에는, 그녀도 미처 자각하지 못한 유년기의 정신적 외상이 자리잡고 있다. 6·25 전쟁 당시 5세였던 은수는 미처 피난을 떠나지 못한 가족들, 즉 어머니와 아버지와 쌍둥이 여동생이 차례로 살해되는 광경을 목격하고 혼자 살아남는다. 무의식 속에 각인된 이 충격적 영상 때문에 은수는 습관적으로 가출을 하게 되고, 그러던 어느 날 예비군복 차림의 남자 셋에게 윤간을 당하면서 이 '최초의 기억'을 떠올리게 된다.

> 스커트는 허리 위까지 말려 올라가고 사내의 체중에 짓눌린 허리 아래는 완전한 알몸이었다. 나는 왜 기절도 하지 못하는가. 눈과 귀를 환히 열고 이 모든 냄새, 모든 소리, 풍경을 기억 속에 각인해야 하는가. 무거운 추를 단 듯 몸은 한없이 아래로 떨어져 내리고 있었다. 마침내 가 닿는 밑바닥은 무엇인가. 바닥을 보지 않으려는 노력으로 은수는 눈을 감았다. 감은 눈에도 햇살은 눈부시고 벼랑의 진달래는 선연히 붉었다. 그리고 햇볕 아래 널부러진 자신의 모습이, 사지를 핀에 꽂혀, 아직 죽지 않은 의식으로 퍼들대는 해부용의 개구리처럼 떠올랐다. 그런데 이상한 일이었다. 왜 불현듯 기억의 맨 밑바닥에서 물에 잠긴 사금파리 조각처럼 빛나는 최초의 기억, 튀어오를 듯 강한 햇빛과 나뒹굴어진 두 짝의 고무신이 떠오르는가.
>
> ─「바람의 넋」, p.222

여기에서 한 가지 주목할 만한 것은, 가족이 몰살된 '최초의 기억'이 예비군복 차림을 한 남자들의 폭력에 의해 의식의 표면으로 떠오르게 된다는 사실이다. 이에 대해 김경수는, 세 명의 사내란

"여성이 지니고 있는 아버지—신적 이미지로서의 아니무스의 현현에 가깝다"고 지적하면서, 이들은 "통과 의례에서 제의적 입사를 도와주는 사람으로서의 역할까지 담당하는 것"으로 보인다고 평가했다. "은수가 세 명의 사내에게 윤간당하는 장면은 그녀가 자신의 또 다른 자아와 만나게 되는, 그래서 두 자아간의 간극을 넘어야 할 고비로 인식하게 되는 의미있는 전환점"이 된다는 것이다.[36]

그러나 이러한 해석은 윤간의 문학적 상징성을 충분히 고려한다고 해도 남근비평적 발상으로 읽힌다. 윤간에 각인된 여성의 경험적 특수성을 지나치게 경시한 것으로 보이기 때문이다. 오정희 소설에서 윤간이란 폭력을 의미한다. 「바람의 넋」에서뿐만 아니라 「어둠의 집」이나 「새」에서도 이는 마찬가지인데, 「바람의 넋」에서 은수가 윤간이라는 폭력적인 경험 속에서 부모의 살해라는 유년기의 충격을 떠올리는 장면은 의미심장하다. 우리 사회가 폭력적인 군사문화의 광범위한 지배 속에서 유지되고 있음을 상징하기 때문이다.[37] 게다가 오정희 소설에 나타난 강간/윤간 모티프는 우리 나라의 제3세계적 특수성을 일정하게 반영하고 있다. 군복 입은 사내들에 의한 윤간(「바람의 넋」)이나 외국군에 의한 윤간(「어둠의 집」)이 주로 나타나고 있기 때문이다. '복수성(윤간)'이란 '전시(戰時) 강간'의 특징으로서 "약자에 대한 공격을 통해 연대 의식을 확립하기 위한 의식(儀式)"으로서 치러지는 경우가 많고, 더욱이 '관객'이 있는 곳에서 이루어지는 경우가 많다.[38] 전시 강간의 이러한 특징이 오정희 소설에

---

36) 김경수, 「여성 성장소설의 제의적 국면」(『페미니즘과 문학비평』, 고려원, 1994), pp. 245~246 참조.
37) 조형, 「남성지배문화」, 『지배문화, 남성문화』(청하, 1992), pp.26~44 참조.
38) 우에노 치즈코, 『내셔널리즘과 젠더』(이선이 옮김, 박종철출판사, 1999), p.114 참조.

서는 거의 고스란히 발견되는데, 이는 오정희 소설에 나타난 강간/윤간이 '제의적 입사'라기보다는 세계의 폭력성에 대한 각인이라는 것을 말해준다.

오정희 소설은 지금까지 대체로 사회·역사적 현실에 대한 관심보다는 개인의 실존의식에 초점을 맞춘 것으로 평가되어 왔지만 오정희 소설에서는 이 두 측면이 상호 결합되어 있다. 예컨대 불가사의하고 불가항력적인 삶의 질서 중 하나인 별리(別離)의 문제를 다루고 있는 「別辭」[39]에서는 '상식의 옹호자'가 되려고 했던 대학강사가 관(官)의 지시로 "매독 환자처럼 정기적인 검진"을 받다가 급기야는 익사체로 떠오르는 상황이 시간 순서의 혼재 속에서 그려지고 있다. 그리고 아들의 죽음을 기억하며 쓸쓸하게 늙어가고 있는 노부부의 삶을 그린 「銅鏡」[40]에서는 "세상을 뒤바꾸어 놓을 수 있다"고 생각한 젊은 대학생의 희생이 희미한 실루엣으로 스케치되고 있다. 또한 한 중년여성의 정체성 탐구과정이 그려진 「破虜湖」에서는 교사직에서 영문도 모른 채 해임된 인물이 "오랫동안 사람을 기피하는 증상"을 겪다가 미국으로 이민가서 교포들과 광주문제 등 한국의 시국에 관해 이야기하는 장면이 한 장의 삽화처럼 그려지고 있다.

이같은 예를 통해서 볼 때 오정희는 사회·역사적 현실에 대한 관심을 배면에 깔고 집의 불모성으로 상징되는 여성의 존재 조건에 문제의식을 집중시킨 것으로 판단된다. 그러므로 '화염 속'의 집(「불의 江」), "사람을 질식시키는" '개털'로 뒤덮인 집(「봄날」), "흐르는 전

---

39) 오정희, 『幼年의 뜰』.
40) 오정희, 『바람의 넋』.

류에 무방비 상태로 포위되어 있는" 집(「어둠의 집」), "전혀 믿지 않는 것을 믿는 체하며 행복하게 살아야 할" 집(「꿈꾸는 새」), "임시로 머물러 있는 듯한" 집(「바람의 넋」)이라는 언술 내지 상징은 여성의 삶에 대한 그것으로 보아야 한다. 그리고 집의 이러한 불모성은 근대의 위계적 성별 이분법에 근거한 공(公)/사(私)의 영역 분리가 여성의 삶을 어떻게 제약했는가를 드러내는 일종의 상징으로 기능하고 있다. 오정희는 집의 불모성에 대한 지속적인 관심을 통해 근대의 출현과 더불어 강화된 성별 노동분업이 여성을 집에 유폐시킴과 동시에 집 공간 또한 자폐적인 공간으로 변화시켰음을 보여주었다.

2) 거세된 어머니

오정희 소설에서 어머니란 대부분 거세된 존재이다. 프로이트는 모든 여성을 거세된 존재로 보았고 여성이 거세라는 결여의 표지를 떼어낼 수 있는 유일한 방법은 사내아이를 출산하는 데 있다고 했다. 즉 거세의 발견은 여아의 발달에 크나큰 전환점이 되는 사건으로서 거세의 발견 이후 여아는 히스테리, 남성 컴플렉스, 정상적인 여성됨의 세 경로 중 하나로 나아가게 되는데 정상적인 여성됨이란 대리 남근(男根)인 사내아이의 출산을 통해 이루어진다는 것이다.[41] 그러나 이는 생물학적 결정론의 한계를 노정하는 논리이므로 남근을 생물학적인 기관이 아닌 일종의 상징으로 해석할 필요가 있다. 가부장제 사회 속에서 남근이란 권력과 지배를 상징한다. 그런 점에

---

41) Freud, S., 「여성의 성욕」(『성욕에 관한 세 편의 에세이』, 김정일 옮김, 열린책들, 1996) 참조.

서 거세된 어머니란 권력이 없는 무능하고 무기력한 어머니를 의미한다. 이 어머니들은 때때로 자신의 무능과 무기력에 반발하여 태아를 살해하는 '무서운 어머니'로 돌변하기도 하고, '팰러스적 어머니'와의 유아적인 동일시를 희구하는 퇴행욕망에 사로잡히기도 한다.[42]

(1) 태아 살해의 욕망

태아 살해 모티프가 나타난 작품으로는 「燔祭」[43]와 「봄날」을 들 수 있다. 먼저 「燔祭」에서 태아 살해는 '번제'를 상징한다. 번제란 구약시대에 유대인이 짐승을 통째로 구워 하느님께 바치던 제사를 가리킨다. 아브라함이 하느님에 대한 절대적 믿음과 순종 속에서 아들 이삭을 제물로 바치려 했던 것처럼 「燔祭」의 주인공 '나'는 어머니와의 합일을 희구하며 태아를 제물로 바친다. 어머니와의 합일이란 전(前)외디푸스 단계에서 유아가 느끼는 어머니와의 나르시시즘적인 동일시를 가리키는 것으로서, 유아는 이 경험 속에서 자신이 어머니를 욕망하는 주체이자 어머니의 욕망의 대상이라고 상상한다. 그러나 외디푸스적 위기를 경험하면서 유아는 어머니와의 상상적 일체감을 억압하고 아버지의 법이 지배하는 상징계로 편입하게 된다.[44]

---

42) 정신분석학에서는 어머니를 거세된 어머니와 팰러스적 어머니(phallic mother)로 나눈다. 거세된 어머니란 무능하고 무기력한 어머니를, 팰러스적 어머니란 일종의 환상으로서 전능하고 절대적으로 막강한, 성적으로 중립적인 어머니를 가리킨다. 팰러스적 어머니는 아이에게 모든 것을 허용할 수 있는 어머니, 욕망의 대상이자, 아이가 그녀의 대상이길 바라는 주체로서의 어머니에 대한 환상이다. 어머니의 이러한 전능한 위상은 외디푸스 컴플렉스의 결과로 상징적 아버지에게 전이된다. 이 사건을 계기로 팰러스적 어머니는 거세된 어머니가 된다(Wright, E.,『페미니즘과 정신분석학 사전』, 박찬부 · 정정호 外 옮김, 한신문화사, 1997, pp.499~501 참조).
43) 오정희,『불의 江』.

상징계, 즉 가부장제 사회 속에서 어머니와의 합일이란 금지된 욕망이다. 그러나 「燔祭」의 주인공 '나'는 이 금지의 벽을 뛰어넘고자 한다. 어머니와의 분리가 '나'에게 '최초의' '가장 뚜렷한' '외로움'을 각인시켰기 때문이다. 어머니와의 합일 욕망은 '나'에게 광기의 근원으로 작동된다. 어머니가 타계했을 때 '절대적인 친화력'과 함께 "한 개의 알로 환원되어 그녀의 자궁에 부착된 듯 편안한 느낌"을 갖게 되면서 어머니의 곁을 "다시는 떠나지 말자"고 다짐하게 되는 장면은 그 출발점을 보여준다. 이는 유아기로의 퇴행심리이자 일종의 죽음충동이다. 상징계에서 경험한 '외로움'을 이기는 한 방법으로서 '나'는 모태회귀를 꿈꾸고 그 결과 죽음충동에 휩싸인다. 그럼에도 불구하고 '나'는 여전히 미혼의 젊은 여성으로서 청년기의 남자를 만나 사랑도 하고 아기도 갖는다. 그러나 최초의 잉태의 기미가 오자 '나'는 또다시 심각한 위기를 경험한다. "다시 한번 어머니에게서 완벽하게 떨어져나온 격렬한 충격"을 맛보면서 태아 살해의 욕망에 휩싸이는 것이다.[45] 결국 '나'는 어머니와의 합일을 추구하면서 태아를 번제의 제물로 바친다.

어머니가 손에 십자가를 들고 타계했을 때 오히려 어느 때보다도 나는 그녀와 굳게 결합되어 있었다. 살아 있는 자와 죽은 자 사이에서만 존재할 수 있는 절대적인 친화력이 생겨 있었다. 어머니와 나 사이에 개재하여 번득이던 물결을 한걸음에 뛰어넘어 단지 한 개의 알로 환원되어 그녀의 자궁에 부착된 듯 편안한 느낌 속에서 나는 다시는 떠나지 말자 떠

---

44) Lemaire, A., 『자크 라캉』, 이미선 옮김(문예출판사, 1994), pp.130~150 참조.

나지 말자 다짐하고 있었다.

그러나 밤마다 거듭되는 그와의 끈질긴 싸움 끝에 어느 날 문득 최초로 잉태의 기미를 손끝으로 느꼈을 때 나는 다시 한번 어머니에게서 완벽하게 떨어져나온 충격을 맛보아야 했다. 나는 내 속에서 또 다른 하나의 알을 기르고 있다는 사실을 인정할 수 없었다.

나는 결심했다. 아이를 죽여버리기로 작정한 순간 나는 이미 두 손에 피를 잔뜩 묻힌 듯 섬뜩한 느낌이 들었고 피를 흘리며 죽어가는 어린양의 모습을 본 듯하였다. 나는 그 일을 조용히 은밀하게 해치울 수 있었다. 그것은 너무도 쉽게 치러진 것이어서 오히려 어머니가 이러한 것을 제물로서 기뻐하고 있는 게 아닌가 의아할 정도였다.

—「燔祭」, pp.174~175

이 소설에서 어머니는 바다로 환유되기도 한다. "진통하듯 일정한 간격으로 몸을 뒤틀고 흰 거품을 토해" 내는 바다라는 묘사에서 확인되듯이 바다는 생산하는 어머니를 상징한다. 그러나 이 바다는

---

45) 「燔祭」에 나타난 태아살해의 모티프는 다양한 의미로 해석되었다. 먼저, 김경수는 "개체로서의 자아를 찾으려는 여성의 적극적 행위의 결과"라고 했고, 그 뒤를 이어 김은정은 가부장제 사회의 "강요된 모성에 대한 거부"를 의미한다고 했으며, 김예림은 "탄생에 대한 공포감"을 표현한 것이라고 했다. 또, 심진경은 "어머니와 결별하기 위한 시도"로 해석했고, 반면 김복순은 "모성에 대한 혐오와 어머니와의 합일"에 대한 지향으로 해석했다. 그러나 이들의 공통된 지적처럼 태아 살해의 모티프에는 가부장제의 억압성에 대한 비판이 담겨 있다(김경수, 「여성성의 탐구와 그 소설화」, p.376 ; 김은정, 「여성적 자아로의 접근」, p.209 ; 김예림, 「세계의 겹과 존재의 틈, 그 음각의 사이를 향하는 응시」, p.1506 ; 심진경, 「오정희 초기 소설에 나타난 모성성 연구」, p.233 ; 김복순, 「여성 광기의 귀결, 모성 혐오증」, pp.49~61).
   그러나 구체적인 논의를 펼치고 있는 심진경과 김복순의 논지를 꼼꼼히 따져보면 몇 가지 문제점을 발견할 수 있다. 먼저 심진경의 경우 태아 살해가 왜 "어머니와 결별하기 위한 시도"인지가 분명하게 제시되지 못하고 있다. 소설의 문면에 나타난 낙태 후 "어머니와 결별을 위한 시도"로서 '그'에게 편지를 썼다는 구절 외에는 해석의 근거를 제시하지 못하고 있기 때문이다. 그리고 김복순의 경우, 자신의 모성성을 거부하면서 어머니와의 합일을 추구하는 여성인물의 심리적 동인을 충분히 설명해 내지 못하고 있다. 그리고 그들에게 어머니와의 합일이 왜 중요한지에 대한 설명도 부족하다. 때문에 어머니와의 합일 욕망은 여성을 비정상적인 광기로 몰아넣는 부정적인 동인으로 해석되고 만다.

태아를 제물로 요구한다. 그래서 '나'는 "내 눈앞에는 늘 번득이는 바다가 있어 나는 밤마다 배태되는 아이들을 차례로 살해했던 것이다"라고 고백하게 된다. 태아를 번제의 제물로 바쳤지만 바다는 "은빛 수천 수만의 비늘을 번쩍이며 뒤채는 거대한 한 마리의 뱀"으로 돌변해 합일의 경험을 허용하지 않는다. 전(前)외디푸스의 팰러스적 어머니는 '나쁜 어머니'가 되어 '나' 역시 집어삼키려고 할 뿐 '나'의 존재를 인정하지 않는 것이다. 결국 '나'는 자신이 번제를 통해 신과의 교감을 경험한 아브라함 시대의 사람이 될 수는 없음을 깨닫는다. "우리는 이미 신의 자식이 아니다"라는 깨달음 속에서 주인공은 반대로 '어머니와의 완전한 결별'을 시도하게 된다. 그러나 한 생명을 살해했다는 죄의식이 '나'의 의식을 지배하기 시작했기 때문에 그 역시 온전하게 이루어지지 못한다.

결국 '나'는 정신병원에 갇힌다. 그러나 죄의식은 사라지지 않아 '나'는 피묻은 손에 대한 환영을 지우려고 강박적으로 손을 씻는다. '죽여버린 아이'가 떠오를 때, "나의 행동반경을 정해줌으로써 그의 위력을 시위"하는 정신병동 의사가 떠오를 때, 그리고 번제를 요구하는 어머니가 떠오를 때 '나'는 강박적으로 손을 씻는다. 그들은 '나'의 죄를 증언하는 인물들이기 때문이다. 이러한 강박적인 손 씻기 외에 수유에 대한 욕망도 '나'의 죄의식을 드러내는 표지이다. '나'는 아이에 대한 사랑을 표현함으로써 죄의식에서 벗어나려 노력한다. 그래서 부활절날 유년부 아이들이 선물로 가져온 금발의 인형을 살해된 태아의 환생으로 여기며 수유하려고 하지만 병동의 의사는 퉁명스럽게 현실을 일러줄 뿐이다.

너는 이제 나와 함께 있다. 볕이 방안 깊숙이까지 들어오는 오후, 너의 밝은 금발은 네게 후광을 만들고 벽면 높이 검은 틀에 끼워진 동정녀 주변에는 흡사 그림자처럼 서너 명의 아이들이 몽롱히 떠돌고 나는 어디로 가던 것이었을까, 도무지 기억할 수 없는 길을 헤매곤 하지만 햇살이 엷어질수록 이런 광경은 사라지고 방 한구석에서 나를 바라보고 있는 너를 발견하여 비로소 마음이 편안해 지는 것이다. 나는 너를 팔에 안고 젖을 먹이고 싶지만 의사는 언제나 그건 부활절날 유년부 아이들이 가져온 인형이에요, 라고 퉁명스럽게 말하며 내게 수유(授乳)의 기쁨을 허락하지 않는다.

─「燔祭」, pp.176~177

어머니와의 합일에 대한 욕망이 좌절되고 '어머니와의 완전한 결별'에 대한 시도도 실패하자 '나'는 태아를 번제의 제물로 바친 것에 죄의식을 느끼고 광증(狂症)을 보인다. 여기서 한 가지 특징적인 것은 주인공의 광증이 가부장제의 권위를 상징하는 남자 의사에 의해 낱낱이 해부되고 관리된다는 것이다. 의사는 '나의 사고'를 '순응'시키고 '지배'하면서 나를 '식물적인 상태'에 머물게 한다. 그래서 '나'는 피지배자가 일반적으로 그렇듯이, 지배자에 대한 전이 속에서 의사에게 '로맨스'를 느끼기도 하고 가해하고 싶다는 '사나운 충동'에 사로잡히기도 한다. 그러나 주인공은 어느 것도 실행하지 못한 채 자신이 "사육당하고 있음을 인정"하게 된다.

이처럼 '나'의 욕망은 물론이고 죄의식조차도 가부장제에 의해 관리되고 제도화된다. 그러나 거기에도 틈새는 있다. 때문에 「봄날」에서 주인공 '나'는 "흑판에 가득 씌어진 글씨를 지우개로 쓰윽 지우"

듯, "더러운 종양을 제거하"듯 냉정하게 태아를 지우지만 환청 속에서 "영매(靈媒)의 순결한 울음 소리"가 들리면 바다를 향해 떠난다. 이는 다양한 의미로 해석되는데 첫째는 '죽여버린 아이'에 대한 속죄의 의식이고, 둘째는 어머니와의 상상계적인 동일시에 대한 그리움의 표현이며, 셋째는 생산하는 어머니에 대한 갈망의 표출이다. 여기서 특히 세 번째의 의미는 여성의 모성이 가부장제에 의해 관리되고 제도화된다고 할지라도 생산성에 대한 갈망이라는 생명의 원초적 욕구는 제도화되기 어려움을 의미한다는 점에서 주목할 만하다.

그러므로 태아 살해의 욕망을 생산성에 대한 거부로 등식화하는 것은 곤란하다. 「燔祭」에서도, 「봄날」에서도 주인공들은 생산성을 갈망한다. 비록 그 갈망이 어머니와의 합일에 대한 욕망이나 '떠나간 불성실한 사내'에 대한 '배반감' 때문에 굴절되기는 하지만 그들은 쾌락의 전유와 함께 생산하는 주체로서의 자신의 섹슈얼리티를 전유하고자 한다. 이는 여성의 섹슈얼리티를 생산성과 쾌락으로 이분(二分)한 뒤 생산성에는 위대한 모성이라는 면류관을, 쾌락에는 위험한 탕녀라는 가시관을 씌우는 가부장제의 성 윤리에 대한 도전이기도 하다. 오정희 소설의 주인공들은 생산성과 쾌락의 이분법을 가로지름으로써 여성의 섹슈얼리티라는 실지(失地)를 탈환함은 물론 생산성이라는 식민화된 영토 역시 회복하고자 한다.

「燔祭」와 「未明」[46]의 주인공들이 느끼는 수유에 대한 욕망이나 「직녀」와 「봄날」의 주인공들이 내솟는 생산에의 '열꽃'은 이를 구체적으로 보여주는 예이다. 상술하자면 「燔祭」의 주인공은 금발의 인

---

46) 오정희, 『불의 江』.

형을 아기라고 상상하면서 수유하려고 하고, 「未明」의 여성인물은 "어쩌다가 긁어낼 때를 놓쳤을 뿐인데도" 보호소에서 아기를 빼앗기자 '원한'을 갖는가 하면 "젖이 도는" "감정적인" '느낌'에 이끌려 식물인간이 된 노파에게 수유를 시도하기도 한다. 그리고 「직녀」의 여성인물은 "잘 익은 과일처럼 둥글고 단단하게 달려 있"는 가슴을 '출렁'이며 "풍작의 과일처럼 주렁주렁 달린 남근(男根)"을 상상하고, 「봄날」의 여성인물은 "빈 잔에 물이 차오르듯, 달의 이음새가 아퀴를 지어 둥글게 영글 듯, 역시 씨가 벌게끔 영근 몸"이 되면 "잦은 가락에 휘말리는 무기(舞妓)처럼 한껏 열꽃"을 내솟는다.

내가 그토록 갈망하는 것은 결코 현실의 바다를 보고자 함이 아니었다. 만조 때 한껏 부풀어오른 바다가 방둑을 넘기고 집채를 삼키고 이윽고 산을 무너뜨려 형적을 없애는 노아의 홍수의 충일감을, 보다 억센 분노의 팔뚝을 원하는 것이었다.

빈 잔에 물이 차오르듯, 달의 이음새가 아퀴를 지어 둥글게 영글듯, 역시 씨가 벌게끔 영근 몸은 발끝에서부터 물이 차올라 발등을 간질이고 차츰 몸 안을 가득 채우고 마침내 입술에 새까맣게 조개를 만들어 나는 잦은 가락에 휘말리는 무기(舞妓)처럼 한껏 열꽃이 내솟았다.

— 「봄날」, p.135

그렇다면 「燔祭」와 「봄날」의 주인공들은 생산성의 상징인 태아를 왜 살해하는가? 그것은 주인공들이 태아를 가부장제에 의해 부정적으로 제도화된 모성의 결정체로 인식하고 있기 때문일 것이다. 「燔祭」에서 태아는 어머니와 '나'의 연속성을 끊어버리는 대상이고 「봄날」에서는 '불성실한 사내'의 분신이다. 그러므로 태아살해의 욕망은 모녀관계를 갈라놓는 가부장제의 음모에 대한 저항의지로, 나아가 가부장제가 강요하는 어머니되기의 억압성에 대한 무의식적인 거부의지로 해석될 수 있다. 사실 모성의 발명과 아동기의 발견이 근대의 산물이라는 사실을 고려한다면 태아 살해의 욕망은 근대가 여성에게 부과한 억압적인 성 역할을 거부하고자 하는 적극적인, 그러나 파괴적인 의지의 표명으로 해석되어야 한다.

(2) 타나토스(Thanatos)의 욕망

타나토스의 욕망이란 오정희 소설에서 죽음에 대한 간절한 기다림, 자아의 소멸에 대한 역설적인 욕망 등으로 표현된다. 타나토스, 즉 죽음본능은 "생명 이전 처음의 무생물 상태로 돌아감으로서의 긴장의 완화를 지칭함과 동시에 파편화시키고 거세하고 통일체를 분리시키는 어떤 힘"을 지칭한다.[47] 이러한 죽음본능이 「비어 있는 들」[48]에서는 죽음에 대한 간절한 기다림의 형태로 표현되고 있다. 가정주부인 주인공 '나'는 '그'를 기다리며 일상을 보낸다. 그러던 어느 날 "그가 오리라는" 예감 속에서 남편의 낚싯길에 동행하게 되고 귀가길에서 익사체를 만난다.

　　종잡을 수 없는 꿈에서 마치 등을 밀리우듯 깨어난 것은 무엇 때문일까. 그는 오늘 올 것이다. 그것은 약속보다 확실한 예감이었다.
　　〔…중략…〕

---

47) Freud, S., 「자아와 이드」, 『쾌락원칙을 넘어서』, 박찬부 옮김(열린책들, 1997), pp.130~141 참조.
48) 오정희, 『幼年의 뜰』.

익사체의 한 발은 거의 물에 잠겨 농구화의 뻘흙을 물살이 상기도 씻어내고 있었다. 한쪽은 맨발이었다. 조금 부은 듯 푸른 기가 도는 흰 발은 거의 무성(無性)의 것으로 보였다.

익사체는 햇빛 아래 불가사의한 모습으로 조용히 누워 있었다.

나는 늘 기다렸다. 깊은 밤 어두운 하늘을 보며 살별이 떨어져 내리기를, 가슴을 시리게 꿰뚫고 지나가기를, 살별의 꼬리, 빛의 한 조각이 가슴으로 흘러들기를, 이승에서는 결코 이룰 수 없는 그리움처럼 그를 기다려 왔다.

— 「비어 있는 들」, p.135, p.150

귀가길에서 만난 익사체가 암시하듯이 '나'가 "이룰 수 없는 그리움"처럼 기다려 온 '그'란 바로 죽음이다. 그래서 '나'는 '그'에 대한 "절박한 기다림"에도 불구하고 "그가 오리라는 예감"을 갖게 되자 "이물감으로 차오르는 감정"을 느끼게 된다. 죽음에 대한 생래적인 두려움과 이질감 때문이다. 그렇다면, '나'가 "불의의 사태에 대한 기대" "우발적 죽음에 대한 기대"를 품게 된 원인은 어디에 있을까? 그 일차적인 이유는 '비어 있는 들'이라는 제목에서 상징되는 삶의 무상성과 권태로움에 있다. '비어 있는 들'은 '나'가 경험하는 일상의 불모성에 대한 상징이기도 하고 '나'의 황량한 내면 풍경이기도 하다.

이러한 상징화된 이유 외에 정신분석학적으로 설명되는 다른 이유도 있다. 그것은 죽음충동이란 여성성과 밀접하게 결합되어 있는 충동이라는 점이다. 프로이트는 「세 개의 작은 상자의 주제」에서 여성성을, 필멸을 인정할 필요성과 연결시키고 있다. 수많은 신화에

서, 세 여인 중 가장 예쁘다는 이유로 나머지 둘을 제치고 마지막 여
인을 선택하는 일은 욕망의 성취에 관한 대단히 양가적인 형태에 있
어서의 죽음의 선택과 일치한다는 것이다. 실로 남성이 직면하고 있
는 세 개의 선택 대상, 즉 어머니, 어머니의 패턴에 따라 선택된 애
인, 그리고 자신을 다시 받아들여주는 대지는 반복과 회귀에 바탕을
둔 죽음 발생론에 대한 성별적 견해 표명이라 할 수 있다. 죽음본능
은 여성성과 밀접한 연결고리를 맺고 있는 것이다.[49]

　그러므로 정신분석학적인 측면에서 보자면 「비어 있는 들」의
'나'가 죽음을 기다리는 것은 여성성의 세계에 대한 열망의 표현이
라 할 수 있다. 이는 「전갈」,[50] 「순례자의 노래」,[51] 「어둠의 집」의 경우
에도 마찬가지로 적용된다. 이 소설들에서 주인공들은 일종의 죽음
충동이라 할 수 있는 자아의 소멸에 대한 열망을 표출한다. 「전갈」
에서는 '전갈'의 출현과 죽음을 둘러싼 주인공 '그 여자'의 심리변
화 속에서, 그리고 「순례자의 노래」에서는 주인공 혜자의 망각에 대
한 욕망과 그로 인한 광증 속에서, 「어둠의 집」에서는 주인공 '그
여자'의 "어차피 끝나게 되어 있다"는 체념적 인식 속에서 이 열망
은 표현되고 있다.

　작품 「전갈」에서 '전갈'이란 주인공 '그 여자'의 '꿈과 욕망'을 상
징한다. 그 동안 '전갈'은 "주인공의 내면적 불안과 환상이 외형화
된" 대상으로 해석되기도 하고,[52] "남편의 화신이요, 변형이며 매우
환상적인 상징"으로 해석되기도 했다.[53] 그러나 이러한 해석들은 구

---

49) Wright, E. ed.『페미니즘과 정신분석학 사전』(박찬부 · 정정호 옮김, 한신문화사, 1997),
　　pp.92~93 참조.
50) 오정희, 『바람의 넋』.
51) 위의 책.
52) 오생근, 「오정희 문학론 허구적 삶과 비관적 인식」(『야회』해설, 나남, 1990), p.404.

체적인 논증력이 떨어지므로 설득력이 약하다. 이 소설에서 '전갈'의 상징성을 제대로 해석해 내려면 몇 가지 단서에 유의해야 한다. 첫째는 여자의 별자리가 전갈좌라는 점이다. 둘째는 남편이 아프리카 오지로 떠나던 날 전갈을 발견하게 된다는 점이다. 셋째는 남편이 떠난 후 여자는, '잃어버린 꿈과 욕망' 때문에 "주저하며 두려워하며 수줍게 활을 긋는" 위층의 '나이든 악사'의 삶에 대해 상념하기 시작한다는 점이다. 넷째는 남편의 귀국이 예정된 날 새벽 '나이든 악사'가 자살인지 실족사인지가 불분명한 추락사를 하고 '전갈'이 "오래 전에 말라 죽은" 채로 발견된다는 점이다. 이러한 단서들을 고려할 때 '전갈'이란 일상의 질서를 해체하고 싶어 하는, 가부장제 사회에 위협을 가할 수도 있는, '그 여자' 내부에 숨어 있는 '맹독성'의 욕망을 가리키는 것으로 해석된다. 그리고 그 '맹독성'의 욕망이란 바로 '그 여자'의 자기 실현 욕구라 할 수 있다.

새벽에 그 여자는 심상찮은 웅성거림과 가슴을 찌르는 곡성에 밖으로 나왔다. 그 여자의 집 바로 밑의 화단에 사람들이 잔뜩 모여 있었다. 사람이 떨어져 죽었어요. 바이올리니스트예요. 사람들은 웅성거리기만 할 뿐 신새벽에 맞게 된 흉하고 상서롭지 못한 일에 어쩔 줄을 모르고 있었다.
〔…중략…〕
집으로 돌아온 그 여자는 밥을 안친 뒤 청소를 시작했다. 아이들은 아직 아침잠에서 깨어나지 않았지만 서둘러야 했다. 시간이 없다, 라고 말

53) 김승환, 「오정희론 오정희적 자아의 존재양상에 대하여」(『한국현대작가연구』, 민음사, 1989), p.337.

했지만 그것이 남편이 올 때까지의 시간을 뜻하는 것인지 자신에게 허락된 한정된 시간을 뜻하는 것인지 그 여자 자신도 기실 잘 알지 못했다.

〔…중략…〕

빗자루 끝에 딸려나온, 그것은 엷은 갈색의 이미 오래 전에 말라죽은 전갈이었다.

—「전갈」, pp.101~102

'그 여자'가 느끼는 자기 실현 욕구는 암시적으로 표현되고 있다. 예컨대 '나이든 악사'의 바이올린 소리를 들으며 '잃어버린 꿈과 욕망'에 대해 상념하는 것, 남편의 출국을 앞두고 "고독이 만성적인 권태와 무위한 환상에서 벗어날 수 있게 해 주리라는 기대와 열망"을 갖게 되는 것, 1년이 지난 후 남편의 귀국을 앞두고 "시간이 없다"라고 생각하는 것 등이 그러하다. '그 여자'는 남편의 출국이라는 사건 속에서 자기 속에 잠자고 있는 '꿈과 욕망'을 깨우고자 하지만 결국 실패한다. "지쳐가고 있다는 분명치 않은 무력감" 때문에 여자는 "무엇을 새로이 시작하기에는 늦은 나이"라는 생각을 하게 되고 그 결과 아무런 변화 없이 남편의 귀국을 맞게 된다.

여기서 '전갈'의 죽음이란 '그 여자'의 '꿈과 욕망'의 죽음을 상징하지만, 다른 한편으로는 '전갈'의 죽음과 함께 '그여자'가 또다시 '만성적인 권태와 무위한 환상'에 시달리게 된다는 측면에서 보면 가정주부가 경험하는 무력한 현실을 환기하는 사건이라고도 할 수 있다. 그리고 이 무력감은 죽음충동과 일정하게 관련된다는 점에서 보면 여성성의 획득에 대한 열망의 표출이라고 할 수 있다. 이 때 여성성이란 제도화된 여성성이 아닌, '그 여자'의 내면에서 자리잡고 있는 하나의 지향점으로서의 여성성이라 할 수 있다. 이러한 여성성의 획득이 현실 속에서는 불가능하기 때문에 '그 여자'는 일종의 죽음충동인 자아의 소멸에 대한 열망을 품게 되는 것이다.

이러한 양상은 「순례자의 노래」에서 좀더 구체화된다. 아이 둘을 둔 젊은 주부이자 인형 제작업에 종사하는 공예인이었던 혜자는 여름날 더위 때문에 '속치마바람'으로 인형을 만들던 중 '도둑'의 침입을 받고는 '공포'에 질려 들고 있던 전기인두를 강도의 눈에 들이대어 강도를 죽게 만든다. 정당방위로는 인정되었지만 그 일로 혜자는 2년여 동안 정신병원 신세를 지게 되고 결국에는 합의 이혼한다. '도둑'과의 관계에 대한 남편의 '석연치 않은 의혹'과 "사람들의 얘기 속에서는 죽은 것은 언제나 도둑이 아닌, 남자였다"는 사실을 견디기 어려웠기 때문이다. 혜자는 "세상이 그녀의 일을 잊어주기를 원하는 간절한 바람"으로 외모의 변화를 꾀한다.

그녀는 자신이 첫눈에 쉽게 알아보지 못할 정도로 모습이 변했다는 것을 알고 있었다. 밖의 어둠을 배면으로 해서 유리창에 음화상처럼 찍힌 얼굴을 자신이 보기에도 낯설었다. 사람들이 세상이 그녀의 일을 잊어주기를 원하는 간절한 바람으로 그녀는 규칙적인 투약과 주사, 간단없이 찾아드는 나락과 같은 수면과 허기증으로 살을 찌우며 열심히 자신의 모습을 변모시켰고 머리털은 회백색으로 길게 자랐다. 병실을 함께 쓰던 여자가 자기의 머리핀을 훔쳐갔다고 어거지를 쓰며 느닷없이 그녀의 머리털을 뜯을 때까지, 상대방의 손에 한움큼 뽑힌 회백색 머리털이 자신의 것인 줄 깨닫지 못하고 있었다.

— 「순례자의 노래」, p.115

사람들이 알아보지 못할 정도로 '살을 찌우'면서 혜자가 자신의 외모를 '무성시대의 배우'처럼, 혹은 회백색 긴 머리털을 늘인 '유령'처럼 그로테스크하게 변모시키는 것은 세상에 대한 무언의 항변이다. "누구라도 그런 상황에서라면 그럴 수밖에 없었을" 행위의 정당성이 의심받게 되자 혜자는 광증에 사로잡힌다. 광증이란 "가부장적 사회구조를 그대로 인정하려는 욕망과 이를 거부하고 싶은 욕망"의 공존 속에서 발생하는 현상으로서 광증의 당사자들이 경험하고 있는 자기분열 상태를 그대로 드러내는 역할을 한다. 그러나 다른 한편 '미친 여자나 기이한 형상을 한 여자'란 여성작가 자신의 반항적 충동들이 투사된 대상으로서 가부장적 남성 지배문화 속에서 억압되어 온 여성작가의 창조성이 부정적인 형상으로 표출된 것이라 할 수 있다.[54] 이같은 맥락에서 볼 때 혜자의 광증은 가부장제 사회 속에서 부정적으로 규정된 자아상에 대한 반발로 해석된다.

광증이 가부장제의 여성육체에 대한 부정적 함의를 거부하는, 새로운 여성성의 추구와 밀접하게 결합되어 있다면 인생에 대한 체념적 인식 역시 마찬가지이다. 「어둠의 집」의 주인공 '그 여자'는 처녀시절 러시아 군인들에게 윤간을 당한 적이 있는데 그 때 모든 것은 "어차피 끝나게 되어 있다"는 '체념'을 배움으로써 광기와 일탈에의 욕망을 잠재우게 된다. '그 여자'가 갖게 된 체념이란 환언하자면 생의 종말에 대한 인식이다. '그 여자'는 죽음충동에 자신의 "세상에 대한 조소, 경멸 따위"를 투사함으로써 역설적인 형태로 삶을 이어가게 된다.

---

54) Morris, P., 『문학과 페미니즘』(강희원 옮김, 문예출판사, 1997), pp.119~120 참조.

이처럼 '그 여자'의 체념적 인식과 혜자의 광증은 죽음충동의 외화(外化)라는 점에서 여성성의 추구로 볼 수 있다. 가부장제 사회 속에서 여성성은 죽음과 동일시되어 왔다. 예컨대 프로이트와 라캉은 전(前)외디푸스 단계는 어머니―아이의 이자적(二者的) 동일시가 이루어지는 언어 이전의 단계로서 인간이 죽어서만 돌아갈 수 있는 영원한 이상향이라고 했고, 크리스테바는 전(前)외디푸스 단계를 기호계라 명명한 후 기호계로 돌아가려는 욕망, 즉 모성적 꿈은 늘 비현실적인 것이 될 수밖에 없다고 비판하면서 이는 '위험한 입장'이라고 경고했다.[55] 이러한 측면에서 볼 때 오정희 소설의 주인공들이 보이는 타나토스의 욕망이란 궁극적으로는 '모성적 여성성'의 세계에 대한 추구와 결합된 것이라고 할 수 있다.

이상에서 살펴본 것처럼 중산층 가정주부가 등장하는 오정희의 소설에서 집이란 불임(不姙)의 공간이나 불모(不毛)의 공간으로 그려지고 있다. 집 공간이 세계의 부정성을 뚜렷하게 보여주는 구체적인 장소로 설정되고 있기 때문이다. 이러한 집의 상징성은 근대세계의 성별 이분법에 의해 공적(公的) 영역은 남성에게, 사적(私的) 영역은 여성에게 할당되어 왔다는 점에서 상당히 중요하다. 여성의 근대성의 경험이 부정과 환멸 속에서 형성되어 왔음을 보여주기 때문이다. 이는 여성인물들이 태아 살해라는 비정상적인 욕망과 죽음 충동인 타나토스의 욕망을 보이는 데서도 확인된다. 여성인물들이 보이는 이러한 욕망은 자기 파멸이 역설적인 형태의 저항이라는 측면

---

55) 위의 책, pp.175~178, pp.241~244 참조.

에서 본다면 그리 부정적이지만은 않다. 오히려 긍정적인 것으로 볼 수 있는데 여성인물들이 보이는 히스테리적인 반응은 동일성의 논리에 저항하는 비동일성의 논리이기 때문이다. 비동일성의 논리란 사회의 지배논리에 포섭되지 않는 저항담론으로서 서사적인 측면에서는 사건과 플롯이 나타나지 않는 '사건 없는 일상성'의 추구 속에서 주로 표현되고 있다.[56] 오정희는 이 '사건 없는 일상성'의 서사화를 통해 집으로 상징되는 사적(私的) 영역의 여성 억압적 측면을 드러냄과 동시에 근대의 발명품인 제도화된 모성성에 비판적으로 접근할 수 있었다.

3. '혼자만의 공간'과 육체의 탈영토화

오정희 소설의 여성인물들에게 있어 집이란 벗어날 수 없는 운명과도 같은 공간이다. 이는, 일차적으로는 그들이 대개 중산층 전업주부이기 때문에 나타나는 현상이지만, 보다 근본적으로는 그들이 기성의 제도나 질서를 부정적인 것으로 인식함에도 불구하고 그것을 전면적으로 거부하지 못하는 소시민적 인물이기 때문에 나타나는 현상이다. 그들은 광증이나 부적응증 같은 심리적인 장애를 통해 현실의 부정성에 대한 자신들의 입장을 표명하지만 그것은 현실의 부정성을 조금도 제거하지 못한다. 그래서 그들은 또다른 대응방식을 모색하게 되는데 그것이 「옛우물」[57] 「破虜湖」[58] 「夜會」[59] 「木蓮

---

56) 나병철, 『모더니즘과 포스트모더니즘을 넘어서』(소명출판사, 1999), pp.169~170.

抄」⁶⁰⁾에서는 '혼자만의 공간'의 모색과 여성 육체의 '탈영토화(deterritorialization)'⁶¹⁾ 전략으로 나타난다.

1) '혼자만의 공간'의 상징성

오정희 소설에서 '혼자만의 공간'이란 일상생활이 이루어지는 공간이라기보다는 정체성 탐색이 이루어지는 성찰의 공간, 글쓰기나 그림그리기 같은 창조 활동이 이루어지는 정신적 공간이다. 예컨대 「옛우물」에서는 '작은집'이라 불리는 '혼자만의 공간'에서 주인공의 자아 성찰이 이루어지고 있고, 「夜會」나 「破虜湖」에서는 책상이나 '오후 다섯시와 여섯시 사이'의 부엌, 혹은 자기만의 방에서 글쓰기가 이루어지고 있다. 그리고 「木蓮抄」에서는 '비어 있는 방'에서 그림그리기가 이루어진다. 이처럼 오정희 소설에서 '혼자만의 공간'이란 성찰의 장을 의미한다.

「옛우물」의 주인공 '나'는 중산층 가정주부의 전형적인 삶을 살고

---

57) 오정희, 『불꽃놀이』.
58) 위의 책.
59) 오정희, 『바람의 넋』.
60) 오정희, 『불의 江』.
61) 탈영토화(deterritorialization)란 사회적으로 제약된 힘들로부터 물질적 생산과 욕망이 풀려나는 것을 가리키는, 들뢰즈와 가타리의 철학용어이다. 들뢰즈와 가타리는 사회의 일차적 과제가 욕망을 길들이고 억압하는 데 있다고 보면서, 욕망의 생산적 에너지들을 길들이고 제한하여 욕망을 억압하는 과정을 '영토화(territorialization)'라고 정의하는 한편, 이와 달리 제약된 물리적·공간적 경계 바깥으로 욕망이 흐르도록 허용하는 것을 '탈영토화'라고 정의했다. 이러한 탈영토화의 가장 탁월한 모델은 바로 노마드(nomad)이다. 노마드란 이주자처럼 재영토화를 행하지 않기 때문이다. 노마드는 정주민의 폐쇄된 눈금쳐진 공간과는 다른, 일종의 교체점(relay)으로서의 공간, 곧 지워지고 대체되는 열려진 부드러운 공간 안에 자신을 배분한다. 노마드의 공간은 이동 그 자체이다. 이러한 노마드의 특징은 사유의 측면에서 볼 때, 사회적으로 통제된 혹은 제도화된 의미의 경계를 거부하는 것으로 표출된다. 노마드적 사유는 차이를 가로지름으로써 차이를 인식하고, 경계(境界)를 위반함으로써 경계를 안다. 때문에 하나의 의미에 머무르지 않고 또한 의미들을 통합하지도 않는다. 이러한 노마드적 사유는 탈영토화 전략의 핵심이라 할 수 있다(Gilles D. & Félix G., 『앙띠 오이디푸스』, 최명관 옮김, 민음사, 1997 참조).

있는 45세의 전업주부이다. 그녀는 "한 달에 한 번씩 아들의 학교 자모회에 참석하고" "똑같은 거리와 골목을 지나" "일주일에 두 번 장을" 보며 지체 부자유자들의 물리 치료를 돕는 정기적인 자원 봉사의 일을 하고 있다. 그리고 "잦은 일은 아니지만 이름난 악단이나 연주자의 순회 공연이 있을 때면 남편과 함께 성장을 하고 밤 외출을 하기도 한다." 이러한 중산층 가정주부의 전형적인 생활양식은 「破虜湖」「夜會」「木蓮抄」에서도 약간의 변형을 거친 채 비슷하게 재현된다. 이 소설들에서 집이란 가사와 육아가 이루어지고 있는, 여성으로 젠더화된 공간으로서 여성의 성역할을 가계의 보조자 내지는 가사나 육아의 전담자로서 영속시키는 기능을 수행하고 있다.

그러나 「옛우물」「破虜湖」「夜會」「木蓮抄」의 주인공들은 집의 이러한 기능에 포섭되기를 은밀하게 때로는 명백하게 거부한다. 「옛우물」의 주인공 '나'는 '혼자만의 공간'을 소유하고 있다. 그곳은 '나'의 가족에게 '작은집'이라 불리는 서민용 아파트로서 세입자가 이사나간 뒤 잠시 비워둔 공간이다. 이 빈 집은 '나'의 독점적인 공간으로서 '나'는 가족들이 모두 외출한 낮시간이면 이곳에 와서 하는 일없이 시간을 보내곤 한다. 빈 집의 잠긴 문을 열고 들어설 때의 "그 이상하게 호젓하면서도 충만한 느낌"이라든가, 이곳으로 오는 길목의 '작은 숲'이 선사하는 "현자가 된 듯한 느낌"을 사랑하기 때문이다. "솔직히 말하자면" '나'에겐 "혼자만의 공간이 필요했던 것"이다.

내가 살고 있는 고층 아파트 앞 아카시아 덤불과 잡목이 우거진 야산을 넘어가면 우리 가족이 편의상 '작은집'이라고 부르는 예성 아파트가 있다.

〔…중략…〕

그곳에는 소나무와 참나무, 커다란 오동나무까지 있어 예성 아파트를 오갈 때마다 나는 그 작은 숲 가운데서 저절로 발길이 멈추어지곤 했다. 잎을 모두 떨구고 앙상한 나목일 때에도 밤이 깃들일 무렵 그 아래에 서면 왠지 현자가 된 듯한 느낌이 들어 오랫동안 숨을 가다듬으며 피어오르는 어둠을 응시하기도 했다.

〔…중략…〕

맨 위층인 5층 끄트머리의 초록빛 철제 현관문을 열고 들어서며 나는 아마 빈집의 잠긴 문을 열고 들어갈 때의 그 이상하게 호젓하면서도 충만한 느낌 때문에 별반 쓰일 일도 없는 이 집을 처분하지 않는가보다고 잠깐 생각했다. 남편은 한 가구가 집 두 채를 갖는 것에 따른 불리함을 말하며 팔도록 했지만 나는 전혀 믿는 바가 아니면서도, 이곳 사람들이 크게 기대를 걸고 있는 재개발에 대해, 그럴 경우 우리가 얻을 이익을 말하며 차일피일 미루고 있었다. 솔직히 말하자면 나는 나 혼자만의 공간이 필요했던 것이리라.

— 「옛우물」 pp.27~31

이 '혼자만의 공간'에서 '나'는 스쳐지나간 인상과 추억들을 회상한다. 그리고 그것은 고도의 상징이나, 언뜻보아 서로 무관한 듯한 에피소드의 중첩 속에서 암시적으로 표현되고 있다. 상징과 에피소드들은 둥글게 원을 그리며 하나의 대상을 감싸안고 있는데 그것은 바로 '그'라는 인물이다. 이 소설 속에서 '그'는 단지 몇 마디 말로서 인상적으로 표현되고 있을 뿐이지만 실은 이 소설의 '텅 빈' 중심에 해당된다. '그'는 물론 남편이 아니다. '그'는 젊은 시절 "지옥까지 가겠노라"는 맹세로 사랑했던 불륜의 대상이다. '그'와 '나'의 내밀한 관계는 소설의 문면(文面)에서 뚜렷하게 형상화되고 있지는 않다. 여러 가지 상징을 통해 암시적으로 표현되고 있는데 그 대표적인 예가 바로 연당집과 바보의 관계이다.

연당집은 "이백 년도 넘었으리라는 커다랗고 낡은 기와집"으로, "앞마당의, 여름이 되면 수련이 장관을 이루었다는 연못" 때문에 연당집이라 이름붙여진다. 이 '오래된 아름다운 집'은 곧 사라질 운명에 처해 있지만 연당집의 아들인 바보는 그것을 알지 못한다. 마침내 연당집이 헐리자 영문을 모르는 바보는 "왜, 왜, 왜? 뭐였지? 뭐였지?" 하는 '커다란 의문 부호' 같은 몸짓을 보이며 "익숙한 것의 사라짐"이라는 "이해하지 못할" 사건에 당황해 한다. 여기서 연당집은 불륜의 대상이었던 '그'의 이미지와 중첩되고, 바보는 '그'의 죽음을 받아들이지 못한 채 수신인 없는 전화번호를 습관적으로 누르는 '나'의 이미지와 중첩된다. '나'는 "천연덕스런 표정으로 은폐할 수 있는 모든 관계들에 대한 역겨움" 때문에 '그'와 헤어진 후, 신문의 부고란에서 '그'의 이름을 보게 되지만 '그'의 부재를 인정하지 못하고 습관적으로 '그'의 전화번호를 누른다.

이처럼 연당집과 바보의 관계는 '그'와 '나'의 관계를 상징적으로 보여주고 있다. 그러므로 '작은집'에 머무는 대부분의 시간을 "창을 통해 연당집을 내려다보는 것"으로 보냈다는 '나'의 고백은 실은 '그'에 대한 상념으로 보냈다는 고백이 된다. '나'는 가사와 양육의 공간인 집을 나와 '혼자만의 공간'인 '작은집'에 머물면서 젊은 시절의 꿈과 환상에 잠기는 것이다. 여기서 불륜의 대상인 '그'는 일종의 상징화된 존재로 볼 필요가 있다. '그'는 '관습과 관행'에 길들여지기 전의 '나'의 꿈이 투영된 대상으로서 '나'의 야생의 꿈을 상징한다. 제도에 길들여지지 않은 꿈, '관습과 관행'에 통제되지 않는 환상, 그것이 바로 '그'의 상징성이다. 이는 "천연덕스런 표정으로 은폐할 수 있는 모든 관계들에 대한 역겨움" 때문에 '그'와 헤어졌다는 고백에서도 암시되고 있다. '그'란 위선과 허위에 길들여지기 이전의 '나'의 원시적인 생명력의 분출 대상이었던 것이다. 그러므로 '그'에 대한 '나'의 상념은 단순한 연정이라기보다는 야생의 꿈에 대한 그리움이라고 해야 할 것이다.

'나'의 이러한 그리움은 '혼자만의 공간'에 대한 꿈의 표출이기도 하다. 집이란 여성으로 젠더화된 공간으로서 특히 자본주의적 근대의 성별분업 구조 속에서 뚜렷하게 그 경계가 확정되었다. 자본의 이윤창출 욕구는 여성을 산업예비군으로서 집안에 위치시키고 그들에게 가사·육아의 전담자라는 고정된 성역할을 부과했다. 표면적으로 보면 「옛우물」의 주인공 '나'는 이러한 성별 분업구조를 뚜렷한 자의식 없이 수용한 채, 중산층 가정의 일상을 무리없이 영위해가고 있다. 그러나 심층적으로 보면 '나'는 이러한 일상의 전복과 해체를 꿈꾸고 있다. 그것은 '그'에 대한 상념에서 상징된다. 이러한 순응과 모반의 이중전략은 가부장제 하에서 여성들이 불가피하게 취하게 되는 생존전략이다. 여성들은 가부장제 하에서 살아가기 위해 표면적으로는 가부장제의 질서에 순종하지만 심층에서는 그러한 질서의 전복을 꿈꾸고 있다. '나'는 불륜의 대상을 그리움으로 기억함으로써, 나아가 원시적인 생명력의 분출을 꿈꿈으로써 집에 할당된 여성의 역할을 거부한다.

이처럼 「옛우물」에서는 '작은집'이라 불리는 물리적인 장소가 사색의 장으로 제시되고 있다면, 「夜會」「破虜湖」에서는 글쓰기라는 추상적·정신적 공간이 성찰의 장으로 설정되어 있다. 먼저 「夜會」를 살펴보면 주인공 명혜는 두 아이의 어머니이자 소설가이다. 명혜는 일간지의 소설 현상공모에 당선 없는 가작으로 등단한 이후, 상금의 일부를 들여 '튼튼하고 커다란 책상' 하나를 사서 방에 들여놓고는 밤마다 늦도록 불을 켜놓고 그 앞에 앉아 "스쳐간 인상, 자신이 살아온, 그리고 살아갈, 또한 다른 사람들이 살아가는 내력과 얽힘"에 대해 쓰곤 한다. 방은 성찰의 공간, 글쓰기의 공간으로 탈바꿈된다. 부엌 역시 마찬가지이다. 명혜는 '오후 다섯시와 여섯시 사이'가 되면, 부엌 선반에 놓아둔 '노트와 볼펜'을 들어 '생의 은유(隱喩)'에 대한 상념을 메모한다. 이 때, 명혜는 "줄 위에서 외로움으로 서서히 미쳐 가는 사람"에 대해 자주 상념하는데, 그 사람은 바로 집 공간에 고립된 명혜 자신에 대한 '은유'이기도 하다.

명혜가 그 새를 발견한 것은 오래 전이었다. 그날 명혜는 부엌 선반에 얹어 놓은 작은 노트에 〈오후 다섯시와 여섯시 사이, 흰새는 강에서 숲으로 간다〉라고 적어 넣었다. 명혜에게는 흔히 요리책이나 마른 행주 따위를 얹어 놓는 부엌의 선반에 노트와 볼펜을 준비해 두는 버릇이 있었다. 가족들의 식사 준비를 하며 무심히 내다보는 바깥 풍경이, 해가 지고 밤이 되기까지의 외로움과 적막감이 그녀의 내부에 무언가 불러일으키는 힘이 되리라는 기대로. 새는 아마 그보다 더 오래 전부터 강과 숲 사이를 날아다녔음에 틀림없었다. 무심히 내다보는 눈길에 서리처럼 얹혔던 흰빛의 잔상(殘像)을 명혜는 기억할 수 있었다. 그 노트는 그 밖에도 여러 가지 조그만 느낌들로 채워져 있었다. 까마득히 높이 맨 한가닥 줄이 어느 광야보다도 드넓었던 곡예사를 어느 날 갑자기 줄에서 밀어 떨어뜨린 것은 무엇이었을까, 그 여자는 왜 눈에 보이지 않게 서서히 미쳐 갔던가 따위.

— 「夜會」, pp.13~14

명혜는 여성으로 젠더화된 집의 공간들을 '혼자만의 공간'으로 재탈환함으로써 궁극적으로는 남성중심의 지배문화에 대한 비판정신을 회복한다. 그것은 권력의 확대 재생산을 목적으로 하는 '야회'의 속물성을 비판하는 데서 확인된다. 야회는 지방 유지인 김병원장 내외가 유지급 인사들을 초청하여 여는 일종의 연례행사로서 남편 길모가 대학의 전임이 되자 명혜 내외에게도 초청장이 날아온다. 야합의 장(場)인 야회에서 명혜는 중산층의 속물성과 허위의식을 뚜렷하게 경험하면서 "정원에서 벌어지는 은성한 파티와는 무관하게 홀로 켜져 있는 불빛에 정다움"을 느끼는가 하면, 야회장을 빠져나와 집으로 돌아오는 길에 격렬한 구토증세를 보인다. '홀로 켜져 있는 불빛'은 거부증을 앓으면서 요양원과 정신병원과 집을 오간다는, 김원장의 큰아들을 상징한다. 세 아들을 둔 어머니와 이혼하고 20세 연하의 간호사와 재혼한 이기적인 아버지, 은성한 파티로 야합의 냄새를 희석시킬 줄 아는 전략가인 아버지에 대한 거부감을, 거부증으로 표현하고 있는 김병원장의 큰아들에 대해 명혜는 '정다움'을 느낀다. 그리고 그 큰아들처럼 일종의 거부증인 구토증세를 보이면서 중산층의 속물적인 삶을 상징하는 "포식한 고기와 술, 흰게의 살"을 토해 낸다.

「夜會」와 달리,「破虜湖」「木蓮抄」에서는 비록 개인적인 차원에 서이긴 하지만 공(公)/사(私)의 영역 분리가 해체된다. 주인공들이 일종의 별거상태에 돌입하기 때문이다.「破虜湖」의 경우 주인공 혜순은 6개월 시한으로 집을 떠나고,「木蓮抄」의 경우 주인공 '나' 는 별거한다. 이들이 이처럼 집을 떠나거나 별거를 하는 이유는 심각한 실존적 위기를 경험하고 있기 때문이다. 그들은 모두 가계 보조자로서의 역할에 충실했고 집 안에서의 자신의 위상을 정립하기 위해 노력했지만 그럼에도 불구하고 심각한 위기를 경험한다. 그래서 그들은 떠난다. 그들은 정주의 공간이 아닌, 이동의 경로인 길 위에서 자신의 분열된 자아를 확인한다.

「破虜湖」에서 그것은 늙은 고양이와 돌에 새겨진 '여자의 얼굴'을 통해 이루어진다. 이민 1세인 혜순은 4년여에 걸친 이민생활 속에서 "끊임없이 말하고자 하는 욕구와 이윽고 찾아오는 텅 빈 공백상태"를 번갈아 경험하던 중 한 마리의 늙은 고양이를 살해한다. "몹시 춥거나 배가 고프면 옛집을 찾아"오는, 야생의 습성을 잃어버린 '비루한 몸짓'의 늙은 고양이를 통해 자신의 얼굴을 보게 되면서 혜순은 고양이에게 "그녀 속의 모든 적의와 잔인함과 분노"를 투사한다. 결국 혜순은 고양이를 유인해 피크닉 주머니에 담아 나뭇가지에 매달아놓고는 육탈과정을 지켜보게 된다. 그 때 혜순은 자루 속에서 악취를 풍기며 썩어가는 것은 고양이가 아닌, "자신의 내면에서 붕괴되고 부패해가는 그 무엇"이라고 느낀다. 늙은 고양이는 부정하고 싶은, 혜순 안의 분열된 자아의 한 측면인 것이다.

돌에 새겨진 '여자의 얼굴' 역시 마찬가지이다. 유사 분열증에 시달리던 혜순은 6개월의 말미를 얻어 귀국한 후 물밑을 드러낸 호수

파로호를 찾아간다. 이 여로의 끝에서 혜순은 '여자의 얼굴'이 새겨진 돌을 만나게 되는데, 그것은 바로 혜순 자신의 얼굴이기도 하다. "단순히 갸름한 흰 돌에 날카로운 돌로 세 개의 구멍을 쪼았을 뿐"인데, 그것이 어우러져 만드는 표정은 "놀랄 만치 깊고 풍부"해서 혜순은 '표현할 수 있는 말'을 찾아내지 못한다. "돌을 손바닥 위에 얹고, 해독할 수 없는 암호를 바라보듯 그 표정을 읽으려" 애쓰는 혜순의 모습은 분열된 자아에 대한 응시를 나타낸다. 혜순은 이동의 공간인 여로 위에서 비로소 자기를 발견하는 것이다.

이는 글쓰기를 매개로 이루어진다. 명혜에게 글쓰기가 성찰의 공간인 것처럼 「破虜湖」의 주인공 혜순에게도 글쓰기는 자기 확인의 장이다. 혜순은 4년여에 걸친 미국 이민 생활 속에서 "끊임없이 말하고자 하는 욕구와 이윽고 찾아오는 텅 빈 공백 상태"를 번갈아 경험하다가 잃어버린 말을 찾기 위해 귀국한다. 소설을 쓰기 위해서이다. 혜순에게 글쓰기란 "말로써 표상되는 그 모든 것, 꿈 혹은 열망"을 의미한다. 때문에 혜순은 귀국 후 한 달 동안 이천 매가 넘는 남의 소설을 토씨 하나 빼지 않고 원고지에 옮겨 쓰면서, '미친 짓'이라고 생각하면서도 "자신도 이해 못 할 뿌듯함과 성취감"을 느끼게 된다. 혜순에게 글쓰기란 일종의 '존재 증명' 행위였던 것이다.

이러한 양상은 「木蓮抄」의 경우에도 비슷하게 나타난다. 주인공 '나'는 집을 떠나 길 위에 머무는 동안 분열된 자아를 뚜렷하게 응시하게 된다. '나'는 어머니처럼 살지는 않겠다고 결심하지만, 결국 어머니와 다를 바 없는 삶을 살고 있는 자신을 발견하게 되면서 내면에 또아리틀고 있는 자신의 또다른 얼굴을 인정하게 된다. 출산 후유증으로 앉은뱅이가 된 '나'의 어머니는 그 몸에 신이 실려 무당이 되고, 그 때문에 아버지에게 버림받은 후 화재로 목숨을 잃는다. 어머니의 이러한 한 많은 삶이 일종의 핏줄처럼 '나'에게도 이어지려고 하자 '나'는 집을 떠난다. 집을 떠나 '주술적인 영혼의 꽃' 목련을 그리고자 한다. 목련이란 '나'에게 "어머니의 백골에서 피어나던 영혼"이자 "남편이 돌아오지 않는 밤마다, 남편의 지문이 화인(火印)처럼 묻어나는 곳곳에서 피어나던" 한을 의미하기 때문이다. 목련 그림은 일종의 '만다라'로서 한의 승화를 의미하지만 '나'는 좀체로 목련을 그리지 못한다. 결국 '나'는 목련을 그리는 대신 자신 안에 있는 파괴적인 욕망을 인정하게 된다.

「木蓮抄」「破虜湖」에서 분열된 자아의 발견이란 글쓰기나 그림그리기 같은 창작행위를 매개로 이루어진다. 자아란 근대 철학의 출현 속에서 비로소 형성되기 시작한 근대성의 주요한 표지이다. 그리고 안정된 하나의 자아 정체성이란 차이를 끊임없이 동질화시키고 무화시키는 가운데 형성되는 동일성의 욕망의 소산이다. 그러므로 분열된 자아의 발견이란 주체/타자의 위계적 이분법을 해체하는 동시에 월권적 지배를 행사해온 근대의 동일성의 욕망을 해체하는 전복적 전략으로서의 의미가 있다. 이 전복적 전략이 궁극적으로는 광기와 만난다는 점에서 한계가 없는 것은 아니지만, 광기로 표출되는 극한적인 파괴욕망은 현실의 부정성에 대한 신랄한 비판으로 간주될 수 있다는 점에서 또한 의미있는 문학적 전략으로 판단된다.

요컨대 「옛우물」 「夜會」 「破虜湖」 「木蓮抄」에서는 자아 성찰의 장으로서 '혼자만의 공간'이 제시되고 있다. 「옛우물」에서는 '작은 집'이, 「夜會」 「破虜湖」에서는 글쓰기가, 그리고 「木蓮抄」에서는 그림그리기가 '혼자만의 공간'으로 설정되어 있다. 즉, '혼자만의 공간'은 구체적이고 물리적인 장소인 동시에 추상적인 사색의 공간인 것이다. 여기에서 여성인물들은 과거에 대해 상념하기도 하고, 현재의 자신에 대해 사색하기도 하고, 미래의 삶에 대해 꿈꾸기도 한다. 이를 한 마디로 요약한다면 그것은 자아 성찰 내지 정체성의 탐구가 될 것이다.

2) 육체의 탈영토화

오정희 소설에서 육체란 이데올로기의 각축장이다. 육체의 훈육을 통해 월권적인 지배를 행사하려는 권력과, 권력의 훈육을 거부하는 육체의 반란이 오정희 소설에서는 상징적으로 그려지고 있다. 예컨대 「幼年의 뜰」「완구점 여인」등에서는 젠더 이데올로기에 대한 거부의지가 탐식(貪食), 구토, "서서 오줌을 누고 싶은 충동"과 같은 육체의 반란을 통해 표출되고 있다면, 「燔祭」「봄날」등에서는 제도화된 모성성의 거부가 태아살해의 광증으로 표출되고 있다. 그리고 「바람의 넋」「夜會」등에서는 가부장제의 어머니노릇에 대한 환멸이 중독적인 음주와 흡연, 뜻모를 중얼거림 등으로 표현되고 있다.

이같은 육체의 반란은 여성성의 제도화에 대한 저항의지의 표출이라 할 수 있다. 가부장제 하에서 여성성은 연약함, 순종, 다소곳함, 소극성, 무지 등으로, 모성성은 여성의 생물학적 본질이자 여성성의 최대치로 제도화되어 왔다. 이는 여성의 실질적인 목소리와 경험이 배제된 가부장제의 오랜 신화로서 여성의 섹슈얼리티(sexuality)를 통제하려는 이데올로기의 토대를 형성해 왔다. 이 속에서 어머니는 위대한 성모(聖母), 영원한 자연으로 이상화되는 가운데 섹슈얼리티가 제거된 무성적(無性的)인 존재로 대상화되었고 모든 여성은 어머니가 되어야 한다는, 어머니가 되는 것은 여성의 가장 중요한 사명이라는, 적어도 19세기 이래로 지속되어 온 이데올로기가 튼튼하게 뿌리내리게 되었다.[62] 여성성의 제도화 과정 속에서 여성의 섹슈얼리티는 끊임없이 배제·왜곡되어 온 것이다.

　오정희 소설의 주인공들은 이러한 이데올로기의 억압성에 육체의 반란으로서 저항한다. 이는 모성의 세계를 형상화한 것으로 평가되고 있는 「옛우물」의 경우에도 마찬가지이다. 우물은 고전적으로 여성의 자궁을 상징하는 사물로 간주되어 왔기 때문에 「옛우물」이 모성의 세계를 형상화한 작품이라는 평가는 상당히 설득력 있게 받아들여져 왔다. 물론 「옛우물」의 세계는 모성과 밀접하게 결합되어 있다. 그러나 「옛우물」에 나타난 모성은 가부장제 하에서 생물학적인 본질로 간주되어온 모성이나 위대한 자연으로 신비화되어온 모성과는 다르다. 구체적인 경험으로서의 모성이자 섹슈얼리티가 제거되지 않은 모성이기 때문이다.

　경험으로서의 모성은 세 가지 삽화를 통해 표현되고 있다. 첫번째 삽화는 가슴에 '날카롭게 박힌 두 개의 잇자국'으로 요약된다. 젊은 시절의 '나'가 "지옥까지 가겠노라"는 결심 속에서 아이를 버려두고 불륜의 상대인 '그'를 따라나서려고 하자, 아이는 '허둥대는 어미'를 보내지 않으려고 '젖꼭지'를 물어뜯어 선명한 '두 개의 잇자국'을 남긴다. 결국 '나'는 우는 아이를 옆집에 맡기고 '그'와 함께

---

62) Thorne, B., 『페미니즘의 시각에서 본 가족』, 권오주 外 옮김(한울아카데미, 1994), pp.7~37.

떠나지만 선잠에서 깨어 엄마를 부르며 우는, 밥집의 남매를 보고는 집으로 돌아온다. '날카롭게 박힌 두 개의 잇자국'과 '아이 울음소리'가 '나'에게 모성의 역할을 환기시켰기 때문이다. 이 첫번째 삽화는 모성이 어머니의 인고(忍苦) 속에서 지속될 수 있는 후천적인 자질임을 암시한다.

두 번째 삽화는 '꿈'과 관련된다. '나'는 어머니가 된 이후 '날거나 추락하는 꿈'을 꾸지 않는다. '날거나 추락하는 꿈'이란 이중의 의미를 담고 있다. 하나는 생에 대한 불안이고, 다른 하나는 삶의 비약이다. 추락에는 비상(飛上)의 경험이 내재되어 있다. 마찬가지로 추락이 없는 삶에는 비상의 경험도 없다. 그러므로 어머니가 된 이후 '날거나 추락하는 꿈'을 꾸지 않는다는 '나'의 고백에는 이중의 의미가 담겨 있다. '나'는 어머니가 된 이후 추락의 위험이 있는 비상의 꿈들은 버렸다는 것이자 추락의 위험이 없는 안정된 꿈들, 일상의 안일을 깨뜨리지 않을 평범한 꿈들을 키우게 되었다는 의미이다. 이는 오정희가 바라보는 모성이 그리 단순하지만은 않음을 보여준다. 오정희에게 있어 모성이란 '날카롭게 박힌 두 개의 잇자국'과 같은 멍에인 동시에 "정직한 생의 조건이자 출발점"인 것이다.

실제로 아이들을 낳아 기르면서 그전까지는 몰랐던, 자신 속의 원시적인 강한 힘과 용기를 느끼기도 했습니다. 언젠가 얘기한 적도 있지만 여성성이란 내 자신의 가장 정직한 생의 조건이자 출발점입니다. 아이를 많이 낳겠다는 것은 삶과 세계에 대한 적극적인 참여의지, 세상과 화해하고 얼마든지 받아들이겠다는 것의 다른 표현일 것입니다. 남성과 대립적인 존재로서의 여성이라기보다 본질적인 여성성, 생산하고 품고 떠나

보내는 자의 고독과 환희와 신비에 매혹되어 있다는 점에서, 그 끝까지 파헤쳐 소설로 써보고 싶다는 꿈을 갖고 있다는 점에서 페미니즘 문학을 지향한다고 말할 수도 있겠지요.[63]

세 번째 삽화는 '밤송이'와 '러시아 인형'의 이미지와 관련된다. '나'는 어머니의 다산을 "밤송이가 벌어 저절로 알밤이 툭 떨어지는 것, 봉숭아 여문 씨들이 바람에 화르르 흐트러지는 것처럼 자연스럽고 범상한 일"이었다고 회상하면서, 모성이란 "생산하고 품고 떠나보내는 자의 고독과 환희와 신비"에 다름아니라고 생각한다. 그리고 이러한 모성이야말로 여성을 하나의 동질적인 집단으로 결속시켜 주는 끈이라고 생각한다. 이는 똑같은 모양의 인형들이 크기의 차례대로 겹겹이 들어있는 러시아 민속인형을 통해 상징된다. '어린 여자아이'가 자라 "덧옷을 걸친 듯 살가죽이 늘어진" '늙은 여자'가 되기까지의 과정이 상징적으로 표현된 민속인형을 보면서 '나'는 '여자의 일생'을 느낀다. "실제로 아이들을 낳아 기르면서 그전까지는 몰랐던, 자신 속의 원시적인 강한 힘과 용기"를 발견하고 궁극에는 "삶과 세계에 대한 적극적인 참여의지"를 획득해 가는 것이 '여자의 일생'이라는 것이다.

이러한 경험으로서의 모성과 더불어 「옛우물」에서 또하나 중요하게 다루어지고 있는 것은 여성의 섹슈얼리티이다. '나'는 어머니로 살아가기 위해 자신의 섹슈얼리티를 억압한다. 가부장제가 강제한 모성/섹슈얼리티의 이분법으로부터 '나' 역시 자유롭지 못하기 때

---

63) 오정희·박혜경, 「(대담) 안과 밖이 어우러져 드러내보이는 무늬」, pp.1529~1530.

문이다. 젊은 시절의 '나'를 집으로 돌려보낸 '날카롭게 박힌 두 개의 잇자국'도 실은 이중의 의미를 담고 있다. 그것은 어머니를 필요로 하는 아이의 간절한 요구인 동시에 어머니의 섹슈얼리티에 대한 단죄인 것이다. 가부장제의 젠더 이데올로기 속에서 여성의 섹슈얼리티는 탕녀의 그것과 부정적으로 동일시되면서 끊임없이 억압되어 왔다. 이처럼 여성의 섹슈얼리티가 과잉억압되고 있다는 사실은 프로이트의 다음과 같은 진술에서도 확인된다. "〈합법적인〉 생식만이 성행위의 목적"으로 용인되는 〈문명적〉 성도덕'은 여성의 신경병을 유발해 왔는데, 여성의 "결혼생활에서 생겨난 신경병은 불륜으로 치료할 수 있다"는 것이다.[64] 물론 이러한 급진적인 처방을 액면 그대로 받아들여서는 곤란하겠지만 여성의 섹슈얼리티가 과잉억압되고 있다는 사실에 대한 비유적인 언술로서는 귀기울여 들을 만하다.

'날카롭게 박힌 두 개의 잇자국'과 '아이 울음소리' 때문에 집으로 돌아온 뒤에도 '나'는 늘 '그'에 대해 생각한다. '그'와의 사랑으로 표상되는 '나'의 섹슈얼리티는 억압되고 있었을 뿐 모성으로 대체되지는 않은 것이다. 그래서 '나'는 신문의 부고란에서 '그'의 이름을 발견한 후 "그가 죽고 내 안의 무엇인가가 죽었다"고 생각하게 된다. 죽은 "내 안의 무엇인가"는 바로 섹슈얼리티의 발현에 대한 갈망이다. 그러나 그것은 '나'의 인식의 전환 속에서 새롭게 부활한다. "사라진 뒤에야 비로소 드러나는 존재의 흔적"에 대해 깨달으면서 '나'는 비로소 자신의 섹슈얼리티를 온전히 승인하게 된다. 그리

---

64) Freud, S., 「〈문명적〉 성도덕과 현대인의 신경병」, 『문명 속의 불만』, 김석희 옮김(열린책들, 1997), p.25 참조.

고 그것은 '현자(賢者)가 된 느낌'을 주는 '작은 숲'에서 나무를 끌어안고 '짧은 희열'을 느끼는 '나'의 모습에서 단적으로 확인된다.

어둠이 깃들이는 숲에 발걸음을 멈추고 서 있으면 현자(賢者)가 된 느낌이 든다. 나무의 몸체에 가만히 귀를 대어보기도 한다. 그러나 나는 나무의 말을 알아듣기에는 너무 나이를 먹었다. 나무의 몸에서 귀를 떼고 팔을 벌려 안아보았다. 따뜻한 기운이 느껴지는 것 같았다. 신을 벗고 나무 위로 기어올랐다. 거친 줄기의 속 깊이 흐르는 수액이 향기롭게 맡아졌다. 나무는 곧게 자라 자칫 주르르 미끄러지거나 떨어질 듯 긴장이 되었다. 나는 다리를 꼬아 힘껏 굵은 줄기를 휘감았다. 나는 나무를 껴안고 감아 안은 다리에 힘을 주며 온 힘을 다해 비틀었다. 아아, 억눌린 비명이 터져나오고 나는 산산이 해체되어 흰빛의 다발로 흩어지는 듯한 짧은 희열을 느끼며 축 늘어졌다. 나는 조금 울었던가.

오동의 보랏빛 꽃이 어둠 속에서 나울나울 피고 있었다. 별과 꽃이 난만한 밤에 그는 죽었다. 내가 존재하지 않을 어느 시간대에도 이 나무에는 꽃이 피고 잎이 피고 새가 깃들이겠다.

나는 나의 생보다 오랠 산과 나무, 별들을 바라보았다. 비로소 먼 옛날 증조할머니가 내게 해준 말을 정확히 기억해내었다. 옛날 어느 각시가 옛우물에 금비녀를 빠뜨렸는데 각시는 상심해서 죽고 금비녀는 금빛 잉어로 변해……

— 「옛우물」, p.52

이 나르시시즘적 '희열'은 모성과 섹슈얼리티의 통합을 의미한다. '짧은 희열'을 느낀 직후 '나'는 옛날 증조할머니가 해준 '금빛 잉

어' 이야기를 정확하게 기억해 내기 때문이다. '금빛 잉어' 이야기
란 모성에 관한 신화이다. "옛날 어느 각시가 옛우물에 금비녀를 빠
뜨렸는데 각시는 상심해서 죽고 금비녀는 금빛 잉어로 변해" "천년
이 지나면 이무기가 되고 또 천년이 지나면 뇌성벽력이 치는 밤 용
이 되어 하늘에 올라" 간다는 이야기. 이것은 모성이 자기 희생과 이
타주의의 실현을 통해 구원에 이르는 것을 보여주는 아름다운 모성
에 관한 신화이다. 이 신화를 '나'가 섹슈얼리티라는 잃어버린 영토
를 되찾은 이후에 기억해 낸다는 것은 '나'의 모성에 대한 인식이
가부장제 하에서 신비화된 모성과는 다르다는 것을 의미한다.

  그러므로 "옛우물과 금빛 잉어의 아름다운 전설은 신비로운 모성
의 은유"[65]라는 식의 일면적인 평가는 수정되어야 한다. 「옛우물」에
나타난 모성이 가부장제 하에서 본질화된 모성이나 신비화된 모성
과 어떻게 다른지에 대한 설명이 거의 이루어지지 않고 있기 때문이
다. 좀더 정확하게 말한다면, 오정희 소설의 모성을 그러한 모성과
동일시하는 오류를 범하고 있는 것이다. 오정희는 시종일관 제도화
된 여성성을 비판해 온 작가이다. 그러므로 오정희 소설의 여성성이
제도화된 여성성과 어떻게 다른지에 대한 설명은 필수적으로 요청
되는 과제라 할 수 있다. 오정희는 「옛우물」을 통하여 출산과 양육
의 경험이 스며 있는 모성, 생산성과 섹슈얼리티가 통합되어 있는
모성이야말로 여성의 진정한 모성이라는 것을 말해주고 있다.

  이는 여성육체의 '탈영토화'를 의미한다. '코드화'에 저항하는 것
이기 때문이다. 가부장제 하에서 여성의 육체는 일차적으로 젠더 이

---

65) 조정희, 『오정희 소설에 나타난 여성주의 타자화된 여성인물을 중심으로』(성신여자대학교
    석사학위논문, 1997).

데올로기에 의해 '코드화'된다. 젠더 이데올로기는 여성다움/남성다움의 이분법을 작동시켜 여성의 육체를 '여성답게' 훈육한다. 그 결과 여성의 육체는 연약하고 온순하고 수동적인 육체로 길들여진다. 그리고 여성의 이러한 육체는 덕녀/탕녀의 이분법 속에서 다시 한 번 '코드화'된다. 덕녀는 가부장제의 여성에 대한 환상이 투사된 대상으로서 성적으로 순결한 현모양처형의 여성이다. 반면 탕녀는 가부장제의 여성에 대한 뿌리깊은 혐오감과 두려움이 투사된 대상으로서, 성적 매력을 무기로 남성을 파멸시키는 악녀형의 여성이다. 이러한 덕녀/탕녀의 이분법 속에서 대개의 여성들은 섹슈얼리티와는 무관한 생산하는 모성으로 제도화된다. 그러나 위에서 살펴보았듯이 오정희 소설의 여성인물들은 훈육된 육체이기를 거부함으로써 궁극적으로는 여성육체의 '탈영토화'를 수행하게 된다.

이러한 탈영토화 전략은 「木蓮抄」에서도 여성 섹슈얼리티의 탈환이라는 형태로 수행된다. 「木蓮抄」의 주인공 '나'는, 어머니와 '나'에 걸친 여성 2대의 한스러운 삶과 결별하기 위한 의식으로서 목련 그리기를 시도하지만 번번이 실패하자 훨씬 더 급진적인 방식을 선택한다. 그것은 화실 남자와 하룻밤을 보내는 것이다. '나'의 이러한 급진적인 선택의 배경에는 가부장제의 덕녀/탕녀 이분법에 대한 환멸과 조롱이 숨겨져 있다. 어머니와 '나'는 덕녀의 전형과 같은 삶을 살아왔지만 그럼에도 불구하고 결국에는 남편으로부터 배신당한다. 그래서 '나'는 과연 덕녀란 누구를 위한 것인가라는 물음을 던지면서 자신의 훈육된 육체에 새겨진 덕녀/탕녀의 경계를 가로지르게 된다. 자신의 섹슈얼리티를 부정적인 방식으로나마 탈환하는 것이다. '목련'이 '나'에게 불러일으키는 열망은 윤리적인 측면에서 보면 '타락에 대한 열망' '죄악에 대한 열망'이지만, 여성의 섹슈얼리티의 측면에서 보면 실지(失地)의 회복이라 할 수 있다. '나'는 비록 부정적인 방식으로나마 '탈영토화' 전략을 수행함으로써 섹슈얼리티라는 실지(失地)를 회복하게 된다.

이상에서 살펴본 것처럼 「옛우물」「夜會」「破虜湖」「木蓮抄」에서 '혼자만의 공간'이란 자아 성찰의 장을 의미한다. 「옛우물」의 '나'는 '작은집'에서 '나'와 '그'의 관계에 대하여 상념하고, 「夜會」의 명혜는 '책상'과 '오후 다섯시와 여섯시 사이의' 부엌에서 삶에 대해 사색하며, 「破虜湖」의 혜순은 방에서 남의 소설을 베껴쓰며 자기 정체성을 확인하고자 한다. 그리고 「木蓮抄」의 '나'는 '비어 있는 방'에서 '목련'을 그리며 어머니와 자신에 걸친 여성 2대의 한스러운 삶과 결별하고자 시도한다. 그 과정에서 이 인물들이 도달하는 곳은 섹슈얼리티와 재생산성이 통합된 모성의 세계(「옛우물」)이거나 섹슈얼리티라는 실지(失地)의 회복(「木蓮抄」)이다. 이는 가부장제에 의해 '코드화'된 여성의 육체를 '탈영토화'함으로써 궁극적으로는 배제·왜곡되어온 여성의 경험을 복원했다는 점에서 의미가 있다.

제4장
근대에의 양가적 반응과 신여성들
_박완서

제4장

근대에의 양가적 반응과 신여성들 _ 박완서

　박완서의 작품세계는 우리 근·현대사의 축도라 할 수 있을 정도
로 사회·역사적인 현실을 뚜렷하게 반영하고 있다. 해방 이전 신여
성의 꿈을 안고 도시로 입성한 모녀가 전쟁과 왜곡된 산업화를 거치
면서 생존을 절대절명의 과제로 삼고 살아가다가, 우리 사회의 모순
과 여성해방 이념에 눈뜨면서 신여성의 이상(理想)을 복원하는 과
정이 바로 박완서 소설의 전개과정이었다고 말할 수 있다. 다시 말
하면 근대를 양가적인 것으로 경험하던 여성 주인공이 자기 경험 속
에 각인된 의미를 스스로 발견해 가는 과정 속에서 근대에 대한 비
판정신의 획득과 함께 여성으로서의 자기 위치를 확인하게 된다.

　여주인공의 이러한 성숙과정은 그들의 근대체험과 여성으로서의
자기 인식 정도에 따라 다음의 세 단계로 나뉜다.

　첫째 단계는 어린 여자아이가 화자로 설정된 작품으로 「엄마의 말
뚝·1」『그 많던 싱아는 누가 다 먹었을까』가 해당된다. 이 소설들에

서는 여주인공의 도시입성과 '엄마'에 의한 강제된 신여성되기가 서사의 중심축을 이룬다. 도시입성과 더불어 여주인공은 근대를 양가적인 것으로 경험한다. 어린 주인공에게 근대세계란 불안을 야기하는 동시에 '문화의 예감'을 불러일으키는 세계였다. 이 속에서 어린 주인공은 정체성의 혼란을 경험하는데, 이는 어린 주인공의 여성됨이 분열과 혼란 속에서 이루어질 것임을 암시한다.

둘째 단계는 대개 청·장년의 여성 주인공이 화자로 설정된 작품으로 이는 다시 두 갈래로 나뉜다. 하나는 전쟁 체험으로 인한 신여성 이상(理想)의 좌절이 나타난 경우로서 『裸木』『목마른 계절』『그 산이 정말 거기 있었을까』『그해 겨울은 따뜻했네』「부처님 근처」「카메라와 워커」「엄마의 말뚝·2」「엄마의 말뚝·3」「세상에서 제일 무거운 틀니」 등이 해당된다. 다른 하나는 소비문화의 침윤으로 인한 신여성 이상(理想)의 좌절이 나타난 경우로서 『휘청거리는 오후』『도시의 흉년』「歲暮」「주말농장」「어떤 나들이」「닮은 방들」「泡沫의 집」「서울 사람들」 등이 해당된다. 이는 우리 근·현대사의 왜곡과 파행이 신여성 이상(理想)의 좌절을 초래했음을 보여준다는 점에서 근대 비판의 의미가 있다.

셋째 단계 역시 청·장년의 여성 주인공이 등장하는 작품으로 이역시 다시 두 갈래로 나뉜다. 하나는 신여성 이상(理想)을 추구하는 페미니스트적인 여성인물이 등장하는 경우로서 『살아있는 날의 시작』『서있는 여자』『그대 아직도 꿈꾸고 있는가』「꿈꾸는 인큐베이터」 등이 해당된다. 다른 하나는 생명력 넘치는 기층여성의 삶 속에서 신여성의 이상(理想)을 재발견하는 양상이 나타난 경우로서 「지알고 내알고 하늘이 알건만」「黑寡婦」「공항에서 만난 사람」「그 살벌했던 날의 할미꽃」「해산 바가지」「티타임의 모녀」「그 가을의 사흘동안」 등이 해당된다. 이는 어머니 세대가 지닌 신여성 이상(理想)의 한계를 딸 세대가 극복하는, 적극적이고 긍정적인 여성의 서사를 보여주었다는 점에서 의미가 있다. 나아가 근대세계의 물화현상을 비판하고 여성이 주체가 되는 새로운 근대 기획을 시도했다는 점에서 의미가 있다.

1. 고갯길의 상징성과 신여성의 '올가미'

「엄마의 말뚝·1」[1]과 『그 많던 싱아는 누가 다 먹었을까』[2]는 어린 주인공의 도시입성과 '엄마'에 의한 강제된 신여성되기가 그려진 일종의 성장소설이다.[3] 평화로운 농촌공동체 박적골을 떠나 도시로 이주해 온 어린 주인공은 도시 공간의 메마름을 몸으로 경험하면서, 도시에 대한 양가(兩價) 감정을 갖게 된다. 하나는 '문화의 예감'이 가져다주는 동경의 감정이라면, 다른 하나는 박적골에 대한 향수로 표상되는 거부의 감정이다. 이 양가 감정 속에서 어린 주인공은 경계인(境界人)으로 성장하게 된다. 경계인(境界人)이란 두 세계를 두루 볼 수 있는 객관적인 위치에 선 관찰자라고 할 수 있는데,[4] 이는 근대 세계의 양면성을 인식하는 입지로 기능하는 동시에 '엄마'에

---

1) 텍스트 : 『엄마의 말뚝』(세계사, 1999/초판발행 : 1999), 발표잡지 및 연도 : 『문학사상』 (1980년 9월호).
2) 텍스트 : 웅진(1999년/초판발행 1992).
3) 「엄마의 말뚝·1」『그 많던 싱아는 누가 다 먹었을까』에는 자전적 체험이 깊이 투영되어 있기 때문에 겹치는 서술이 상당히 많다. 그러므로 본고에서는 두 소설의 주인공이 박적골에서 현저동으로 이주하여 겪는 도시 체험을 따로 구분하지 않고 하나로 간주하여 서술하였다.

의해 강제된 신여성 이상(理想)의 양면성을 인식하는 입지로서 기능한다.

1) 고갯길의 상징성

「엄마의 말뚝·1」과 『그 많던 싱아는 누가 다 먹었을까』의 어린 주인공은 유년기의 이상화된 공간인 박적골을 떠나 도시로 이주한다. 어리거나 젊은 주인공이 시골을 떠나 도시로 옮겨옴으로써 도시의 생활양식을 발견하는 과정을 다룬 소설을 '도시 入城 소설'이라 할 때, 「엄마의 말뚝·1」은 '도시 入城 소설'에 해당된다. "여기에는 흔히 도시에 적응하거나 또 반발, 패배하는 과정이 묘사"되고 있다.[5]

'나'의 도시입성은 먼저 '문명의 냄새, 문화의 예감'에서 암시된다. 주인공 '나'는 취학 전의 아동으로서 할아버지를 통해 맨 처음 '대처'의 '냄새'를 맡는다. '나'가 살고 있는 박적골은 반남박씨들이 모여사는 일종의 씨족마을로서 훼손되지 않은 농촌공동체의 원형을 그대로 간직한 곳이다. 일제말기의 가혹한 수탈정책도 손이 닿지 않은 이곳은 '나'에게 완벽에 가까운 세계였지만, '나'는 할아버지의 송도 나들이에서 묻어오는 '문명의 냄새'에 가슴이 울렁거림을 느낀다. 독일제 물감을 '덕국 물감'이라 부르며 탐내던 어머니나 숙모들처럼 '나' 역시 아무것도 모르면서 '덕국 물감'만 보면 가슴이 울렁거렸고 할아버지가 쥐어주는 '달착지근한 사탕'에 매료되었다.

---

4) 조(한)혜정, 『성찰적 근대성과 페미니즘』(또하나의 문화, 1998), pp.127~129 참조.
5) 이재선, 『한국현대소설사』(민음사, 1991), p.275.

나는 아무것도 모르면서 그 덕국 물감만 보면 가슴이 울렁거렸다. 그건 아마도 내가 최초로 맡은 문명의 냄새, 문화의 예감이었다.

—『그 많던 싱아는 누가 다 먹었을까』, p.14

　그러나 어머니의 손을 잡고 실제로 이주해 간 '대처'인 서울은 이와 달랐다. 그곳은 '나'에게 무질서와 불결함으로 경험된다. 해방 이전 사대문 안과 밖으로 뚜렷하게 분리되어 있던 서울에서 '나'의 모녀가 자리잡은 곳은 사대문 밖의 빈민촌 현저동이기 때문이다. 현저동은 '상상 꼭대기'로서 지게꾼들조차 가기를 꺼리는 미로와 같은 달동네이다. 이곳은 좁고 가파른 위험한 고지대이며 집과 방과 골목과 계단이 뒤죽박죽으로 이어진 무질서한 공간이다. 아카시아가 무성한 메마른 언덕이 있는가 하면, 그 옆에는 아이들의 놀이터 구실을 하는 교도소와 작두 위에서 춤추는 무당이 굿을 하는 절도 있다. 이처럼 사대문 밖의 현저동은 모든 공간이 무질서하게 구획되어 있는 곳이자 '법도' 또한 무질서한 곳이어서 '바닥 상것'들이 '첩'과 아내를 한방에 기거시키며 살아가는 곳이기도 하다.

　도시 공간은 이처럼 무질서로 경험되는가 하면 척박함과 메마름으로도 경험된다. 그것은 먼저 식수를 사먹어야 하는 데서 나타난다. 도시 이주 이후 '나'의 하루는 물장수의 물붓는 소리와 함께 시작되었는데 이 물은 몇 번의 재활용을 거쳐 버려진다. 세수를 하고 발을 씻고 걸레를 빤 후 텃밭에 버려지는 과정에서 한 가지라도 생략되면 '엄마'의 불호령이 떨어진다. 그리고 화장실은 '안집 식구'들이 모두 다녀간 뒤 써야 하며 '안집' 아이와 함께 놀아서도 안된다. 이러한 '셋방살이의 법도'는 '나'에게 도시를 심심함과 외로움과 부자유가 강요되는 척박하고 메마른 공간으로 인식시킨다.

이와 달리, '나'가 기억하는 박적골은 "거의 흉년이 들지 않는 넓은 농지"에 "땅을 독차지한 집도 땅을 못 가진 집도 없"는, "일년 먹을 양식 걱정은 안 해도 될 자작농들"이 살고 있는 풍요로운 농촌공동체이다. "바위라고는 하나도 없이 능선이 부드럽고 밋밋한 동산이 두 팔을 벌려 얼싸안은 듯한 동네", '넓은 벌'과 '아무데나' 풍부하게 있는 '실개천'이 아이들에게 무한한 놀이를 제공하는 자유와 유희의 공간이다. 그곳에서는 뒷간까지도 '환상적인 놀이터'가 되어, 아이들에게 "똥은 더러운 것이 아니라 땅으로 돌아가 오이 호박이 주렁주렁 열게 하고, 수박과 참외의 단물이 오르게 한다는 것"을 가르친다.

이러한 대비적인 서술 때문에 강인숙은 "박적골이 낙원적인 곳이라면 서울이라는 도시는 그 반대의 극에 자리하는 에덴의 동쪽지역을 의미"한다고 평가했다.[6] 물론 서울과 박적골을 이분적인 도식으로 구획한다면 이 지적은 부분적으로 타당하다. 그러나 두 공간의 의미는 상호 관련 속에서 해석되어야 정확하게 드러난다. 먼저 주의 깊게 보아야 할 공간은 농바위 고개이다. 농바위 고개는 서울과 박적골의 중간 지점에 위치한 지리적 공간으로서 두 공간의 경계를 의미한다. 즉 박적골이 전근대적인 세계를, 그리고 서울이 근대적인 세계를 상징한다면 농바위 고개는 전근대적 가치와 근대적 가치가 경합하는 역동적인 공간이다. '나'의 도시입성은 이 경계 지점에서의 망설임과 불안을 동반한 채 이루어지는데, 그 이유는 '덕국 물

---

6) 강인숙, 『박완서 소설에 나타난 도시와 모성』(둥지, 1997), p.60.

감'을 통해 "최초로 맡은 문명의 냄새, 문화의 예감"과, "최초로 만난 대처"가 "무수한 화살처럼 적의(敵意)를 곤두세우"고 있는 듯한 느낌이 이 농바위 고개에서 교차하기 때문이다.

농바위 고개만 넘으면 송도(松都)라고 했다. 그러니까 농바위 고개는 박적골에서 송도까지 사이에 있는 네 개의 고개 중 마지막 고개였다. 마지막 고개답게 가팔랐다.

〔…중략…〕

농바위 고개를 오르면서는 두 분은 약속이나 한 듯이 내 지치고 부르튼 발에 그만큼의 아침도 하려 들지 않았다. 그 대신 양쪽에서 두 분의 손이 각각 질이 다른 끈적거림으로 내 작은 손을 점점 더 아프게 옥죄기 시작했다. 나는 미지의 고장으로 어쩔 수 없이 끌려가고 있는 중이었다. 끌려가고 있다는 생각 때문에 가파른 고개를 오르면서 추락하고 있는 것 같은 아찔한 공포감과 속도를 맛보고 있었다.

마침내 우리는 고개의 정상에 섰다.

「봐라, 송도다, 대처(大處)다」

엄마는 마치 자기가 그 대처의 주인이라도 되는 것처럼 자랑스럽게 말했다. 아니게아니라 송도는 엄마가 방금 보자기에서 풀어놓은 것처럼 우리들의 발 아래 그 전모를 남김없이 드러내고 있었다.

내가 최초로 만난 대처는 크다기보다는 눈부셨다. 빛의 덩어리처럼 보였다. 토담과 초가지붕에 흡수되어 부드럽고 따스함으로 변하는 빛만 보던 눈에 기와지붕과 네모난 이층집 유리창에서 박살나는 한낮의 햇빛은 무수한 화살처럼 적의(敵意)를 곤두세우고 있었다.

— 「엄마의 말뚝 · 1」, pp.11~12

「엄마의 말뚝·1」 서두에 나타나는 "무수한 화살처럼 적의를 곤두세"운 빛, "지남철 끝에서 방금 낚아올린 붕어처럼 비늘을 반짝이며 파르르 떨고 있는" 바늘, "송곳 끝처럼 오므라드는" 빛, "반짝이는 은전", "풀을 세게 먹여" "날이 서 있는 것처럼" 느껴지는 옥양목 치마 등 차갑고 예리한 금속성의 비유에는 도시적인 것에 대한 주인공의 막연한 불안감이 반영되어 있다.[7] 그리고 '나'의 도시생활은 이 예감을 현실화시킨다.

그러나 '나'와 '엄마'에게 박적골이 있는 한 '대처'는 부정적인 공간으로만 남아 있지 못한다. 그들에게는 이러한 부정성을 극복해야 한다는 과제가 이미 주어져 있다. 왜냐하면 엄마는 자식을 서울 가서 공부시킨다는 집념으로 "남편의 3년상도 받들지 않고" "맏며느리로서 시부모 공양하고 봉제사하는 신성한 의무"와 모든 재산상의 권리를 포기한 채 바느질 솜씨 하나 믿고 상경했기 때문이다. 그리고 '나'는 '엄마'와 공모하여 "시골 가면 어떡하든 뻐길 궁리"로 "여름엔 내리닫이로, 겨울엔 스케이트로 어렵사리 금의환향"을 꿈꾸었기 때문이다. 모녀에게 '대처'란 박적골이 있음으로 해서 의미 있는 곳이었고 박적골이란 '대처'로 인해 그 가치가 훼손되는 곳이었다. 그러므로 두 공간은 이분적인 공간 구획으로 설명될 수 없는 상호 규정적인 세계이다.

엄마는 시골에 나를 데리려 왔을 때 나무랄 데 없는 서울사람이었지만 그건 엄마의 허구였다. 엄마는 문밖에 살면서 아직은 서울사람이 못됐다

---

7) 황도경, 「정체성 확인의 글쓰기—박완서의 〈엄마의 말뚝 1〉의 경우」(『페미니즘과 문학비평』, 고려원, 1994), p.142.

는 조바심과 열등감을 가지고 있었다. 엄마의 이런 문밖 의식을 위로하고, 문밖의 이웃을 툭하면 상종 못할 상것 취급을 하게 하는 것이 다름아닌 엄마가 절망하고 경멸한 나머지 배반한 시골에 둔 근거라는 건 기묘한 상관관계였다.

—「엄마의 말뚝 · 1」, p.42

시골선 서울을 핑계로 으스대고, 서울선 시골을 핑계로 잘난 척할 수 있는 엄마의 두 얼굴은 나를 혼란스럽게도 했지만 나만 아는 엄마의 약점이기도 했다.

—『그 많던 싱아는 누가 다 먹었을까』, p.61

박적골과 '대처'의 이러한 '기묘한 상관관계'를 응축하고 있는 상징적 공간이 바로 농바위 고개이다. 농바위 고개는 전근대적 가치와 근대적 가치 사이에서 길항하는 '엄마'와 '나'의 위치를 상징적으로 보여준다. '엄마'와 '나'는 박적골로 상징되는 전근대적 세계에도, 서울 문안으로 상징되는 근대적 세계에도 속해 있지 않은 경계인(境界人)이다. 그 경계에서 그들은 전근대적 세계의 한계를 보는 동시에 근대적 세계의 물화현상을 불안감으로 경험한다. 그러나 '엄마'의 경우 '대처'에 대한 열망은 거의 '숨은 신앙'과 같았기 때문에 그 물화현상을 외면한다. 문안의 세계로 표상되는 '진짜' 근대적 세계로 편입하면 '장밋빛 세계'와 만날 수 있을 것이라 믿었기 때문이다. 그러나 '나'는 '엄마'의 신교육에 대한 열망 때문에 오히려 안팎을 두루 관찰할 수 있는 경계인(境界人)으로 성장한다. 그것은 사대문 밖에 살면서 문안으로 학교를 다니는 '중뿔난' 아이가 되는 데서 시작된다.

2) 신여성의 '올가미'

'나'를 신여성으로 만드는 것은 '엄마'의 '숨은 신앙'이었다. "동네 여자들의 편지를 도맡아 대필해 줄 만큼" "그래도 유식한 편"이었던 '엄마'는, "도회지에서만 살았어도" 남편을 그렇게 일찍 여의지 않았으리라 생각하기 때문이다. 급성 맹장염을 '청심환' '영신환' 같은 구약제나 굿으로 치료하려고 했던 시부모에 맞서, '엄마'는 홀로 남편을 소달구지에 싣고 서양의원을 찾아갔지만 이미 때가 늦어 남편을 잃고 만다.[8] 그 때부터 '엄마'는 '대처로의 출분'을 꿈꾸는데 그것은 신교육에 대한 '엄마'의 열망을 상징한다.

"자식을 어떡하든지 서울에서 길러야 되겠다"고 결심한 '엄마'는 자신의 바느질 솜씨 하나만을 믿고 어린 아들과 단둘이 상경한 뒤 딸인 '나' 역시 서울로 데려가기 위해 일종의 반란을 꾸민다. 박적골에 다니러 온 '엄마'는 어느 날 '나'의 댕기머리를 빗기는 척하면서 '머리 꼬랑이'를 '쌍동' 잘라 단발이라는 '대처의 낙인(烙印)'을 찍는다. 당시 단발이란 '단순성'과 '직선'으로 표상되는 현대적인 감각의 상징적인 기호였고, 나아가 '신체발부 수지부모(身體髮膚 受之父母)'나 '남녀유별'의 봉건적 관념을 해체하는 급진적 개화사상의 기호이기도 했다. 이처럼 단발은 과거의 기준들을 깨고 새로운

---

8) 『그 많던 싱아는 누가 다 먹었을까』에서는 아버지의 죽음이 본문에서처럼 진술되고 있지만, 「엄마의 말뚝 · 1」에서는 조금 다르다. '심한 복통'을 호소하는 '나'의 아버지를 위해 할아버지가 한약제를 짓고 할머니가 굿 날짜를 잡는 사이에, 아버지가 세상을 뜨는 것으로 설정되어 있다.

가치관을 심자는 의도가 담긴 '모더니티의 진정한 표상'이었다.[9] 이러한 단발의 상징성을 '엄마'는 '나'에게 강제로 부과하며, "서울 아이들은 다 이렇게 단발머리하고 가방 메고 학교 다닌단다. 너도 서울 가서 학교 가야 돼. 학교 나와서 신여성이 돼야 해."라고 주입한다.

옆머리도 뒤통수까지 올라간 뒷머리에 맞춰 귀가 나오게 자르고 앞머리는 이마로 벗겨내려 가리마 없는 일직선으로 잘랐다. 그러면서 엄마는 내 귓전에다 대고 연방 속삭였다.

「좀 좋으냐, 가뜬하고, 보기 좋고, 빗기 좋고, 감기 좋고…… 머리 꼬랑이 땋은 채 서울 가 봐라. 서울 아이들이 시골뜨기라고 놀려. 학교도 아마 못 갈걸. 서울 아이들은 다 이렇게 단발머리하고 가방 메고 학교 다닌단다. 너도 서울 가서 학교 가야 돼. 학교 나와서 신여성이 돼야 해. 알았지?」

신여성이 뭔지 알 까닭이 없었다. 그러나 오빠가 성공해야 한다는 것과 비슷한 엄마가 대처와 공모해서 나에게 씌운 올가미라는 것만은 분명했다. 나는 왠지 발버둥질치며 마다하지를 못했다. 체경에 비친 나의 단발머리는 참으로 꼴불견이었다. 그러나 그건 이미 대처의 낙인(烙印)이었다. 그꼴을 하고 그곳에 남아 있어 봤댔자였다.

— 「엄마의 말뚝 · 1」, pp.18~19

그러나 '엄마'의 신여성 상은 상당히 피상적이다. '엄마'가 알고

---

9) 김진송, 『현대성의 형성 : 서울에 딴스홀을 許하라』(현실문화연구, 1999), pp.180~181 참조.

있는 신여성이란 "공부를 많이 해서 이 세상의 이치에 대해 모르는 게 없고 마음먹은 건 뭐든지 마음대로 할 수 있는 여자"이자 머리도 "쪽을 찌는 대신 히사시까미로 빗"고 "옷도 종아리가 나오는 까만 통치마를 입고 뽀족구두 신고 한도바꾸 들고 다"니는 멋쟁이라는 게 전부이다. "구식 여자들이 살아온 것과는 전혀 딴 운명을 살 수 있는 가능성에 대한 엄마의 한 맺힌 매혹"이 투영된 대상이 신여성이었던 것이다.

이에 대해 최경희는 '엄마'에게 신여성은 자신의 부정으로서의 의의를 갖는 것으로서 신여성은 '엄마'가 내면화한 여성성을 지니지 않았다고 설명한다. 또한 이상으로서의 신여성을 '전지전능한 여자'라는 말로 바꿔치기 할 수 있다는 점에서 알 수 있듯이 구여성인 '엄마'가 수용한 신여성은 물신화 경향을 띤 채 마술적인 힘을 지닌 것처럼 인식되었다고 본다.[10] '엄마'에게 신여성이란 자신과는 다른 삶을 사는 여성, 자신이 소망하는 삶을 현실화시켜 사는 여성을 총칭하는 말이었던 셈이다. 그리고 그러한 여성의 모습을 딸을 통해 실현시키기 위해 '엄마'는 '나'를 '대처'로 데려간다.

'엄마'의 신여성 이상(理想)이 '나'에게 강제되는 첫번째 양상이 '단발 사건'을 통해 표현되었다면, 두 번째 양상은 농바위 고개에서의 '손'의 상징을 통해 표현된다. '대처'와 박적골의 경계 지점인 농바위 고개를 넘을 때 '나'는 할머니와 '엄마', "두 분의 손이 각각 질이 다른 끈적거림으로 내 작은 손을 점점 더 아프게 옥죄기 시작"하는 것을 느낀다. 그러나 '나'의 손은 선택권 없이 '두 분의 손'에 맡겨져 있기 때문에 '나'는 "미지의 고장으로 어쩔 수 없이 끌려가

10) 「〈엄마의 말뚝 1〉과 여성의 근대성」, 『민족문학사연구』 9호, 1996.6, pp.129~130.

고 있는 중"이라고 느끼며 "가파른 고개를 오르면서 추락하고 있는 것 같은 아찔한 공포감과 속도"를 맛보게 된다. 결국 '나'의 손이 할머니의 손에서 '엄마'의 손으로 인계됨으로써 '두 분의 손'의 경합은 '엄마'의 예정된 승리로 끝난다.

그러나 '나'는 '엄마'의 강제된 신여성 이상(理想)을 그대로 내면화하지는 않는다. 그것은 무엇보다 '나'가 "신여성이 뭔지 알 까닭이 없었"기 때문이고, 나아가 신여성이란 "엄마가 대처와 공모해서 나에게 씌운 올가미"라고 생각했기 때문이다. 그래서 교육열이 높은 '엄마'가 가짜 주소지를 만들면서까지 '나'를 문안의 학교에 입학시켰지만 '나'는 신여성 선생님을 가까이 하지 않는다. 선생님은 모든 아이들을 사랑스럽다는 눈길로 쳐다보며 선생님의 손을 잡아보지 못한 아이는 손을 들어보라며 손잡기를 권유하지만 '나'는 끝내 손을 들지도 않고 선생님의 손을 잡지도 않는다.[11] 그것은 어린 '나'가 이미 신여성 선생님의 허위를 꿰뚫어 보고 있었기 때문이다. 선생님은 모든 아이들한테 골고루 사랑을 나눠주는 듯이 행동했지만 선생님의 손을 잡고 있는 아이들은 늘 일정했고 그들은 집단의 중심에 있는 아이들이었을 뿐이었다.

결국 '나'는 집단의 중심이 되는 것을 "죽었다 살아나도 흉내 못낼 것 같은" 아이로 성장한다. 그것은 '나'의 성장에 각인된 주변부

---

11) '손'의 상징성은 이미 최경희와 안숙원에 의해 논의된 바 있다. 먼저, 최경희는 "글 전체의 수사적인 구도에서 보면 '나'는 구여성인 할머니의 손에서 떼어져나와 과도기 여성인 '엄마' 손에 맡겨지고 취학 전에는 근대적 교육을 받은 오빠의 손에 맡겨지기도 하다가, 결국 학교에 있는 신여성 선생님의 손에 맡겨지는 것으로 되어 있다"(위의 글, p.127)고 설명한다. 그리고, 안숙원은 "『엄마의 말뚝·1』의 손의 코드화는 인상적"이라고 평가하면서 "할머니—어머니—담임 선생님으로 이어지는 손의 기표가 전통적 어머니—과도기 어머니—신여성 어머니에 대응되는 문화적 기의들로 딸인 '나'의 자아 정체성 확인과정이기도 한 것"이라고 해석한다(「〈엄마의 말뚝 1·2·3〉 연작소설과 모녀관계의 은유/환유체계」, 서강대학교 여성문학연구회 편, 『한국문학과 모성성』, 태학사, 1998, p.202).

성에서 일차적으로 기인한다. '나'는 '엄마'의 손을 잡고 서울로 왔지만 '진짜' 서울인 사대문 안이 아닌 사대문 밖의 '셋방'에 정착한다. 사대문 밖도 주변부이고 '셋방'도 주변부이다. 그러나 '나'의 주변부성은 이러한 주거공간의 특성에서만 발견되는 것은 아니다. 문밖 아이이면서 문밖 학교에 다니지 않는다는 점에서, 그리고 문안 아이가 아니면서 문안 학교에 다닌다는 점에서 '나'는 양쪽 집단 모두에서 주변부에 위치한 아이가 된다. 이런 '중뿔난' 아이로 자라면서 '나'는 '문밖 의식'을 내면화하게 된다. '문밖 의식'이란 일종의 경계인(境界人) 의식으로서 중심부의 모순과 허위를 꿰뚫어 볼 줄 아는 객관적 관찰자 의식이라 할 수 있다.

이처럼 '나'는 '엄마'에 의해 강제된 신여성 이상(理想)을 내면화하기보다는 오히려 신여성의 허상을 발견하는 경계인으로 성장한다. 그것은 의도하지 않은 '엄마'의 영향이었다. '나'의 주변부적인 성장 조건도 '엄마'의 교육열의 산물이었고 이야기의 세계에 대한 매료도 '엄마'의 영향이었다. '엄마'가 바느질을 하며 '나'에게 들려준 "박씨부인전, 사씨남정기, 구운몽, 수호지, 삼국지" 등은 "소학교에 다니는 동안 동무 없이도 심각한 불행감 없이 그 외톨이 상태를 거의 즐기다시피" 할 정도로 '나'에게 깊은 영향을 미친다. 이야기를 좋아하면 "가난하게 산다"고 우려하면서도 '엄마'는 '나'에게 이야기 세계의 신비와 환상을 가르쳐준 최초의 인물이었다.

두 번째 인물은 친구 복순이이다. 대개 여성 성장소설에서는 여성 친구가 주인공의 발전을 돕는 중요한 역할을 담당하는 것으로 설정되는데[12] 이는 복순이의 경우에도 마찬가지이다. 복순이는 동무 없이 지내던 '나'에게 생긴 최초의 친구로서 이야기의 보고(寶庫)인

시립 도서관의 가치를 알려준다. 복순이와 '나'는 수업이 끝나자마자 거의 매일 도서관으로 달려가 이야기의 세계에 빠져드는데, 거기서 '나'는 엄마의 이야기 세계에서는 경험할 수 없었던 또다른 감정인 '황홀한 희열'을 발견한다. 그것은 "책을 읽다가 문득 창 밖의 하늘이나 녹음을 보면 줄창 봐 온 범상한 그것들하곤 전혀 다르게 보"이는 사물의 낯섦이 주는 희열이었다. 이는 달리 말한다면 중심에서 벗어나 주변부에서 사물을 볼 때 경험할 수 있는 경계인(境界人)의 희열이다.

내 꿈의 세계 창 밖엔 미루나무들이 어린이 열람실의 단층 건물보다 훨씬 크게 자라 여름이면 그 잎이 무수한 은화가 매달린 것처럼 강렬하게 빛났고, 겨울이면 차가운 하늘을 향해 쭉쭉 뻗은 힘찬 가지가 감화력을 지닌 위대한 의지처럼 보였다. 책을 읽는 재미는 어쩌면 책 속에 있지 않고 책 밖에 있었다. 책을 읽다가 문득 창 밖의 하늘이나 녹음을 보면 줄창 봐 온 범상한 그것들하곤 전혀 다르게 보였다. 나는 사물의 그러한 낯섦에 황홀한 희열을 느꼈다.

— 『그 많던 싱아는 누가 다 먹었을까』, p.135

이러한 경계인 의식은 '나'의 자아 발견이 '엄마'가 부과한 신여성 이상(理想)의 실현과는 다른 방식으로 이루어지고 있음을 보여준다. 그러나 역설적이게도 이는 '엄마'의 의도하지 않은 영향력의 결과였다. '엄마'의 높은 교육열은 주변부적 성장조건을 조성함으

---

12) Felski, R., *Beyond Feminist Aesthetics—Feminist Literature and Social Change* (Harvard Universiyt Press Cambridge, Massachusetts, 1989), p.139.

로써 '나'에게 경계인(境界人) 의식을 가져다 주었고, 그것은 안과 밖의 허구성을 두루 꿰뚫어 볼 수 있는 '전지전능한' 관찰자의 시선을 확보하게 해 주었다. 비록 '나'는 '엄마'가 강제한 신여성의 이상(理想)을 '올가미'로 느끼기는 했지만, "엄마의 지식과 자유스러움에 대한 피맺힌 원한과 갈망"을 '벅차고 뭉클한 느낌'으로 강렬하게 감지했기 때문에 궁극적으로는 '지식과 자유스러움'의 획득으로 나아갈 수 있었다.

이상에서 살펴본 것처럼 「엄마의 말뚝·1」과 『그 많던 싱아는 누가 다 먹었을까』에서는 근대세계를 양가적인 것으로 경험하는 어린 여주인공의 서사가 전개되고 있다. 주인공 '나'는 근대세계로의 편입을 열망하는 어머니와 달리 근대에 대한 매혹과 부정의지라는 이중성 속에서 성장한다. 그것은 공간적 측면에서는 '농바위 고개'의 상징성을 통해 표현된다. '농바위 고개'란 도시 서울과 농촌공동체 박적골 사이의 중간지점으로서, 도시에 대한 '나'의 양가 감정을 상징적으로 보여주는 공간이다. '나'는 이 농바위 고개를 지나 결국 도시로 입성하지만, 어머니의 신여성 이상(理想)을 일종의 '올가미'로 인식함으로써 계몽주의적 근대와 일정한 거리를 유지하게 된다. 계몽주의적 근대란 이성과 합리성에 근거한 인류 역사에 대한 낙관적 전망이 드러난 시기로서, 여성성의 억압 위에서 구가된다.[13] 물론 '나'가 이를 뚜렷하게 인식하는 것은 아니지만 '나'는 '문밖의식'의 내면화 속에서 경계인(境界人)으로 성장함으로써 중심부의 경

---

13) 김해옥, 「한국 여성소설을 통해 본 '근대성'과 '여성성'의 대위법」(『현대소설의 여성성과 근대성 연구』, 깊은샘, 2000), p.37 참조.

직성과 폭력성을 의식적·무의식적으로 감지하게 된다. 이러한 경계인 의식은 두 개의 부정적 근대체험, 즉 6·25 체험과 소비문화 체험 속에서 왜곡·굴절되기도 하지만 박완서 소설의 여주인공들의 의식세계를 시종일관 지배해 온 의식이라 할 수 있다.

2. 서울살이와 신여성 이상(理想)의 굴절

박완서 소설의 모녀는 서울살이에서 참혹한 이데올로기 전쟁인 6·25와 배금주의를 만연시킨 왜곡된 근대화 과정을 경험한다. 그것은 '엄마'의 '숨은 신앙'인 신여성 이상(理想)의 좌절을 의미하는 동시에 '나'가 새롭게 발견한 신여성 상(像)의 훼손을 의미한다. 이는 박완서 소설에서 두 가지 방식으로 조명되는데, 그 하나가 '순수한' '이상주의자'였던 오빠의 비참한 말로를 생생하게 그려냄으로써 근대적 주체의 자기 확장 욕망의 부정성을 고발하는 것이었다면, 다른 하나는 물질만능주의적인 세태를 풍자적으로 드러냄으로써 소비적 근대의 부정성을 드러내는 것이었다. 이 두 가지 방식은 박완서 소설을 지탱해 온 서사의 두 기둥으로서 박완서 소설 대부분은 이 주위에 위치한다.

1) '말뚝'과 '새끼줄' 신여성

「엄마의 말뚝」 연작의 표제어인 '말뚝'은 박완서 소설의 중요한 상징 중 하나이다. '말뚝'이란 먼저 일상의 근거지인 생활 공간을 의미한다. 도시입성 이후 최초로 자택을 마련했을 때, '엄마'가 "드디어 서울에 말뚝을 박았구나"라며 감격해 하는 장면은 이를 말해 준다. 두 번째로 '말뚝'은 '나'의 의식의 근간이 된, "어머니가 세운 신여성이란 것의 기준"을 나타낸다. 이는 "나의 의식은 아직도 말뚝을 가지고 있었다. 제 아무리 멀리 벗어난 것 같아도 말뚝이 풀어준 새끼줄 길이일 것이다"라는 회고에서 확인된다. 세 번째로 '말뚝'이란 '엄마'의 자랑이었던 오빠의 존재와 그의 참혹한 죽음이 남긴 상처를 상징한다. 이는 「엄마의 말뚝·2」가 오빠에 대한 '엄마'의 변치 않는 믿음과 그의 죽음에 얽힌 치유되지 않은 상처를 그리고 있는 데서 나타난다. '나'는 이러한 '말뚝'에 묶인 '새끼줄'이다. '엄마'가 마련해 준 생활의 근거지에서 출발하여 현재의 삶을 일구었고, 지금도 "어머니가 세운 신여성이란 것의 기준"을 의식하면서 살아가고 있으며 더욱이 '엄마'와 마찬가지로 오빠의 죽음이 남긴 상처로 고통받고 있기 때문이다.

이같은 '말뚝'과 '새끼줄'의 관계가 잘 드러난 작품으로는 「엄마의 말뚝·2」[14] 「부처님 근처」[15] 「카메라와 워커」[16] 「세상에서 제일 무거운 틀니」[17] 『裸木』[18] 『그 산이 정말 거기 있었을까』[19] 『목마른 계절』[20] 『그해 겨울은 따뜻했네』[21] 등을 들 수 있다. 여기서는 '말뚝'과 '새끼줄'의 상징성 중 특히 세 번째 경우를 중심으로 논의를 전개할

---

14) 텍스트 : 『엄마의 말뚝』(세계사, 1999/초판발행: 1999), 발표잡지 및 연도 : 『문학사상』(1981년 8월호).
15) 텍스트 : 박완서 단편소설 전집1 『어떤 나들이』(문학동네, 1999/ 초판발행 : 1999), 발표잡지 및 연도 : 『현대문학』(1973년 7월호).
16) 텍스트 : 위의 책, 발표잡지 및 연도 : 『한국문학』(1975년 2월호).
17) 텍스트 : 위의 책, 발표잡지 및 연도 : 『현대문학』(1972년 8월호).
18) 텍스트 : 세계사(1998/초판발행 : 1998), 발표잡지 및 연도 : 『여성동아』(1970) 여류 장편 소설 공모 당선작.
19) 텍스트 : 웅진출판(1996/초판발행 : 1995).

터인데, 그 이유를 들자면 첫번째 경우는 별도의 설명이 필요하지 않을 만큼 명료한 상징이고, 두 번째 경우는 앞 절(節)의 설명과 상당 부분 겹치는 상징이기 때문이다. 그러므로 세 번째 경우를 중심으로 논의를 전개하면서 필요에 따라 첫번째와 두 번째 경우를 부연하기로 한다.

(1) 엄마의 '말뚝', 역사의 말뚝

'엄마'의 심리적인 '말뚝'은 오빠이다. 살아있을 때도 그러했지만 죽고나서는 더욱 그러하다. 먼저 살아있을 때의 오빠가 세밀하게 그려진 작품으로는 『그 많던 싱아는 누가 다 먹었을까』『그 산이 정말 거기 있었을까』 연작이 있다. 여기에 그려진 오빠는 집안의 장손이자 '유일한 아들 손자'로서, 집안의 기둥이자 '엄마'의 자랑이다. 공부를 잘했을 뿐만 아니라 어른스러워서 상경한 '엄마'의 고충을 십분 헤아려 스스로 동생인 '나'를 가르치고 집안의 궂은 일도 기쁜 낯으로 도왔기 때문이다. 그런 오빠가 억울하게 '후레자식' 소리를 듣게 되자 '엄마'는 하얗게 질려 그 즉시 비상수단을 써서 집을 장만한다.

또한 오빠는 '정신의 높이'를 가진 '이상주의자'이기도 해서 일제의 창씨개명 압력이 있었을 때는 집안 어른들을 설득해 성씨를 지켜냈고, 강제징용이 무차별적으로 이루어지고 있었을 때는 어린 자식과 아내를 두고 떠나야 하는 불우한 노동자를 위해 백방으로 손을

---

20) 텍스트 : 세계사(1994/초판발행 : 1994), 발표잡지 및 연도 : 『여성동아』(1972)에 『부魁期』라는 제목으로 연재, 최초 출간: 『목마른 계절』(수문서관, 1978).
21) 텍스트 : 세계사(1994/초판발행 : 1994), 연재신문 및 연도 : 《한국일보》(1982), 최초 출간: 민음사(1983).

쓰기도 했다. 해방이 된 이후에는 "약한 자의 편에 서야겠다는 순진한 정의감" 때문에 쉽사리 공산주의 사상에 공감·동조하기도 한다. 이러한 일련의 선택을 옆에서 지켜보며 '나'는 오빠를 통해 "전형적인 속물의 세계에서 별안간 우뚝 솟은 어떤 정신의 높이를 본 것 같은 환각"을 경험한다. 오빠는 '엄마'의 '말뚝'만이 아니라 '나'의 정신적 '말뚝'이기도 했던 것이다.

반면 오빠는 "너무도 허약하고 사치스러운 마음"을 가지고 있기도 해서 어린 시절 돼지 잡는 광경을 목격한 이후로는 돼지고기 종류를 입에도 대지 않는가 하면 가난한 시절임에도 불구하고 '나'의 대학입학 축하로 양식을 사먹이고 '폐를 앓는 애인'을 특실에 입원시키기도 한다. "자식들이 좋아하는 거나 옳다고 여기는 건 무조건 따라 하는 분"이었던 '엄마'는 오빠의 '폐를 앓는 애인'과의 결혼을 큰 반대 없이 승낙한 후 며느리의 요절과 오빠의 상심을 무조건적인 애정으로 지켜본다. '엄마'의 심리적인 '말뚝'은 바로 오빠였기 때문에 '엄마'는 오빠가 하는 일에 대해서 무조건 동의했던 것이다.

그런 '오빠'는 죽은 다음에 '나'와 '엄마'의 삶에 더 큰 영향을 끼친다. 「엄마의 말뚝·2」에서, 눈길에 넘어져 다리를 다친 86세의 노모는 옛날 어린 아들이 구해다 준 영약인 '산골'의 영험함을 기억해 냄으로써 노구에 가해질 대수술을 편안한 마음으로 받아들이게 된다. 가난하던 시절, 젊은 '엄마'는 나무를 하러 갔다가 넘어져 팔을 다친다. '산골'만 먹으면 나을 수 있다는 주위 사람들의 말을 듣고, 남매는 '산골'을 갖고 있는 도인의 동굴을 찾아간다. 그 때, 남매가 효심으로 구해온 '산골'을 복용하면서 엄마는 "안 다쳤을 때보다 훨씬 더 행복해졌고, 매일매일 모래시계처럼 정확하게 손목의 부기와 아픔을 덜해가다가" 도인이 예언한 열흘만에 완쾌를 선언했었다. 바로 그 '산골'을 기억해 냄으로써 노모는 수술에 앞서 편안함에 도달하게 된다.

> 80 노구에 가해질 대수술에 대해서 어쩌면 그렇게 불안없이 마냥 편안할 수가 있는지 어머니는 산골요법과 수술을 동일시함으로써 그런 편안함에 도달한 것이다. 어머니에게 아직도 오빠는 종교였다.
>
> — 「엄마의 말뚝·2」, p.87

이처럼 '엄마'에게 오빠의 존재는 마음의 '말뚝'이요 '종교'이다. 강인숙은 '말뚝'이 '여가장제의 확립'을 의미하는 것이라고 했고,[22] 김동선은 "「엄마의 말뚝·1」이나 「엄마의 말뚝·2」에서 '말뚝'이 부권이 상실된 가정을 복원하기 위한 강인한 엄마의 욕망과 희망이 뿌리내림을 의미하는 것이라면, 「엄마의 말뚝·3」에서 '말뚝'은 한 여성 인물의 개인적 시련과 성취가 마무리되었음을, 그리고 거대한 현실 속에 한 가족을 온전히 자리잡게 만든 자랑스러운 어머니의 힘을 의미하는 것"[23]이라고 했다. 이는 부분적으로는 타당하지만 오빠의 존재가 갖는 의미를 과소평가했다는 점에서 보면 일면적 평가이다. '엄마'의 '말뚝'은 개인사적으로 보자면 오빠와 관련된 상처의 말뚝이요 훼손된 말뚝이다. 그리고 이 '말뚝'은 우리의 왜곡된 근·현대사의 산물이라는 점에서 근대 비판을 함의하고 있다.

---

22) 강인숙, 앞의 책, p.196.
23) 김동선, 『박완서 소설 연구 : 부권상실 하의 여성상을 중심으로』(성신여자대학교 석사학위 논문, 1997), p.32.

박완서 소설의 어린 주인공들의 시선에 포착된 남성인물들은 오빠의 형상화에서 나타나듯이 '정신의 높이'를 가진 순결한 영혼이거나 할아버지의 형상화에서 나타나듯이 '구학문이 높'은 덕망 있는 인물이다. 이러한 남성인물들이 왜소하고도 무능한 인물로 변모해 가는 과정이 바로 우리 근·현대사의 전개 과정이었음을 박완서 소설은 보여준다. 그러므로 작가의 "무서운 이기주의"가 "남자의 의미를 고의적으로 거세"시키고 있다는 경계심이나,[24] "남성에 대한 여성적 이기성의 발현"이 "작가적 이기성의 표출화와 긴밀한 관계가 있지 않은가"라는 의혹에[25] 객관적인 거리를 둘 필요가 있다. 왜소하고도 무능한 남성 인물은 김경연 등의 적절한 지적처럼 남성들 자신도 "여성과 동일한 희생자임을 예증"[26]하는 것으로 보는 것이 타당하기 때문이다.

'나'의 오빠는 이를 전형적으로 보여준다. '정신의 높이'를 가진 '이상주의자'이자 무모한 낭만주의자였던 오빠는 해방공간의 자유로운 분위기 속에서 사상운동에 가담했다가 이데올로기 공방전의 희생양이 된다. 이 과정에서 겪게 되는 오빠의 인성 변화는 6·25 전쟁이 한 개인에게 가한 충격과 상처를 극명하게 드러내는 동시에 우리의 근대화 과정에 내재된 폭력성을 적나라하게 드러낸다. '순진한 정의감'으로 좌익운동에 가담했던 오빠는 취업·재혼 등의 개인적인 환경 변화를 겪으면서 전향서를 쓰고 보도연맹에 가입한다. 그리고 전쟁 발발 직후 서울은 무사하다라는 허위방송을 믿고 있다

24) 홍정선, 「한 여자 작가의 자기 사랑」(『샘이 깊은 물』, 1985년 11월호), p.72.
25) 윤철현, 『박완서 소설 연구』(부산여자대학교 석사학위논문, 1991), p.23.
26) 김경연 外 3人, 「여성해방의 시각에서 본 박완서의 작품세계」(『여성2』, 창작사, 1988), p.211.

가 피난갈 기회를 놓쳐 의용군에 강제징집된다. '나'의 가족도 오빠의 귀환을 기다리며 적(赤) 치하에서 부역을 하게 되고, 그 때문에 9·28 수복 이후 다시 피난갈 시점이 왔을 때 시민증을 발급받지 못한다. 어렵사리 도민증을 발급받았지만 의용군에서 도주해 온 오빠가 국군의 오발로 총상을 입어 결국 '나'의 가족은 또 피난을 떠나지 못한다. 이 과정에서 오빠는 정신이 피폐해질 대로 피폐해져 심한 대인기피증과 말더듬증을 보이다가 모녀의 가슴에 커다란 '말뚝'을 박고 죽는다.

이러한 오빠의 이야기는 박완서 소설에서 다양하게 변주된다. 지금까지의 이야기가 자전적 성장소설로 분류되는 『그 많던 싱아는 누가 다 먹었을까』 『그 산이 정말 거기 있었을까』에 담겨진 것이라면, 『裸木』 『목마른 계절』 「엄마의 말뚝·2」에서는 이 서사의 변형이 이루어지고 있다.

먼저 『裸木』에서는 이경이라는 여주인공이 두 오빠의 죽음을 자초한 것으로 그려진다. 피난시절 숙부와 사촌이 은신처를 구해 이경의 집으로 오자, 이경은 두 오빠의 은신처였던 안방 다락을 그들에게 내주고 더 안전해 보이는 행랑채로 오빠들의 은신처를 옮기자고 제안한다. 그런데 공교롭게도 바로 그날 행랑채가 폭격을 당해 오빠들은 모두 죽는다. "순백의 호청을 붉게 물들인 처참한 핏빛과 무참히 찢겨진 젊은 육체"는 '나'에게 원죄의식을 남겼고, 충격으로 정신을 잃었던 어머니가 눈을 뜨면서 최초로 던진 "어쩌면 하늘도 무심하시지. 아들들은 몽땅 잡아가시고 계집애만 남겨놓으셨노"라는 "원망과도 같은, 주문과도 같은 끔찍한 소리"는 '나'의 원죄의식에 '말뚝'을 박는다.

이러한 원죄의식은 박완서 소설의 원형과도 같은 의식이다. 『裸木』이 박완서의 등단작이자 최초의 소설이라는 데서 이는 일차적으로 확인되고 오빠의 죽음이라는 모티프가 박완서 소설에서 시종일관 변형된 채 반복되는 데서도 확인된다. 정신분석학의 입장에서 볼 때 반복충동이란 억압의 징후이다. 억압된 것은 무의식의 세계에 숨어 있다가, 특정한 계기를 만나면 그 모습이 변형된 채 의식의 세계로 귀환하기 때문이다.[27] 박완서에게 있어 오빠의 죽음이란 바로 무의식의 세계에 억압된 것이고 특정한 계기 속에서 반복적으로 귀환하는 신경증의 징후이다.

이러한 오빠의 죽음이 『목마른 계절』에서는 비교적 자전적 소설의 내용과 유사하게 표현된다. 하진의 오빠 하열은 『그 산이 정말 거기 있었을까』의 오빠와 같이 총상을 당하여 피난을 가지 못하고 적(赤) 치하에서 위태롭게 목숨을 부지한다. 그러나 결국 후퇴를 앞둔 인민군에게 총살당하고 어머니는 이 때문에 실성한다. 실성한 어머니는 어린 시절 하열에게 불러주던 자장가를 흥얼거리며 정신적 외상(trauma) 이전의 세계에 머무르려고 한다. 이러한 시련을 겪으며 하진은 "시련이나 불행이야말로 아무에게나 주어지는 게 아닐 게"라며 오히려 "오만하게 고개를 곧추세"운다.

당당하게 시련에 맞서는 하진의 모습은 박완서 소설의 생성 지점을 뚜렷하게 보여준다. 『裸木』의 이경이 오빠의 죽음으로 인한 원죄의식에 시달리면서도 고가의 망령으로부터 자유로워지고자 하는 생명력을 보이는 것과 마찬가지로, 하진은 오빠의 죽음으로 인한 상처

---

27) Freud. S., 「두려운 낯설음」, 『창조적인 작가와 몽상』, 정장진 옮김(열린책들, 1996), pp.97~150 참조.

속에서도 그 상처의 경험에 함몰되지 않으려는 의지력을 보인다. 이는 박완서 소설이 죽음의 경험과 생명력 사이의 길항관계 속에서 형성되고 있음을 말해준다. 「엄마의 말뚝·2」에서는 이러한 양상이 좀 더 복잡하게 드러나는데 이 소설에서 오빠란 상처의 진원지인 동시에 치유의 힘을 지닌 존재로 등장한다. 노구의 어머니는 대수술을 앞두고 옛날 어린 아들이 구해다 준 '산골'을 기억해 냄으로써 편안한 마음으로 수술에 임하지만 수술의 후유증으로 환각상태를 경험하면서 아들이 죽던 날의 '원한과 슬픔'을 고스란히 재연한다.

「군관 동무, 군관 선생님, 우리 집엔 여자들만 산다니까요」

어머니의 눈의 푸른 기가 애처롭게 흔들리면서 입가에 비굴한 웃음이 감돌았다. 나는 어머니가 환각으로 보고 있는 게 무엇이라는 걸 알아차렸다. 가엾은 어머니, 차라리 저승의 사자를 보시는 게 나았을 것을……

〔…중략…〕

「안된다 이 노옴」이라는 호통과 「군관 나으리, 군관 선생님, 군관 동무」라는 아부를 번갈아 하며 몸부림치는 서슬에 마침내 링거줄이 주사바늘에서 빠져 버렸다. 혈관에 꽂힌 채인 주사바늘을 통해 피가 역류(逆流)해 환자복과 시트를 점점 물들였다. 피를 보자 어머니의 광란은 극에 달했다.

「이 노옴, 게 섯거라. 이 노옴, 나도 죽이고 가거라 이 노옴」

어머니는 눈물이 범벅된 얼굴로 이를 갈았다. 틀니를 빼놓아 잇몸만으로 이를 가는 시늉을 하는 게 얼마나 처참한 것인지 나말고 누가 또 본 사람이 있을까.

— 「엄마의 말뚝·2」 pp.96~97

이 장면에서도 오빠는 부상당한 채 인민군에게 총살당하는 것으로 그려지는데 한 가지 특징적인 것은 오빠의 죽음이라는 모티프가 주로 연작 형태에서 발견된다는 것이다. 배경열에 따르면[28] 우리 소설사에서 주목되는 연작소설의 형태가 등장한 것은 60년대 후반쯤인데, 특히 단편 연작은 소재가 안고 있는 갈등의 증폭 때문에 단편 형식이 파괴된 형상으로서 우리 사회가 안고 있는 갈등의 정도를 극명하게 드러내는 지표가 된다. 다시 말해 연작의 증대는 우리 사회가 안고 있는 갈등의 정도에 비례한다. 박완서 소설에서 오빠의 죽음이라는 모티프가 특히 연작 형태의 소설에서 자주 등장하는 이유도 그것이 박완서에게는 치유되지 못한 현재형의 상처이기 때문이다.

여기서 또 한 가지 주목할 만한 특징은 오빠의 형상이 점차 사실적으로 그려진다는 점이다. 『裸木』에서는 폭격에 의해 목숨을 잃는 것으로 그려지던 오빠가 『목마른 계절』「엄마의 말뚝·2」에서는 인민군에 의해 총살당하는 것으로 그려지다가 자전적 소설『그 많던 싱아는 누가 다 먹었을까』『그 산이 정말 거기 있었을까』 연작에 이르면 심신이 피폐해져 점차 생명이 소진되는 것으로 그려진다. 이는 박완서 소설의 전개과정이 오빠로 인한 상처의 치유과정이기도 했음을 암시한다. 억압된 것은 의식의 세계로 귀환할 때 그 원형을 알아볼 수 없게 '압축' '전위' 되는 법인데,[29] 그 원형이 점차 뚜렷하게 묘사된다는 것은 억압의 소멸을 의미하기 때문이다. 나아가 억압의 소멸은 외상의 치유를 의미한다.

---

28) 배경열, 「중간소설의 구조미학」(『문학과 의식』1995년 3월호), p.274.

"죽은 사람이 아니라, 죽어야 되기 전에, 죽기를 원하기 전에 죽는 사람, 고뇌와 고통 속에서 죽는 사람이 문명에 대한 커다란 고발장"이라는 마르쿠제의 언명처럼,[30] 박완서 소설에 표현된 오빠의 죽음은 우리 근대화의 '구제할 수 없는 죄'에 대한 '고발장'이다. 순결한 영혼의 표상이었던 오빠가 심신이 피폐해져 죽어가는 모습은 이데올로기 공방전의 폭력성을 뚜렷하게 보여주는 동시에 우리 근대화의 부정적 이면을 극명하게 보여주기 때문이다. '엄마'의 정신적 '말뚝'이었던 오빠는 자신의 비참한 말로를 통해 이데올로기 전쟁의 비극성을 증명하는 역사의 '말뚝'으로 우뚝 서게 된다. 그러므로 '엄마'의 '말뚝'이 "전쟁이나 분단 등의 '왜곡된 역사적 남근'에 '대립하는' 여성들의 현재적이고 모계적인 '일상의 말뚝'이라는 의미"를 지닌다는 이경훈[31] 식의 평가는 일면적인 것으로 판단된다. '엄마'의 '말뚝'은 '일상의 말뚝'인 동시에 우리의 왜곡된 근대화 과정을 고발하는 역사의 '말뚝'인 것이다.

(2) '새끼줄' 신여성

「엄마의 말뚝·1」에서 여주인공은 자신이 '엄마'가 "제발 되어지이다라고 그렇게도 간절히 바란 신여성"보다 "너무 멋쟁이"가 되어 있지 않은가라고 회고하면서도, "그러나 신여성이 할 수 있는 일이라고 어머니가 생각한 것으로부터는 얼토당토않게 못 미쳐 있"다고 스스로를 평가한다. 이는 딸 세대가 어머니 세대의 소망과는 다르게

---

29) Freud, S., 『정신분석강의 (상)』, 임홍빈·홍혜경 옮김(열린책들, 1997), pp.241~260 참조.
30) Mercuse, H., 『에로스와 문명』, 김인환 옮김(나남, 1996), p.231.
31) 이경훈, 「작가의 전쟁체험 문학의 핵심적 구조」(『문학사상』1996년 3월호), p.269.

2. 서울살이와 신여성 이상(理想)의 굴절 169

성장했다는 것을 보여주는 의미심장한 발언으로 주목된다. 어머니는 딸이 '공부를 많이 해서' '전지전능한' 신여성이 되기를 꿈꾸었지만, 딸은 '말뚝'에 얽매인 '새끼줄' 신여성이 된다. 딸은 '엄마'가 부과한 신여성의 이상(理想) 그 언저리에서 비극적 역사의 '말뚝'인 6·25 체험의 심연 속에서 발육 부진의 성장을 경험하는 것이다.

딸 세대의 전형인 '새끼줄' 신여성은 먼저 『그해 겨울은 따뜻했네』를 통해 살펴볼 수 있다. 여주인공 한수지는 전쟁 당시 7세였는데 자신의 먹을 것을 빼앗아 먹는 두 살 아래 여동생 오목이가 미워 가족들 몰래 내다버린다. 그 죄책감 때문에 성인이 된 한수지는 전쟁고아를 돕는 일을 하지만 여기엔 커다란 이중성이 내재해 있다. 한수지는 동생 오목이임이 분명한 소녀에게 자신의 신분을 절대 밝히지 않을 뿐더러 그 소녀를 곤경에 빠뜨리기까지 한다. 오빠 한수철도 결연을 맺어 돕고 있는 소녀가 동생 오목이임이 분명함에도 불구하고 푼돈과 생색나는 작은 일자리를 줄 뿐 만나지는 않는다. 수지·수철 남매가 이러한 이중성을 보이는 이유는 불청객 같은 친동생의 출현이 중산층 가정의 단란함을 깨뜨릴까 우려한 데 있다.

일상의 안일이나 금력(金力)을 무엇보다 중요한 가치로 삼고 있는 소시민적 여성인물 한수지는 실패한 삶을 산다. 가난한 고학생이라는 이유로 오랫동안 사귄 애인을 버리고 재력가와 결혼하지만 그 결혼은 행복하지 않다. 그래서 '계모임 비슷한 친목회'를 '간판을 단 정식 여성단체'로 만들어 보기도 하지만 보람을 느끼지는 못한다. 결국 한수지는 우연적인 사건의 연속 끝에 결혼한 오목이와 재회하면서 자신의 원죄를 참회하고 인간적 가치를 회복할 기회를 얻는다. 병든 오목이의 임종을 지키고 그녀의 아이들을 돌볼 것을 결심하는 대목이 그러하다.

한수지의 속물성이 그녀가 전쟁이라는 우리 역사의 부정적 '말뚝'에 얽매인 '새끼줄'과 같은 존재라는 것을 보여준다면, 『목마른 계절』이나 『裸木』, 『그 많던 싱아는 누가 다 먹었을까』 연작의 여성 인물들의 경우도 예외는 아니다. 그들은 전쟁의 포화 속에서 생존 그 자체를 절대절명의 과제로 삼기 때문이다. 『목마른 계절』의 하진은 "배고픈 천국, 그런 거야말로 저 지옥 밑으로 꺼져라"라는 절규 속에서 한 줌의 콩을 얻기 위해 "손등에서 피가 흐르고 종아리가 찢기"는 고통을 감수하며, 『그 많던 싱아는 누가 다 먹었을까』 연작의 주인공 '나'는 생존을 위해 도둑질·거짓말 등을 마다하지 않다가 안정된 생활을 약속하는 상식적인 남성과 결혼한다. 『裸木』의 이경이 황태수가 '현실적이고 상식적인 소망'을 품은 평범한 남자이기 때문에 이념이나 사상과는 무관한 삶을 살 것이라는 기대 속에서 그의 청혼을 받아들이는 것도 이와 유사하다.

> 배고픈 천국, 그런 거야말로 저 지옥 밑으로 꺼져라. 전쟁도 아울러. 가시를 무릅쓰고 장미덩굴 속으로 손을 마구 넣어 휘젓고 손등에서 피가 흐르고 종아리가 찢기고, 그까짓 게 뭐 대수냐. 〈먹을 것〉〈콩밥〉을 얻는 판에.
>
> ― 『목마른 계절』, p.130

(가) 올케가 나더러 보급투쟁을 나가자고 했다. 〔…중략…〕

그러나 그녀에게 대들고 싶은 걸 참고 순종한 건 존경 때문이라기보다는 그녀의 통제하에 있어야만 우리 식구가 살아남을 수 있을 것 같은 본능적인 생존 감각 때문이었다.

(내) 나는 맨 나중 질문이 가장 중요하다는 걸 본능적으로 알아차리고 그 대답에서 가장 많이 거짓말을 시켰다.

"우리 생활비는 숙부님이 책임지세요. 트럭을 가지고 일선 장사를 다니시는데 돈을 아주 잘 버세요."

— 『그 산이 정말 거기 있었을까』, (가) p.34, (내) p.248

「아직도 볼이 붉은 소년이 있는 집을 꿈꾸나요?」

「왜 나빠? 볼이 붉은 사내아이, 착한 아내, 찌개 끓는 화로, 커튼 늘어진 창, 그런 건 너무 평범해서 경아야 뭐 흥미 있을라구」

「흥미가 있어지는군요, 점점」

— 『裸木』, p.276

위의 여성인물들이 생존을 절대절명의 과제로 삼게 된 까닭은 그들이 생존마저 극도로 위협당하는 전쟁이라는 사선(死線) 위에서 감수성이 예민한 청년기를 보냈기 때문이다. 전쟁 체험은 그들에게 생존의 절대성을, 나아가 생명의 절대성을 실감하게 한다. 그래서 그들은 도둑질·거짓말 등을 아무런 죄의식 없이 행하기도 하고 "속고 있는 것이 자신이 아니라 상대방이라는 사실에 묘한 안도감"을 느끼기도 한다. 이러한 가치의 전도가 박완서 소설에서는 독특하게 생명의 절대성에 대한 인식과 맞물려 있다. 생명의 보존을 제1의 가치, 즉 기성의 도덕이나 윤리에 앞서는 가치로 삼고 있어 쉽게 비판의 대상이 되지는 않는다. 오히려 박완서는 그러한 상황에 놓이게 된 여성인물들에게 깊은 연민의 시선을 보내고 있다.

「카메라와 워커」의 여주인공 '나'는, 6·25 때 양친을 잃은 조카가 "이 사회에 순응해서 이득을 보는 사람"으로 성장하기를 바라면서 조카를 "이 땅에 뿌리내리기 쉬운 가장 무난한 품종"으로 키우고자 한다. 그래서 조카를 설득하여 취업이 잘 된다고 하는 공대에 보내지만, '나'의 기대와 달리 조카는 졸업을 하고도 2년이 넘게 취업을 하지 못하다가 영동 고속도로 현장의 임시 측량기사보 자리를 얻어 지방으로 내려가게 된다. '워커'로 상징되는 그곳에서의 삶은 '악취'로 요약될 수 있다. 조카의 하숙방에는 "벗어만 놓고 빨지 않은 옷가지들이 여기저기 걸레뭉치처럼 쌓여가지곤 시척지근하고도 고릿한 야릇한 악취"를 풍기고, '워커'를 벗은 조카의 발에서는 그보다 더한 '악취'가 나며, 그곳의 인심이란 '악취'에 비길 정도로 형편없다. '나'는 조카가 "좋은 학교 나와서 착실한 직장을 가지고 결혼해서 일요일이면 처자식 데리고 카메라 메고 놀러 나가"는 평범한 소시민으로 살아가기를 바랬지만, "그게 빗나가고 만 것"을 자인하면서 혼란에 빠진다.

'카메라'가 중산층의 소시민적인 삶을 표상한다면, '워커'는 평범한 소시민들이 현실 속에서 실제적으로 경험하는 삶을 표상한다. 이 두 개의 표상은 산업화 시기의 우리 사회가 '카메라'로 표상되는 중산층적 삶에 대한 장밋빛 환상을 조장함으로써 지배 이데올로기에 대한 비판의식을 약화시키고 궁극적으로는 자본에 순종하는 훈육된 육체를 양산해 왔음을 보여준다. 그리고 이러한 과정의 구심력으로 작동하고 있는 것이 바로 6·25 전쟁 체험임을 보여준다. 이는 '나'가 조카를 '무난한 품종'으로 키우려고 하는 이유가 전쟁이 삶의 뿌리를 송두리째 뽑아내는 것을 경험했기 때문이라고 고백하는 데서 단적으로 확인된다.

박완서 소설의 여주인공들이 내면화하고 있는 이러한 생존논리는 6·25 전쟁기와 왜곡된 산업화 시기를 배경으로 하는 거의 모든 작품들에서 공통적으로 발견된다. 어떻게든 살아남아야 한다는 생존논리는 실은 생존의 불안에 그 뿌리를 두고 있다. 「부처님 근처」의 여주인공은 전쟁이 끝나고 20년이 지난 뒤에도 '끔찍한 사상(死相)'에 갇힘으로써 "온갖 사는 즐거움, 세상 아름다움"으로부터 격리되어 있으며, 「세상에서 제일 무거운 틀니」의 여주인공은 연좌죄 때문에 그녀의 과거와 현재, 그리고 "살아오면서 맺은 온갖 인연(因緣), 지연(地緣)의 말초적인 부분까지 유리상자의 표본"처럼 관리된다.

생존의 불안 때문에 생존을 절대절명의 과제로 받아들이면서도 이들 여성인물은 생존을 제1의 가치로 선택하는 남성인물들을 멸시하는 이중성을 보인다. 오빠의 '이상주의'와 '정신의 높이'를 열렬히 흠모하면서 성장기를 보낸 경험이 있기 때문이다. 그들은 오빠라는 '말뚝'에 이중으로 묶여 있다. 하나는 '이상주의'와 '정신의 높이'이고, 다른 하나는 참혹한 죽음이다. 그래서 『裸木』의 이경은 전쟁기라는 야만의 시간 속에서도 예술혼을 잃지 않은 옥희도에게 동질감을 느끼는 한편, 자신의 일상을 지켜준 소시민적인 남편 황태수에게는 감사와 이질감을 동시에 느끼는 것이다. 이러한 양상은 박완서 소설에 시종일관 나타난다. 박완서 소설의 여성인물들이 생존을 제1의 가치로 삼고 있는 남성인물들에게 경제적으로 의존하면서도, 그들을 객관적인 시선으로 바라볼 수 있는 까닭은 생존이야말로 절대적인 가치이긴 하지만 최고의 가치는 아니라고 생각했기 때문이다. 여기에서 박완서 소설에 내재된 "대중적 정서로 일반화될 수 있는 도덕적 비판의식"[32]이 생성된다.

박완서 소설의 여성인물들은 6·25 전쟁이라는 역사의 '말뚝'에 얽매인 '새끼줄' 신여성으로서 이중성을 내재하고 있다. 6·25가 남긴 외상 속에 갇혀 있으면서도 동시에 그것을 치유할 수 있는 내적 힘을 무의식적으로 자각하는 것이 그러하다. 가령 『裸木』의 이경은 미군 병사 조오와의 만남 속에서 오빠의 죽음이라는 개인사적인 비극이 우리 민족사의 비극과 중첩되는 사건임을 '육체적 직관'[33]을 통해 인식한다. 미군 PX의 초상화부에서 일하며 가족을 부양하던 이경은 자신의 삶을 자동인형의 무의미한 반복적인 동작과 같다고 느끼면서 탈출욕망에 시달리던 중 미군 병사 조오의 유혹을 받는다. 그리고 자신의 젊음을 고갈시키는 모든 의무로부터의 해방을 꿈꾸면서 미군 병사에게 몸을 던지는 자기 파멸의 방식으로 젊음을 확인하려고 한다. 그러나 파멸에 이르기 직전 이경은 '진홍빛 꼬마전구'가 만들어낸 '핏빛 시트'를 보며 두 오빠의 죽음을 떠올리고는 조오로부터 도망쳐 나오게 된다.

스위치가 만져졌는지 찰칵 소리가 났다. 진홍빛 갓 속에 진홍빛 꼬마전구가 켜졌다.

나는 조의 얼굴을 찾기 전에 핏빛으로 물들어 보이는 침대 시트를 보

---

32) 권영민, 「박완서와 도덕적 리얼리즘의 성과」(박완서·권영민·호원숙 옮김, 『박완서 문학앨범』, 웅진, 1992), p.115.

33) 유종호는 "미국 병사인 조오에게 몸을 여는 것이 파멸을 의미한다는 직관은 세상의 통속적 도덕에 의해서 매개되었다기보다는 두 오빠의 죽음을 초래한 어둠의 힘이 그대로 자기마저 휩쓸려 한다는 것을 아는 이를테면 육체적 직관이다. 그것은 전쟁을 몰고 온 어둠의 힘에 대한 날카로운 통찰을 담고 있으며 억지스러운 허풍기에도 불구하고 이 장면을 몹시 인상적인 것으로 만들어주고 있다."고 평가한다(유종호, 「고단한 세월 속의 젊음과 중년」, 『창작과비평』 1977년 가을호, p.217).

았다. 핏빛 시트…… 핏빛 시트. 오오 핏빛 시트……

내 기억은 터진 봇물처럼 시간을 달음질쳐 거슬러 올라갔다.

〔…중략…〕

어머니가 정성들여 다듬이질한 순백의 호청을 붉게 물들인 처참한 핏빛과 무참히 찢겨진 젊은 육체를. 얼마만큼 육체가 참담해지면 그 앳된 나이에 그 영혼이 그 육체를 떠나지 않은 수 없나, 그 극한을 보여주는 끔찍한 육신과, 그 육신이 한꺼번에 쏟아놓은 아직도 뜨거운 선홍의 핏빛을 나는 본 것이다.

「까악」

나는 내 목청이 낼 수 있는 한도껏 날카로운 비명을 지르며 슈미즈를 움켜잡고 침대에서 다다미 바닥으로 굴러떨어졌다.

—『裸木』, p.211

이경은 가치의 전도나 가치의 공황 상태를 경험하면서도 '육체적 직관'의 형식을 통해 자기 체험의 역사적 의미를 무의식적으로 발견한다. 이는 이경의 세대가 외상적 역사체험인 6·25의 '말뚝'에 얽매인 '새끼줄'과 같은 존재이긴 하지만, 그럼에도 불구하고 그러한 외상적 체험을 극복할 가능성을 가진 세대임을 암시한다. 물론 그 가능성은 지극히 개인주의적인 방식으로 타진된다. 이경의 경우처럼 미국병사의 품에서 뛰쳐나오는 방식이거나 전쟁의 상처를 간직한 구여성 어머니에게 그 영혼이 쉴 자리인 무덤을 마련해 주는 방식(「엄마의 말뚝·3」)이기 때문이다. 박완서 소설 속의 딸들은 여전히 전쟁의 상처로부터 자유롭지 못하다. 그들은 6·25 전쟁의 '말뚝'에 얽매인 '새끼줄' 신여성으로서, 줄의 거리만큼 '말뚝'을 객관화시킬 수는 있지만 여전히 '말뚝'에 매여 있는 것이다.

2) 생활세계의 식민화와 나르시시즘적 신여성

구여성인 어머니 세대가 딸 세대에게 부과한 신여성의 이상(理想)
은 6·25 전쟁체험 속에서 굴절된 후, 산업화 시기의 물질 만능주의
적인 세태 속에서 다시 한 번 굴절된다. 장편『휘청거리는 오후』[34]
『도시의 흉년(上·下)』[35]과 단편「서울 사람들」[36]「歲暮」[37]「주말농
장」[38]「어떤 나들이」[39]「닮은 방들」[40]「泡沫의 집」[41] 등은 물질 만능
주의에 침윤된 부정적인 여성상을 비판적으로 그리고 있는 작품들
이다. 산업화·도시화가 급격하게 진행된 1970년대를 주된 배경으
로 삼고 있는 이 작품들에서 박완서는 양적 가치만을 좇으면서 소비
의 쾌락에 젖어드는 나르시시즘적 여성상을 한 장의 인물화처럼 세
밀하게 그려냄으로써 우리의 근대화 과정에 내재된 천민자본주의적
속성을 선명하게 드러낸다.

(1) 생활세계의 식민화

생활세계란 상징적으로 구조 지워진 사회적 그물망을 가리리키는

---

34) 텍스트 : 세계사 (1993/초판발행 : 1993), 연재신문 및 연도 :《동아일보》(1976), 최초 출
간 : 창작과비평사(1977).
35) 텍스트 : 세계사(1999/초판발행 : 1999), 최초 출간 : 문학사상사(1979).
36) 텍스트 : 『그대 아직도 꿈꾸고 있는가』(세계사, 1999/초판발행 : 1999)/최초 출간 : 『서울
사람들』(글수레, 1984).
37) 텍스트 : 박완서 단편소설 전집1『어떤 나들이』(문학동네, 1999/초판발행 : 1999), 발표잡
지 및 연도 : 『여성동아』(1971년 3월호).
38) 텍스트 : 위의 책, 발표잡지 및 연도 : 『문학사상』(1973년 10월호).
39) 텍스트 : 위의 책, 발표잡지 및 연도 : 『월간문학』(1971년 9월호).
40) 텍스트 : 위의 책, 발표잡지 및 연도 : 『월간중앙』(1974년 6월호).
41) 텍스트 : 박완서 단편소설 전집2『조그만 체험기』(문학동네, 1999/초판발행 : 1999), 발표
잡지 및 연도 : 『한국문학』(1976년 10월호).

것으로서 의사소통적 합리성에 의해 지배된다. 이 의사소통적 합리성이 도구적 합리성에 압도당해 생활세계의 정합성이 깨어질 때 '생활세계의 식민화' 현상이 나타나는데, 그것은 서구 산업사회의 위기를 초래한 근본 원인이자 근대성의 역리(逆理)라는 현상의 진정한 원인이다. 화폐와 권력으로 상징되는 하위 체계가 생활세계의 상호 이해라는 통합 구조를 점차로 무력하게 만드는 데 바로 근대의 병리가 있기 때문이다.[42]

박완서는 이 '생활세계의 식민화' 현상을 교환가치에 지배되는 결혼풍속, 배금주의적인 가치관, 중산층의 획일화된 생활양식 등을 통해 여실하게 보여준다. 먼저 교환가치에 지배되는 결혼풍속은 『휘청거리는 오후』「서울 사람들」에 잘 나타나 있다. 『휘청거리는 오후』는 허성·민여사 부부의 첫째딸 초희의 맞선보는 날에서 시작하여 셋째딸 말희의 결혼식날 끝나는 데서 짐작되듯이 배금주의적인 결혼풍속에 대한 가감없는 비판을 담고 있다. 그리고「서울 사람들」은 포장술과 상술이 지배하는 결혼풍속을 비판적으로 조명함으로써 결혼이 신분상승이나 신분유지의 수단으로 전락한 현실을 적나라하게 보여주고 있다.

『휘청거리는 오후』에서 비판자의 역할은 결말 부분에서 스스로 목숨을 끊는, 배금주의적인 결혼풍속의 가장 큰 희생자인 아버지 허성에게 맡겨져 있다. 허성이 보기에 아내 민여사는 "요즘 상류사회의 풍속이 간통이란 속보라도 전해진다면 당장 간통을 저지르러 엉덩이를 휘두르며 거리로 뛰쳐나갈 수 있을" '여자'로서, 허영심에

---

42) 윤평중, 『푸코와 하버마스를 넘어서』(교보문고, 1990) pp.127~133 참조.

사로잡혀 있는 인물이다. 그리고 세 딸 초희·우희·말희는 "삶과 직접 부대끼며 얻은" '소중한 결론'인 자기 철학이 없는 비주체적인 여성들이다. 이는 초희가 부자와 결혼하기 위해 수없이 맞선을 보다가 결국 상처한 '중늙은이'의 후처로 들어가는 데서, 그리고 우희가 자유연애를 주장하여 성의 자유를 누리면서도 그 비용은 '금 간 계집'을 두려워하는 부모에게 전가시킨다는 설정에서 나타난다. 막내 딸 말희의 경우도 크게 다르지 않아 과도한 결혼비용을 아버지에게 떠맡김으로써 아버지를 부실공사로 내몬다.

⑦ 결혼생활에서 엘리베이터 속처럼 사람 그 자체만을 강렬하게 의식하는 동안보다는 물질적인 생활환경을 의식하는 동안이 훨씬 더 길 테고 따라서 행·불행을 결정해 주는 쪽도 물질적인 생활환경일 수밖에 없을 것 같았다. 그러자 마음이 한결 가라앉았다.

⑭ 허 성 씨는 다시 뭔든지에 대해 생각한다. 딸에 대한 사랑의 충동을 정직한 사랑의 말이나, 따뜻한 포옹이나, 고운 볼에 입술을 갖다대는 정결한 입맞춤 같은 것으로 자연스럽게 풀지 못하고 하필 뭔든지 해주겠다는 비장하고도 무시무시한 집념이 되어 안에 다 맺히게 할 게 뭔가 하는 생각을 한다.

이건 사랑이 아니라 숫제 앙심이잖아? 그러나 그의 마음속에 자기가 못 누린 행복, 딴 자식들이 못 누린 행복에 대한 슬픈 원한을, 남은 한 자식에게서 풀어보려고 벼르는 마음이 있는 한 그의 사랑이 앙심과 다를 게 없었다.

— 『휘청거리는 오후』, ⑦ p.32, ⑭ p.529

예문 (가)는 상처한 '중늙은이'의 후처로 들어가기 직전 자신의 선택을 합리화하는 초희의 독백으로서 배금주의적 가치관의 내면화를 극명하게 보여준다. 그리고 예문 (나)는 허성이 막내딸 말희의 결혼을 앞두고 자신이 왜 잘못된 결혼풍속에서 벗어나고 있지 못한가를 반성적으로 돌아보는 장면으로서 허성이 교환가치에 지배되는 결혼풍속의 문제점을 명확하게 의식하고 있었음에도 불구하고 거기에서 빠져나오지 못한 채 희생양이 되는 이유를 잘 보여준다. "자기가 못 누린 행복, 딴 자식들이 못 누린 행복에 대한 슬픈 원한"과 같은 잘못된 사랑을 제어할 수 없을 정도로 세 딸을 맹목적으로 사랑했기 때문이다. 맹목성이 사회의 병리화를 촉진하는 한 계기가 됨을 보여주는 진술이다.

이러한 '생활세계의 식민화' 현상은 「서울 사람들」에서도 결혼풍속의 문제를 통해 조명된다. 이 소설의 실질적인 주인공이라 할 수 있는 혜숙은 뚜렷한 자의식이 없는 인물로서 어머니의 뜻에 따라 맞선 시장에 나가 별다른 갈등 없이 자신의 '상품' 가치를 높이는 일에 몰두한다. "맞선 볼 때 여자들이 지켜야 할 법"이란 "매너이기보다는 상품을 포장하는 상술"과 다를 게 없다는 걸 알면서도 맞선 시장의 질서에 순종하여, 자수성가한 의사와 결혼한다.

「왜 몰라. 요새 여성지엔 맨 그 방법뿐인데. 맞선 보는 자리에서 눈 뜨는 법, 차 마시는 법, 웃는 법, 앉는 법, 서는 법, 눈치보는 법…… 그걸 마스터하고 나면 여자의 위치가 얼마나 형편없다는 걸 저절로 깨닫게 되지. 불평등 관계는 옛날 얘기야. 불평등하다는 건 그래도 같은 인간관계에서 비롯된 얘긴데 요새 신부감은 인간도 아냐. 순 상품이지. 맞선 볼 때 여자들이 지켜야 할 법은 매너이기보다는 상품을 포장하는 상술과 하나도 다를 게 없으니까.」

— 「서울 사람들」, p.346

박완서 소설에서 물신숭배적 인물형은 '생활세계의 식민화' 현상을 비판하는 또 하나의 매개로 기능한다. 『도시의 흉년(上·下)』에서 비판적인 서술자의 역할을 맡고 있는 인물이 주인공 지수연이라면, 비판의 대상은 어머니 김복실이다. 김복실은 전쟁 직후 '양공주 장사'로 돈을 번 후 동대문 시장에 포목점을 열어 졸부가 된다. "중이 고기맛, 사람에게 돈맛"이라는 신조를 가진 김복실은 상류계급의 분위기를 좇아 집안을 꾸미지만, 지수연이 보기에 그것은 졸부의 '티'일 뿐이다. 김복실은 돈으로 모든 것을 해결하려고 하다가 마지막에는 돈에 덜미가 잡혀 식물인간이 된다.

(가) 내가 참을 수 없는게 우리집에 있어서의 허위라면, 그러면 정릉집에 있어서의 아버지는 아버지의 참다운 본질의 모습이란 말인가. 아닐 것이다. 이것은 다만 사람이 살아가는 모습의 이중성일 따름일 것이다.

(나) 요새 세상—현대가 그 거대한 아가리를 벌리고 모든 가치를 삼켜 무화(無化)시키는 광경을 나는 꿈속에서 보았다.

내가 꿈속에서 본 요새 세상은 내가 이빨자국을 내기에는 너무도 거대하고 단단했다.

다시 깨어난 나는 한결 고분고분했다.

— 『도시의 흉년(上)』, (가) p.250, (나) p.383

예문 (가)는 지수연이 자신의 집을 객관적인 시각으로 바라보면서 '허위'로 가득찬 집이라고 느끼는 장면이고, 예문 (나)는 그녀가 현대 세계의 "모든 가치를 삼켜 무화시키는" 심연에 직면한 이후의 감정이 담겨있는 진술이다. 박완서는 지수연을 통해 현대의 물신성을 고발하는 동시에 물신주의에 사로잡힌 비성찰적 인간형을 비판하고 있다. "오늘의 한국이 걸어온 근대화와 그 경제적 성장의 이면에 깔린 허구를 예리하게 비판하고 있"는 이 작품은 "해방직후부터 오늘날까지 우리 한국인이 걸어온 역사를 그 내면적인 측면과 외형적인 측면에서 다같이 원인과 결과를 분석하며 예리한 비판력으로 미래의 방향을 모색한 70년대의 대표작"이라 할 수 있다.[43]

중산층의 획일화된 생활양식이나 물화(物化)된 삶에 대한 비판은 「泡沫의 집」 「닮은 방들」 「어떤 나들이」 등의 단편에서 찾아볼 수 있다. 「泡沫의 집」은 해체의 위기에 있는 불안한 가족관계를 '포말'이라는 상징을 통해 포착하고 있는 작품이다. '포말의 집'이란 K대학의 가난한 건축학도가 그린 투시도의 제목으로서 투시도에는 "둥근 방들이 방울방울 물거품처럼 모여 있는 묘한 집"이 그려져 있고 그 밑에는 "미래의 주택을 종래의 주택의 직선으로부터 해방시키자!"라는 격문과 같은 간단한 설명이 적혀 있다. 주인공 '나'는 이 투시도와 격문 같은 해설에 이끌려 가난한 건축학도와의 '간음'을 꿈꾸지만 미수에 그친다.

주인공 '나'가 '포말의 집'이라는 투시도에 마음이 끌리는 이유는 그녀가 경험하는 가족관계가 실은 '포말'처럼 흩어지기 직전에 있기 때문이다. 아들은 '나'에게 혼식을 해야 한다는 등의 꼭 필요한

---

43) 김우종, 「한국인의 유산과 그 미망」, p.261.

말 이외에는 말을 건네는 법이 없고, 남편은 미국에서 '노망끼'가 있는 자신의 "어머니가 안녕하시지 않기를 바라고 있을지도 모른다는 짙은 의혹"을 불러일으키는 편지를 보내오며, 나는 "아파트 단지에 사는 노인네들이 노인학교에 가는 게 유행"이기 때문에 "시어머니도 싫어하고 나도 싫어하"는 노인학교 등교를 매주 반복한다.

'나'는 "남 하는 대로 휩쓸리지 않으면 뒤로 욕을 먹을 것 같은 막연한 공포감"을 갖고 있는 소시민적인 인물이지만 나름대로의 비판의식은 있다. 그러나 '나'의 비판의식은 '간음'에 대한 욕구라는 일탈적인 방식으로 외화(外化)된다. '나'는 가난한 건축학도를 '불쌍한 예언자'로 여기고, "그가 그린 미래의 집의 포말의 모습은 건물의 모습이 아니라 미래의 가족의 모습일지도 모른다"고 생각하며, '간음'을 통해 예언적 미래를 보고자 한다. '나'에게 '간음'이란 일종의 반전이다. 반전은 "여성 작품에서 계속 마주치게 되는 현상"의 하나로 "정형화된 여성에 대한 전통적 문학적 이미지와 관습화된 도해의 연상을 도치시"킨다.[44] '나'는 '간음'을 통해 획일화된 삶으로부터 탈출하려고 하지만 실패한다. 획일화된 생활양식에 이미 철저하게 훈육되어 버렸기 때문이다.

어떠한 반전도 가능하지 않은 현실은 「닮은 방들」에서 구체적으로 형상화된다. '닮은 방들'이란 아파트의 정형화된 주거공간을 가리키는 것으로서 획일화된 생활양식과 사고방식을 상징한다. 오랜 친정살이를 벗어나 최초로 자기 집을 갖게 된 '나'는 처음에는 아파트의 합리적인 동선 배치와 편의시설에 매료되지만 점차 '불안과

---

44) Kolodny, A., 「페미니스트 문학비평의 몇 가지 방향들」, 서숭옥 옮김, 김열규 편, 『페미니즘과 문학』(문예출판사, 1990), p.63 참조.

초조' 같은 노이로제를 경험한다. 비슷비슷하게 살아가는 삶, 예컨 대 집안의 인테리어도, 식단도, 심지어는 남편들의 파자마나 머릿기 름도 똑같은 획일화된 삶에 '나'는 '끔찍하게' '따분'함을 느끼는 것 이다. 그래서 "뭔가 저질러야겠다는, 꼭 저지르고 말리라는" '조바 심'으로 하루하루를 보내다가 급기야는 '간음'을 실행에 옮긴다.

나는 욕실에 들어가 불을 켠다. 눈이 부시게 환하다. 간음한 여자를 똑 똑히 보고 싶다. 거울 앞에 선다. 거울 속에 내가 있다. 생전 아무하고도 얘기해본 적도 관계를 맺어본 적도 없는 것같이 절망적인 무구(無垢)를 풍기는 여자가 거기 있다.
나는 이상하리만큼 해맑고 절망적인 기분으로 나를 처녀처럼 느낀다. 십 년 가까운 남의 아내 노릇에 두 아이까지 있고 방금 간음까지 저지른 주제에 나는 나를 처녀로 느낀다. 그런 처녀는 끔찍하지만 그렇게 느낀 다.

— 「닮은 방들」, p.248

그러나 '나'의 '간음'은 반전이 되지 못한다. 옆집남자의 '섹스'는 '나'의 남편의 그것과 똑같아 "간음하고 있다는 느낌"조차 주지 않 았기 때문이다. 개인의 가장 내밀한 영역조차 획일화되어 있음을 느 낀 '나'는 "남과 닮기 위해" 살아온 삶에 깊은 절망감을 느낀다.
획일화된 생활양식은 이처럼 일탈을 꿈꾸게 하는 '노이로제'를 양 산하거나 중독증을 야기한다. 「어떤 나들이」의 주인공 '나'는 40대 의 중산층 전업주부로서 "팔자가 좋다는 건" "구원이 없는 암담한 늪"일 뿐이라고 생각하며, 감당하기 어려운 '무위와 나태'라든가 집을 둘러싼 '벽'이 자신을 포위해 오고 있다는 강박관념에 시달릴 때면 술을 찾는다. 술은 '나'에게 "밀도 높은 자극과 함께 산다는 게 즐겁다"는 느낌을 주기 때문이다. 그러나 '나'를 알코올 중독에 빠지게 만든 본질적인 원인은 가족관계의 단절에 있다. 자식들은 '나'의 관심에 '완강한 거부' 의사를 표현하고, 자신의 감정을 드러내는 법이 없는 남편은 거의 언제나 철저한 계산에 의해 행동한다. 가족들 모두가 "패류(貝類)처럼 단단하고 철저하게 자기 처소를 마련하고 아무도 들이려 들지 않"기 때문에 '나'는 유일하게 '뜨거운 교합'의 즐거움을 안겨주는 술에 중독된다.

중독의 경험이란 일종의 자포자기이고 일상적인 생활환경에서 일반적으로 나타나는 자기 정체성의 보호에 대한 성찰적 관심을 일시적으로 포기하는 것이다. 중독은 후기 모더니티에 와서 자아의 성찰적 기획이 무대의 중앙에 등장하게 된 정도를 보여주는 부정적 지표로서 19세기 이후 중독은 광범위한 현상으로 자리잡게 된다. 19세기 이전에는 어떤 사람이 중독자일 수 있다는 관념이 존재하지 않았는데, 그 이유는 전통사회에서는 삶의 넓은 영역이 기존의 패턴들과 습관들에 의해 결정되었기 때문이다. 중독이란 전통이 이전의 어느 때보다도 철저하게 제거된, 따라서 자아의 성찰적 기획이 각별한 중요성을 갖게 된 사회의 맥락과 관련된다.[45]

박완서가 중독이라는 근대성의 부정적 지표에 관심을 보이는 이유는 물신주의가 자아의 성찰적 기획을 포박하고 있다고 생각하기 때문일 것이다. 배금주의에 물든 결혼 풍속, 동일성의 논리에 갇힌

---

45) Giddens, A., 『현대사회의 성·사랑·에로티시즘』, 배은경·황정미 옮김(새물결, 1996), pp.132~139 참조.

획일화된 생활양식, 스노비즘(snobbism : 속물근성)의 소산인 중산
층의 허위의식 등은 박완서가 포착하고 있는 근대화 시기 우리 사회
의 부정적인 단면들이다. 이러한 단면들을 예리하게 묘사함으로써
박완서는 여성들의 근대체험이 갖는 특수성을 보여주었다. 그것은
여성들의 근대체험이 대개 가족을 매개로 이루어졌다는 점, 가족의
위기는 의사소통적 합리성이 도구적 합리성에 의해 위협 당하는
'생활세계의 식민화' 현상의 우의라는 점이다.

(2) 나르시시즘적 신여성

나르시시즘이란 자기지향적 성애와 대상지향적 성애의 중간단계
에 놓여 있는 것으로서 자신을 사랑하는 쪽이, 또한 타인을 사랑하
거나 사랑을 요구하는 쪽보다 훨씬 더 안전하다고 느끼는 감정 상태
를 특징으로 한다.[46] 나르시시스트들은 대개 세상을 자신의 반사경
으로 보면서 자기 이미지의 반영을 투영하는 것 이외에는 외부의 사
건들에 흥미를 갖지 않는다. 자기 감시가 수많은 나르시시즘적 관습
가운데 가장 중요한 것이라는 사실은 이를 말해준다.[47] 자기 감시는
주로 육체의 관리라는 형태로 나타나는데 소비문화 속에서 새로 등
장한 자아 관념이 외모, 자기 전시, 인상관리 등과 밀접히 결합되어
있다는 사실은 소비문화가 나르시시즘 문화에 그 뿌리를 두고 있음
을 보여준다.[48]

『휘청거리는 오후』의 여성인물 초희는 '육체 자체만을 위한 육체

---

46) Freud. S., 「나르시시즘에 관한 서론」, 『무의식에 관하여』, 윤희기 옮김(열린책들, 1997),
 pp.41~88 참조.
47) Lasch. C., 『나르시시즘의 문화』, 최경도 옮김(문학과지성사, 1998), pp.50~73 참조.
48) Featherstone. M., 「소비문화 속의 육체」, 김성호 옮김, 『문화과학』 통권 제4호(1993년
 가을), p.57 참조.

관리'라는 나르시시즘적 욕망을 선명하게 드러낸다. 그것은 먼저 화장하는 행위를 통해 표현된다. 초희에게 화장이란 그녀를 가장 "즐겁게 하는 작업"이자 "매번 새롭게 태어나는" 느낌을 선사하는 매혹적인 경험이다. 그래서 그녀는 "심심하면 화장 생각이 났고", "문득문득 간절히 화장이 하고 싶"은가 하면 "콤팩트 속의 갓난애 손바닥 만한 거울 속의 자기 얼굴과의 대면으로, 어떤 불행으로부터도 구원받은 것"처럼 느끼곤 한다.

> 화장처럼 초희를 즐겁게 하는 작업은 없다. 그녀는 화장을 통해 매번 새롭게 태어나는 것처럼 느끼기조차 한다.
> 남자가 심심하면 담배 생각이 나듯이 그녀도 심심하면 화장 생각이 났고, 남자가 문득문득 간절히 담배를 태우고 싶듯이 그녀도 문득문득 간절히 화장이 하고 싶고, 남자가 한 개비의 담배로 지독한 곤경에서 거짓말처럼 구원받는 것처럼 그녀는 그녀의 화장으로, 콤팩트 속의 갓난애 손바닥 만한 거울 속의 자기 얼굴과의 대면으로, 어떤 불행으로부터도 구원받은 것처럼 느꼈다.

— 『휘청거리는 오후』, p.241

초희에게 화장이란 일종의 자기 확인의 경험이다. 화장은 20세기 중반까지만 해도 여배우와 창녀만이 하는 것으로 금기시되었었는데, 1·2차 세계대전을 전후로 이러한 금기가 무너지면서 화장은 하나의 문화적 현상으로 자리잡게 된다. 이런 의미에서 미(美)란 지극히 현대적인 담론임을 알 수 있다.[49] 화장으로 표현되는 육체관리의 나르시시즘에는 뚜렷한 이중성이 내재해 있는데, 그것은 화장하는 여성들이 스스로는 자기 만족을 추구한다고 생각하지만 실질적으로는 화장한 자신의 얼굴을 '남자의 시선'으로 바라본다는 것이다. 초희의 경우에도 화장처럼 자신을 "즐겁게 하는 작업은 없다"고 생각하지만 그 기저에는 타인의 시선이 뚜렷하게 자리잡고 있다. 이는 초희가 "남에게 보이지 않으려면 무슨 재미로 멋있게 살"겠느냐고 생각하는 데서 단적으로 확인된다. 여기서 타인의 시선이란 특히 '자연스레 전이된 남자의 눈길', 혹은 '남자의 눈길을 경유한 눈길'이다. 그런 점에서 화장하는 여자는 "언제나 남자의 눈길을 예의 주시하고 의식해야 하는 존재, 그리하여 보여지는 존재 혹은 시각적 오브제"로 존재한다.[50]

이는 화장이 일종의 제도라는 데서도 나타난다. 화장이란 맨얼굴을 메이크업된 얼굴로 바꾸는 과정으로서 '좀더 아름답게'라는 얼굴의 현실원칙을 끊임없이 새롭게 만들어낸다. 언뜻 보기에 화장이란 나르시시즘적인 쾌락원칙과 밀접하게 결합된 것 같지만, 실질적으로는 현실원칙의 확대재생산에 지나지 않는다. 또한 화장이란 맨얼굴이 매일매일 메이크업된 얼굴 밑으로 소멸되어 가는 과정이라는 점에서 근본적으로는 자아의 동일성을 파괴하는 전략이자 부재하는 기호, 거울 속에 반영된 기호를 찾는 과정이기도 하다. 거울 앞에 선 여자는 화장을 하면서 거울 속의 자기 모습이 지금 현재의 모습이기를 바라지만, 그때 거울 속의 얼굴은 엄밀한 의미에서는 부재하는 기호·이미지일 뿐이다. 그러므로 화장하기와 화장지우기의

---

49) 이득재, 「화장, 리비도의 정치경제학」, 현실문화연구편, 『문화연구 어떻게 할 것인가』(현실문화연구, 1993), pp.210 참조.
50) 이성욱, 「여자의 눈길―'볼거리'의 숙명에 대하여」, 『문화과학』, 통권 제4호(1993년 가을), pp.172~173 참조.

반복은 욕망을 생산하는 얼굴관리의 훈육과정이라고 할 수 있다.[51]

육체의 훈육은 또한 초희의 중독적인 소비욕망 속에서 이루어진다. 초희는 화장을 좋아할 뿐만 아니라 값비싼 옷과 귀한 보석에 대해 "일찍이 연애 감정에서도 경험 못한 뜨거운 정열"을 느낀다. 특히 보석을 만질 때면 "영혼끼리의 교감의 기쁨과도 닮은 황홀한" 감정을 경험한다. 그래서 초희는 자신의 젊음과 미모를 신분상승의 수단으로 삼아 '부자'의 후처가 된다. 이같은 초희의 '물욕'은 거대 도시가 조장하는 '익명성에 대한 공포'와 밀접히 결합되어 있다. 도시의 익명성은 도시인에게 '타인과 다르게 특별한 경향'을 선택하도록 부추기고 결국에는 "매너리즘, 일시적인 충동, 값비쌈이라는 거대 도시의 사치"를 선택하도록 조장하기 때문이다.[52] 게다가 여성들은 상품의 구매와 소비를 조직화하는 주요 책임을 할당받고 있다는 점에서, 그리고 상징적 의미에서 그들의 육체가 광고들 속에서 사용되고 있다는 점에서 소비욕망의 주체가 되도록 끊임없이 부추겨진다.[53]

(가) 서울 시내 일류 귀부인들이 제일 많이 모이는 양장점은 명동 어디고, 지압을 겸한 전신마사지까지 해주는 미장원은 이디고, 외제를 구할 수 있는 양품점은 어디고, 신을 만한 수제화를 만드는 살롱은 어디고, 이런 것들에 마담 뚜는 통달해 있었고, 이런 지식을 지나가는 말처럼 자연스럽게 초희에게 불어넣었다. 초희는 자기도 모르게 마담 뚜에 의해 다시 만들어지고 있었다.

---

51) 이득재, 앞의 글, pp.209~210, p.217, p.220 참조.
52) Callinicos, A.T.,『포스트모더니즘 비판』(임상훈 外 옮김, 성림, 1994), p.55.
53) Featherstone, M., 앞의 글, pp.45~46 참조.

(나) 그녀가 마담 뚜가 엄청난 값을 부르는 잡다한 돌 중에서 특히 빼어난 돌을 알아볼 때의 기쁨은 영혼끼리의 교감의 기쁨과도 닮은 황홀한 것이었다.

이런 교감은 곧 소유욕이 되고, 소유욕은 정열이 되어 타올랐다. 본성이 냉담한 초희는 일찍이 연애 감정에서도 경험 못한 뜨거운 정열을 돌에 쏟았다.

— 『휘청거리는 오후』, (가) p.439, (나) p.441

예문 (가)와 (나)에서 확인되듯이 초희의 소비욕망은 억제할 수 없는 욕망이라는 유아적 비합리성에 기초해 있다. 소비는 이전에 여성의 생활에서 종교가 차지하던 역할을 빼앗아, 여성들로 하여금 이상적인 여성의 아름다움을 비이성적으로 숭배하도록 이끌고, 나아가 병적인 행복감에 젖어 자아를 망각하도록 조장한다. 이러한 "행복감 이면에는 그것을 유도하는 소매상인의 과학적인 마케팅 전략이 있다"는 점에서 여성의 소비욕망은 근대성의 퇴행적인 차원을 표상하는 것으로 간주될 수 있다.[54] 초희의 경우에도 보석에 대한 소유욕은 '마담 뚜'에 의해 불어넣어졌지고 "초희는 자기도 모르게 마담 뚜에 의해 다시 만들어"지는 것을 경험한다. 이는 초희가 소비의 메카니즘에 포섭된 수동적이고 무력한 존재라는 것을 말해준다.

이러한 양상은 『도시의 흉년』과 「歲暮」의 여성인물들에게서도 공통적으로 발견된다. 『도시의 흉년』에서 대학생 지수연은 '졸부'인 어머니 덕에 유복한 생활을 즐기는데, 그 중 한가지는 상류계층이 드

---

54) Felski. R., 『근대성과 페미니즘』, p.117.

나드는 의상실에서 고가의 옷을 맞춰입는 즐거움을 누리는 것이다. 지수연은 미래에 대한 막연한 박탈감을 느낄 때, 혹은 생활의 권태로움을 느낄 때 마담 그레이스의 의상실을 찾는다. 가봉할 때의 기대감이나 새 옷 입을 때의 행복감이 박탈감과 권태로움을 썻어주기 때문이다. 이처럼 지수연은 소비문화의 휘황한 환영에 유혹받는 수동적인 존재라는 점에서 소비 이데올로기의 이상적인 주체가 된다.

「歲暮」의 주인공 '나' 역시 변두리의 땅값이 올라 벼락부자가 된 인물로서 백화점 안을 어슬렁거리는 것을 좋아한다. "핸드백 속에 지폐 뭉치를 넣고 쇼핑의 인파에 섞이는 유열(愉悅)"을 사랑하기 때문이다. '나'는 근대적 개인인 남성 산책자에 비견될 만한 인물로서 구매에 대한 뚜렷한 목적의식 없이 단지 "백화점에 진열된, 제아무리 빼어난 고급품이라도 아양을 떨지 않고는 못 배길 돈을 가졌다"는 기쁨을 누리기 위해 백화점 안을 돌아다닌다. 산책이란 공간 속에서의 자리옮김으로서 육체의 타성과 정신의 나태를 깨는 사건이다. 그런 점에서 산책이란 탈일상성을 의미하고 산책자의 출현이란 일상성으로부터의 거리두기를 의미한다.[55] 그러나 백화점 안의 여성 산책자들은 일상성에 포섭된 존재들이라는 점에서 남성 산책자와 다르다. 그들은 산책을 통해 자신의 나르시시즘적인 욕망을 충족시키고, 나아가 진열된 상품들이 약속하는 풍부함과 행복에의 예감에 자신을 내맡긴다. 백화점안의 상품들이 보내는 유혹적인 시선에 사로잡힌 수동적인 소비주체가 되는 것이다.

그러나 이들 여성인물들 사이에도 차이는 있다. 예컨대 「歲暮」의

---

55) 최혜실, 『한국모더니즘소설연구』(민지사, 1992), pp. 217~222 참조.

주인공 '나'는 '졸부'인 자신과 상류계층의 생활양식은 결코 같을 수 없다는 걸 인정하게 됨으로써 백화점의 상품들이 약속했던 행복에의 예감이 자신의 삶과는 무관하다는 사실을 받아들이게 된다. 또한 『도시의 흉년』의 지수연도 건강한 사랑을 통해 자신의 수동적인 소비욕망을 극복해 내고 능동적인 자세로 새로운 삶을 준비하게 된다. 그러나 『휘청거리는 오후』의 초희는 소비욕망에 사로잡혀 결국에는 정신적·육체적으로 심각한 외상을 입는다. 이러한 차이는 가난의 체험 여부에서 기인한다. 초희가 '많은 고생'을 경험하지 않았으면서도 가난을 혐오하는 것과 달리, 「歲暮」의 주인공은 '참담'한 가난을 겪은 적이 있고 『도시의 흉년』의 지수연도 가계의 몰락을 경험한다. 이처럼 가난의 체험 여부는 등장인물의 말로를 결정짓는 주요한 변수로 작용한다.

먼저 공회장의 후처로 들어간 초희는 만족을 모르는 소비욕망의 노예가 되어 파멸한다. 소비욕망을 그 극단까지 추구했음에도 불구하고 "심장은 살아 있는데 손끝은 죽어가고, 숨결은 화통처럼 뜨거운데 살갗은 석고처럼 굳어버리는 공포의 체험"이 반복되자 그녀는 신경안정제를 복용한다. 그러나 신경안정제 역시 '공포의 체험'을 완화시켜주지 못하자 혼외정사의 쾌락을 자가처방전으로 삼는다. 그 때문에 그녀의 파멸은 급속도로 진행되고 결국 그녀는 신경안정제에 의존하다가 정신병원에 보내진다. 초희의 파멸은 소비하는 여성의 만족되지 않은 욕망이 초래할 수 있는 위협적이고도 파괴적인 결과와 함께 경제적 무절제과 성적 무절제 사이의 쌍생아적 친연성을 보여준다.

소비욕망과 성적 욕망의 친연성은 「주말농장」에 나타난다. "동은 다르지만 같은 아파트에 살고, 같은 인근 사립 국민학교의 자모끼리고, 또 같은 A여대의 동창인 화숙, 난주, 현정, 효순, 성희, 혜란"은 "밑도끝도없는 소문과 수다"를 매개로 서로의 소비욕망을 경쟁적으로 부추긴다. '주말농장' 소동은 현정의 전화가 발단이 되는데, 현정은 어떤 시인이 아이의 정서교육을 위해 주말농장을 샀다는 이야기를 듣고는 다른 네 명의 동창을 충동질하여 주말농장의 공동매입을 제의한다. 자녀교육의 사명감에 자극 받은 그들은 주말농장 매입에 적극 동의를 하고, 주말농장 자리를 물색하기 위해 야유회를 떠난다. 야유회를 위한 "화숙의 수영복이 압도적으로 야했기 때문"에 경쟁적으로 '야한' 수영복을 착용한 채 그들은 아이들의 정서교육과는 전혀 무관한 음담패설로 야유회를 보낸다.

'야한' 수영복에 대한 이들의 열광은 억제되지 못하는 성욕의 환유라 할 수 있다. 소비의 나르시시즘에 젖어 있는 인물들은 성적으로 타락하기 쉬운 상태에 있는데, 그들은 외부의 처벌을 두려워한 나머지 사회 기준에 따르지만 다른 사람들을 근본적으로 정직하지 않고 신뢰할 수 없는 존재, 혹은 외부 압력 때문에만 신뢰하는 존재로 인식하기 때문이다.[56] 「주말농장」의 여성인물들은 '쓸만한' '남자'를 향해 '음탕'한 시선을 던지고, 『휘청거리는 오후』의 초희는 혼전에 만났던 남자를 찾아가 불륜을 저지르며, 『도시의 흉년』의 지수연은 예비 형부를 유혹하여 정사를 벌인다. 그들의 소비욕망이 이처럼 성적 욕망과 직접적으로 결합될 수 있는 까닭은 "소비자본주의 사회에서는 자기 육체에 대한 나르시시즘적 열중이나 구경거리로서

---

56) Lasch, C., 앞의 책, p.72 참조.

의 육체라는 관념이 노동과정 및 자연과의 관계에서 발생한 주술적이고 도구적인 육체관을 밀어내고 지배적인 위치를 차지"하게 된 데 있다.[57]

그러나 소비욕망은 또한 전복성을 내장하고 있기도 하다. 소비주의 문화는 여성들로 하여금 부권(夫權)·도덕·종교 등의 권위의 형식을 무시한 채 자신의 욕망을 추구하도록 조장하면서 사적(私的) 영역에까지 침투해 들어가 그 신성함을 교란시킨다. 소비욕망은 욕망의 주체를 자본주의 상품논리 안으로 깊숙이 유인하여 그를 자본주의 경제구조에 포획시키지만, 그는 역으로 생활세계의 질서를 교란함으로써 결과적으로는 남녀의 수직적 관계나 가부장적 가족구조를 전복한다. 예컨대『휘청거리는 오후』의 초희는 자신의 물욕을 그 극단에까지 추구함으로써 현대사회의 물신성을 고발하는 동시에 자본주의적 가부장제에 균열을 낸다.

초희의 소비욕망이 상품경제로의 수동적 편입과 그 질서의 무의식적 교란이라는 이중성 위에 위치해 있다면,『도시의 흉년』의 지수연이 서 있는 위치는 조금 다르다. 지수연은 자기 생명에 대한 나르시시즘적 애착과 자기의 에로스적 욕망에 대한 능동적 수용을 통해 퇴행적인 소비욕망을 극복한다. 지수연은 자신의 탄생의 장면이 "불고 쓴 듯한 적빈(赤貧)과 할머니의 끔찍한 저주와 살의"가 기다린 순간으로 기억될 때마다 오히려 자신의 생명이 "미치도록 사랑스럽고 자랑스러"워지는 것을 경험한다. 또한 구주현에게 느끼는 에로스적 욕망을 '열정'에 대한 매료이자 생명력의 분출로서 받아

---

57) 심광현, 「육체, 무엇이 문제인가」, 『문화과학』 통권 제4호(1993년 가을), p.74.

들인다. 이처럼 지수연은 현란한 소비욕망 속에 감추어진 생의 본능을 감지함으로써 소비 자본주의로부터 주입된 퇴행적인 소비욕망에 거리를 두게 된다. 지수연이 보이는 자기 생명에 대한 애착, 에로스적 욕망으로 표현되는 생의 본능에 대한 긍정은 리비도의 방향성이라는 측면에서 보자면 나르시시즘에 가깝다. 나르시시트의 리비도는 대상이 아닌 자기 자신을 향해 있기 때문이다.

박완서 소설에서 나르시시즘은 양가적인 것으로 표현된다. 나르시시즘적인 여성인물들은 억제할 수 없는 소비욕망에 사로잡힌 수동적인 존재로 그려지는 동시에 그러한 소비욕망을 극한까지 밀고 나감으로써 결과적으로는 가부장적 가족구조에 균열을 내는 것으로 그려진다. 또한 대상애가 아닌 자기애 때문에 소비문화가 조장하는 육체관리의 시스템에 쉽게 순응하면서도 그러한 자기애를 포기하지 않음으로써 궁극적으로는 새로운 삶의 기획으로 나아간다. 이러한 양가적 여성인물은 여성에게 근대란 무엇인가라는 질문을 던지게 함으로써 자본주의적 근대, 남성적 근대를 근본적으로 성찰하도록 한다.

이상에서 살펴본 것처럼 박완서 소설 속의 근대 비판은 두 과정을 통해 이루어진다. 하나는 6·25 전쟁이 남긴 상처를 통해 근대의 자기확장 욕망에 내재된 폭력성을 비판하는 것이라면, 다른 하나는 자본주의적 근대가 야기한 생활세계의 식민화 현상을 비판적으로 조명하는 것이었다. 첫번째 경우를 통해 박완서는 전쟁 체험세대들이 6·25 전쟁의 '말뚝'에 얽매인 '새끼줄'과 같은 존재이지만 오히려 그 '줄'의 거리만큼 객관적 시각을 확보할 수 있음을 보여주었다.

두 번째 경우를 통해서는 나르시시즘적 신여성들이 소비경제에 수동적으로 편입되면서도 그 질서를 무의식의 층위에서 교란하는 역동성을 내장하고 있음을 보여주었다. 이처럼 박완서는 여성들의 근대 체험이 갖는 역동성에 주목함으로써 우리 근대의 양가성을 정확하게 포착했다.

3. 다시, 길 위에 선 신여성

어머니 세대가 품었던 신여성의 이상(理想)을 일종의 '올가미'로 느끼면서도 그 영향력 아래 성장한 박완서 소설의 여성인물들은, 근대의 페미니즘 사상과 만나면서 신여성의 의미를 새롭게 인식한다. 그들에게 신여성이란 첫째, 여성도 인간임을 잊지 않는 자유주의적 페미니스트로서 어머니 세대가 동경했던 '전지전능한' 신여성 상(像)의 현대적 구현이라 할 수 있다. 둘째, 여성성 속에서 새로운 비전을 발견하는 인물들로서 비록 자각적인 형태로는 아닐지라도 여성성의 윤리를 모색한다.

1) 자각과 신여성 되기

젠더 이데올로기란 기왕의 여성다움이나 남성다움의 덕목이, 한 성에게는 우월한 지위를, 또 다른 성에게는 열등한 지위를 할당하는 일종의 통제 기제로서 작용해 왔음을 가리키는 개념으로서, 박완서는 새로운 여성상의 정립을 위해 통과해야 할 첫 관문으로 젠더 이데올로기의 자각을 제시한다. 페미니즘 문학을 표방한 「꿈꾸는 인큐베이터」[58] 『서있는 여자』[59] 『살아있는 날의 시작』[60] 『그대 아직도 꿈꾸고 있는가』[61] 등은 젠더 이데올로기에 대한 비판과 함께 새로운 여성상에 대한 모색을 담고 있다.

(1) 젠더 이데올로기의 자각

가부장제를 "현대 산업사회 안에서 발생하는 남성에 대한 여성의 종속체계"로 정의할 때,[62] 박완서는 이러한 가부장제 하에서 여성이 겪는 문제를 젠더 이데올로기를 중심으로 형상화했다. 「꿈꾸는 인큐베이터」에서 그것은 남아선호사상에 대한 비판으로 나타난다. 40대의 전업주부인 '나'는 시어머니·올케의 적극적인 권유와 남편의 암묵적인 동의 속에서 딸을 낙태시킨 경험이 있다. 그후 아들을 낳지만 '나'의 피해의식은 공격성에 대한 '환상'으로 나타나곤 한다. 그러나 자신이 피해자일 뿐만 아니라 공범자임을 깨달으면서 '구원'의 가능성을 엿본다.

여성이 단지 피해자로만 머무를 때는 어떠한 '구원'의 가능성도 없다는 메시지, 여성 자신이 내면화된 젠더 이데올로기를 자각할 때만 새로운 세계로의 비전이 열린다는 메시지는 『서있는 여자』와 『살아있는 날의 시작』에서 여로형 소설의 구조를 통해 전달된다. 여로

---

58) 텍스트 : 『엄마의 말뚝』(세계사, 1999/초판발행 : 1994), 발표잡지 및 연도 : 『현대문학』(1993년 1월호).
59) 텍스트 : 세계사(1998/초판발행 : 1995), 최초 출간 : 학원사(1985).
60) 텍스트 : 세계사 (1996/초판발행 : 1996), 최초 출간 : 전예원(1980).
61) 텍스트: 세계사(1999/초판발행 : 1999), 연재신문 및 연도 : 『여성신문』(1989), 최초 출간 : 삼진기획(1989).
62) Delphy, C., 「가부장제, 가내생산양식 : 젠더와 계급」, 이미연 옮김(『세계사상』 제4호, 1998), p.242 참조.

형 소설은 대개 주인공이 혼란스러운 현재 위치에서 벗어나 자신의 정체성을 새롭게 정립해 나가는 과정을 그린다.

『서있는 여자』의 주인공은 연지와 그녀의 어머니 경숙여사이다. 경숙여사는 교수인 남편이 연구에만 몰두하자 소외감에 시달리다가 딸 연지를 결혼시킨 후 이혼하기로 한다. 경숙여사는 이혼에 앞서 '이혼 순례'를 떠난다. 전통적으로 여성의 영역으로 간주되던 집을 떠나 '이혼 순례'를 하는 경숙여사에게, 길이란 모험의 시작이자 일상성으로부터의 탈출을 의미한다. 경숙여사가 찾아가는 첫번째 이혼녀는 여의사인 박순님이다. '닥터 박'으로 통하는 순님은 동창들 사이에서 늘 자신 있고 당당한 여성으로 통하고, '자신만의 수입으론 최고의 수입'을 올리는 캐리어우먼이다. 그런데 순님의 실상은 밖에서 보는 것과 달랐다. "아무리 못된 사내도 없는 것보다는 있는 게 낫다"며 "영락없이 문 열어놓은 여자 꼴"로 살고 있었다. 순님에 대해 경숙여사는 "비경(秘境)이 하나도 남아 있지 않은 여자는 비참"하다고 생각하며 그녀의 집을 나온다. 두 번째로 찾아가는 이혼녀는 곽은선이다. 은선은 '화려한 이혼녀'로서 "늘 재기발랄하고 명랑해서, 구질구질하고 고지식한 살림꾼 아내를 거침없이 깔보길 잘"하는 인물이다. 그런데 경숙여사가 본 은선의 실상은, 어머니를 증오하는 '불손한' 아들에게 '돈만 뜯기고 구과장이라는 "순 건달에 말도 못허게 색골"인 남자에게 심리적으로 의존하며 사는 것이었다.

이혼녀의 실상에 깊은 환멸을 느낀 경숙여사는 서둘러 '이혼순례'를 마치고 집으로 돌아온다. 중산층 전업주부인 경숙여사는 중산층의 시각에 갇혀 있었기 때문에 결혼의 지속을 선택한다. 이혼 후 직면하게 될 고립감이나 사회적 비난에 대한 두려움이 '이혼녀는 아름답지 않다'는 외피 속에 숨어 있는 것이다. 그러나 한편 경숙여사의 선택은 그 세대 여성의 삶이 그만큼 닫혀 있다는 상징으로 읽어낼 수 있다는 점에서 의미가 있다.

반면 딸 연지는 어머니 세대와는 다른 선택을 한다. 그녀는 자신이 남녀평등을 제1의 가치로 삼고 있었음에도 불구하고, 자기 역시 가부장제의 젠더 이데올로기로부터 자유롭지 못했음을 점차적으로 깨닫는다. 가사분담을 평등한 부부관계의 전제로 생각했음에도 불구하고 타인의 시선을 지나치게 의식해 타인 앞에서는 자기가 가사를 전담하는 척했던 것, 자기가 더 공부하고 싶음에도 불구하고 남자를 먼저 공부시켜야 한다는 통념에 이끌려 남편에게 먼저 공부할 기회를 주었던 것, 가사분담을 생각하면서도 육아의 문제는 전혀 고려해 보지 않았던 것 등을 깨달으면서 연지는 내면화된 젠더 이데올로기를 자각하게 된다.

(가)「글쎄 나도 왜, 무엇 때문에? 난 고민중이야. 나를 내가 이해할 수 없다는 건 여간 기분 나쁜 일이 아니거든. 실상 공부는 내가 더 하고 싶고 하려 들면 자기보다 훨씬 내가 거 잘할 자신도 있고 부모 신세 그만 지고 우리끼리 서로 공부시켜 보잔 의견을 낸 것도 나였는데 말야. 막상 순서를 정할 때 남의 이목을 생각 안할 수가 없었어. 자기한테 무조건 우선권을 주고 싶었던 건 남자의 타고날 때부터의 기득권인 남성 우위를 보호해 주고 싶었기 때문이 아닐까?」

(나) 연지가 꿈꾼 완전하게 남녀가 동등한 생활에서 아이문제는 아무리 지혜를 짜내도 방도가 떠오를 것 같지 않았다.

— 『서있는 여자』, (가) p.59, (나) p.107

그 결과 연지는 이혼을 선택한다. 이혼 후 '자기만의 방'을 마련한 연지는 거기서 '자유로움의 냄새'를 맡는다. 잡지사 기자였던 연지는 드디어 "기사를 쓰는 일 대신 내 글을 쓰고 싶다는 강렬한 욕구"를 충족시키게 되고, 거기서 가슴이 울렁거리는 만족을 경험한다. 전업주부로 살아갔던 어머니 세대와는 달리 자기만의 일을 가진 연지 세대는 경제를 스스로 책임지는 가운데 자율성 또한 확보할 수 있었다. 이는 여성의 사회적 노동이 주체성의 확립에서 갖는 의미를 말해준다.

그러나 사회적 노동이 젠더 이데올로기에 갇혀 있을 때는 그 노동의 의미마저 퇴색될 수 있음을 『살아있는 날의 시작』은 보여준다. 박완서가 여성문제를 인식하고 쓴 이 작품은 '여자가 당하는 불평등과 모순'에 대한 날카로운 문제의식이 담겨 있다. 40대 중반의 캐리어우먼 문청희는 '부덕(婦德)'이라는 이데올로기에 희생되고, 그녀의 남편 정인철은 남성다움의 신화에 희생된다. '부덕'을 내면화한 문청희는 자신의 욕구보다는 늘 가족의 욕구를 먼저 생각하고, 남성다움의 신화에 길들여져 있는 정인철은 아내의 성공에 대한 질투심과 만년 지방대학 교수라는 열등감을 극복하지 못한다. 정인철의 일그러진 남성성은 간통사건으로 외화되고 청희·인철 부부의 결혼생활은 파국을 맞는다.

(개) 홍 박사 부인은 남편의 일을 위해 날치는 형이었고 그의 아내는 자신의 일을 위해 날치는 형이었다. 똑같이 날치는 것 같으면서도 그 목적에 중대한 차이가 있었다. 따라서 그가 입은 처덕은 그의 경제적 무능을 아내가 보충해 준 데 지나지 않았지만 홍 박사가 입은 처덕은 아내가 남

편을 능력 있는 남자로 키운 처덕이었다.

(나)「편을 안가르면? 남자와 여자는 신이 갈라놓은 편이야. 사람과 사람 사이의 모든 차별이 없어진 세상이 온다고 해도 그것만은 남을 사람의 마지막 등급이자 최초의 등급이야. 남편 우습게 보고 남녀평등 같은 덜 떨어진 수작할 생각 말아. 분수를 지켜. 더 매력 없어지지 않으려거든」

(다)「여성해방운동이 그럼 농담이 아니란 말야? 우리 남자들에겐 그거야말로 영원한 농담이지」

— 『살아있는 날의 시작』, (가) p.142, (나) pp.224~225, (다) p.360

젠더 이데올로기의 희생양은 청희·인철 부부만이 아니다. 미용사 콩쥐는 남자형제 셋을 공부시키고 어머니를 부양하는 미성년 취업여성이다. 그녀는 "본성이 착하다든지 정이 많다든지 하고는 다른 문제"로서 "여러 남매를 다 공부시킬 능력이 없는 집안에서 누이는 마땅히 오라비를 위해 희생해야 된다는 도덕"에 철저하게 길들여져 있는 우리 시대 '미풍양속'의 희생양으로서 나중에는 청희·인철 부부에게 받은 위자료로 가계를 일으켜 세운다.

남편의 간통사건을 계기로 '부덕'의 젠더 이데올로기적 성격에 눈뜬 청희는 "남자들 사이에서 신봉되고 있는 여자의 육체에 숨겨진 마성(魔性)에 대한 수많은 미신"이 자신의 몸을 가두고 있다는 느낌, "엄마노릇의 참다운 것, 거룩한 것은 모조리 퇴화하고 추악한 흔적만 남은 시점에 그 여자 시대의 엄마노릇이 와 있을지도 모른다는 참담한 불행감", 집안에서 느끼는 "모든 식구들과 사물"이 "자기를 따돌리고 밀어내려는 것" 같다고 느끼는 고립감을 자기 발견의 계기로 삼는다.

(가) 남자들 사이에서 신봉되고 있는 여자의 육체에 숨겨진 마성(魔性)에 대한 수많은 미신에 대해 생각했다. 나의 몸속에도 그런 마성이 깃들여 있는 것일까?

그 여자는 소리없이 웃었다. 자신의 몸속에 그런 마성이 숨겨져 있는 게 아니라 반대로 자신의 몸이 마성의 허구 속에 갇혀 있는 것처럼 느꼈다. 그 느낌은 비교적 정확했다.

그렇다고 몸뚱이에서 여자다움이 시들면 그 허구로부터 놓여날 수 있는 건 아닐 게다. 다음은 어머니라는 신성(神性)이 준비돼 있을 테니까. 여자의 마성에서 어머니의 신성 사이엔 아무런 경계선도 없나 보다. 누구나 쉽사리 옮겨가니까. 왜 남자도 여자 자신도 마성에만 관심이 있고, 그 이전에 인간성이란 걸 여자도 갖고 있는 데 관심을 두진 않는 걸까.

(나) 그 여자는 마음 속으로 자기 혼자 힘으로 어쩔 수 없는 시대적인 엄마노릇의 시점을 헤아리고 있던 중이었다. 그 여자는 유구하고 신성한 엄마노릇이 종점에 다다른 것처럼 느끼고 있었다. 엄마노릇의 참다운 것, 거룩한 것은 모조리 퇴화하고 추악한 흔적만 남은 시점에 그 여자 시대의 엄마노릇이 와 있을지도 모른다는 참담한 불행감과, 그 여자가 서 있는 지점의 황량함은 참으로 잘 어울렸다.

(다) 그 여자는 분명히 집 속에 있으면서 내쫓긴 여자처럼 불행했고 올데 갈 데 없는 것처럼 막막했다. 〔…중략…〕

그 여자는 남편과의 절연감이 모든 식구들과 사물에까지 확대되어 자기를 따돌리고 밀어내려는 것처럼 느꼈다. 남편을 포함해서 그것들은 한패였고 그 여자만 외톨이였다. 의지할 데라곤 없다는 생각이 다시 그 여자를 견딜 수 없게 했다.

— 『살아있는 날의 시작』, (가) p.35, (나) p.100, (다) p.261

자기 발견을 위한 모색은 『서있는 여자』에서처럼 여행이라는 구조로 제시된다. 주변 정리를 마친 문청희는 여행 속에서 '부덕이란 탈'을 비로소 벗는다. "지금 나온 걸 실감하는 집은 그렇게 돌아갈 수 있거나 장만할 수 있는 집이 아니라 미풍양속이라는 여성들의 고가"였음을 느끼면서 문청희는 '영원히 상실한 집'을 애도하는 눈물을 흘린다. 이처럼 여행을 마치고 돌아갈 집은 그녀 스스로 만들어 갈 새로운 집이라는 점에서 길은 갈등의 공간이자 자기 탐색의 공간이다. 이 공간에서 여성인물들은 젠더 이데올로기를 벗고 새롭게 자기 정체성을 정립해 간다.

2) 페미니스트적 신여성 되기

박완서 소설 속의 어머니 세대는 딸을 신여성으로 키우겠다는 열망에 사로잡혀 있었지만, 딸 세대는 그러한 열망과는 다른 모습으로 성장한다. 6·25 전쟁이 남긴 상처 속에서 살아간다든가 소비문화에 수동적으로 편입된다든가 하는 모습이 그러하다. 그러나 딸 세대는 근대성의 부정적 측면을 극복하고 그 긍정적 측면을 전유함으로써 변모의 가능성을 얻게 된다. 그것은 여성 페미니스트의 등장을 의미하는데, 그들은 어머니 세대가 열망한 '전지전능한' 여성은 아니었지만 자기 삶의 주체가 되려고 했다는 점에서 진정한 의미의 신여성이라 할 만하다.

이들이 자기 삶의 주체가 되고자 할 때 가장 먼저 깨닫는 것은 내부 식민화이다. 내부 식민화란 사회의 이데올로기가 내부로 들어와 자기감시 기능을 하는 상태를 가리키는 것으로서 내부 비판력의 소멸을 의미한다. 「꿈꾸는 인큐베이터」에서 그것은 자기가 남아선호 사상의 희생자이자 공범자라는 것을 깨닫는 것으로 나타난다. 주인공 '나'는 조카의 학예회에서 만난 남자를 통해 진정한 남녀평등주의자의 모습을 발견한다. 그는 두 딸의 아버지로서 그 딸들이 살아갈·만한 세상을 만들기 위해 노력한다. 그를 통해 자기 속의 모순을 의식하게 된 '나'는 '집과 멀어지고 싶'다는 생각을 하면서도 유턴 지점을 찾아 고속도로를 달린다.

차도로 나왔으나 좌회전을 하지 못해 돌아가야 할 도시를 뒤로 하고 달릴 수밖에 없었다. 어딘가에 유턴 지점이 있겠지, 유턴 지점을 열심히 찾는 것도 아니면서 막연히 그렇게 믿으며 상쾌한 속도를 냈다. 도시와 더불어 내 집 또한 뒤로 뒤로 멀어져가는 기분 또한 상쾌했다.

— 「꿈꾸는 인큐베이터」, p.228

유턴지점이란 자기 모순을 극복하는 삶을 의미할 터이다. 『서있는 여자』에서 그것은 여성의 삶에 대한 공감과 연민이라는 형태로 나타난다. 경숙여사의 딸 연지는 어머니의 딸이 아닌 '아버지의 딸'이 되고자 했다. 고교시절 새벽녘에 "어머니와 아버지 사이에 완강하게 가로놓인 검고 육중한 서재의 문" 앞에서 남편에게 애원하던 어머니의 모습을 보고 어머니에게 경멸감과 증오감을 느낀 적이 있기 때문이다. 이 때 연지는 "어머니에게서 추악한 것의 극단을, 아버지에게선 아름다운 것의 극단"을 본 것처럼 느끼며, '고고한 자기 세계를 지키기 위한 비정'을 자신도 갖고 싶다고 생각한다. "나도 아버지처럼 살았으면" 하는 소망을 품게 된 연지는 '남성적인 여성 (mail-identified woman)'이 된다. '남성적인 여성', '여성적인 여성 (woman-identified woman)'이라는 용어는 정치적 관점에서 사용되는 비평 개념으로서 '여성적인 여성'이란 자신의 가치를 높이고 다른 여성과의 의리를 지키며 부권문화에 투쟁하는 여성을, '남성적인 여성'이란 남성이 지니는 사회적, 정치적, 지적 가치를 추구하는 여성을 가리킨다.[63] 연지는 자신이 '아버지의 딸'로 성장했음을, 또한 '남성적인 여성'으로 살아왔음을 깨달으면서 자신의 정체성을 새롭게 정립하고자 한다.

연지는 어머니가 '이혼순례'를 떠났을 때 "처음으로 아버지보다 어머니에게 따뜻하고 곰살궂은 정"이 우러나는 걸 느끼면서 "자식밖에 편들고 감싸고 위로해야 할 사람 없는 어머니를 그 어느 때보다도 친하게 측은하게" 생각한다. "부녀간 역시 가까운 관계련만, 모녀간에 여자끼리라는 게 하나 더 붙어서 가깝다는 거 이상의 숙명적인 관계"라는 것을 실감한다. 이혼을 결심할 수밖에 없었던 어머니의 삶에 공감과 연민을 느끼면서 연지는 '여성적인 여성'으로 거듭난다.

이는 또한 여권운동가 현순주 여사에 대한 따뜻한 이해로 확장된다. '아버지의 딸'로서 본 여권운동가 현순주 여사는 "한마디로 실패한 어머니상"의 전형이었다. '어머니'로서의 실패는 "여사의 사

---

63) Gardiner, J. K., 「여성의 정체성과 여성의 글」, 신은경 옮김, 『페미니즘과 문학』(문예출판사, 1990), p.227 참조.

회적인 명성까지를 추악하게 만들 만큼 참담한 것"이어서, 연지는 "가정의 행복과 사회활동을 완벽하게 양립시켰다"는 허명에 사로잡혀 있는 현순주 여사에게 냉소를 금치 못한다. 그러나 '어머니의 딸'로서 그녀를 바라보게 되면서 자신이 현순주 여사를 남성의 시각으로 평가하고 있었음을 깨닫는다. 연지는 인터뷰 기사를 위해 녹음했던 현순주 여사의 목소리를 들으며 처음에는 "꼭두새벽부터 여자가 재수없게시리"라고 생각하다가 나중에는 자신이 "그런 사소한 문제로부터 여성문제 전반에 걸친 큰일에 이르기까지" "늘 이렇게 줏대가 없었"음을 반성하게 된다. 내면화하된 남성 의식을 비로소 성찰적인 시선으로 바라보게 되는 것이다.

내면화된 남성의 눈을 여성 자신의 눈으로 바꾸는 일은 존재의 변화 없이는 불가능함을 『살아있는 날의 시작』은 보여준다. 남편의 간통사건을 계기로 '부덕'의 젠더 이데올로기적 성격에 눈뜬 문청희는 "부덕(婦德)이란 탈은 여자가 조상 대대로 써내려오는 동안 거의 육화된 거기 때문에" "피흘리지 않고는 벗을 수 없었던 것"임을 깨달으며 변화를 위한 준비를 시작한다. 그 시작이 이 소설에서는 길 위에 서는 것으로 형상화된다. '집'을 나온 문청희는 길 위에서 "미풍양속이라는 여성들만의 고가"가 "그 안에 주민을 보호할 수 없을 만큼 퇴락해 버렸다는 걸" 비로소 받아들이게 된다. 이러한 설정은 「꿈꾸는 인큐베이터」의 여주인공이 자신이 남아선호사상의 피해자이자 공범자라는 사실을 인정하게 되면서 유턴지점을 찾아 고속도로를 달리는 것과 유사하다.

그 여자는 돌아갈 집이 있고, 만일 남편이 그동안 변심해서 그 집을 주지 않겠다고 하더라도 열심히 벌면 집을 새로 장만할 능력도 있었다. 그러나 그 여자가 지금 나온 걸 실감하는 집은 그렇게 돌아갈 수 있거나 장만할 수 있는 집이 아니라 미풍양속이라는 여성들만의 고가였다. 그 여자는 그 고가가 이미 그 안에 주민을 보호할 수 없을 만큼 퇴락했다는 걸 알아버렸기 때문에도 돌아갈 수 없었지만, 그런 집이란 혼자서는 도저히 장만할 수 없는 집이니 영원히 상실한 집이었다.

〔…중략…〕

이윽고 그 여자는 손바닥으로 천천히 볼의 눈물을 닦았다. 아직도 눈물어린 눈에 손바닥에 끈적한 눈물이 핏빛으로 번져 보였다. 그 여자가 집 나오는 것과 동시에 벗은 부덕(婦德)이란 탈은 여자가 조상대대로 써내려오는 동안 거의 육화된 거기 때문에 그렇게 피흘리지 않고는 벗을 수가 없었던 것이다. 싱싱한 상처에서 피가 번져나듯 그 여자의 얼굴에선 계속해서 눈물이 번졌다.

—『살아있는 날의 시작』, p.363

그러나 식민화된 영토를 되찾기 위한 실천이 얼마나 어려운가는 『그대 아직도 꿈꾸고 있는가』라는 다소 도전적인 제목의 소설에서 실감나게 그려진다. 주인공 차문경은 이혼녀에 대한 사회적 편견 때문에 재혼에 실패한 후 임신과 출산, 양육을 둘러싼 여러 가지 시련을 겪는다. 첫번째는 아이 아버지로부터 "그아이는 내 아이가 아니다"라는 내용 증명의 문서를 받는 것이고, 두 번째는 교직이라는 직업을 잃는 것이고, 세 번째는 교직을 잃은 그녀가 차선의 직업으로 선택한 보모의 일자리마저 빼앗기는 것이다. 마지막은 반찬가게를 운영하며 아이를 키우던 그녀가 생부의 양육권 소송에서 패소할 위기에 처하는 것이다. 그러나 차문경은 이런 모든 시련을 이겨내고 결국에는 양육권을 지켜낸다.

> 「그 애에게 거는 저의 가장 찬란한 꿈이 뭔 줄 아세요? 남자로 태어났
> 으면 마땅히 여자를 이용하고 짓밟고 능멸해도 된다는 그 천부의 권리로
> 부터 자유로운 신종남자로 키우는 거죠. 그 꿈을 위해서도 그 애는 제가
> 키우고 싶어요.」
>
> —『그대 아직도 꿈꾸고 있는가』, p.163

아이를 통해서 차문경이 실현하고자 했던 '가장 찬란한 꿈'은 아이를 "남자로 태어났으면 마땅히 여자를 이용하고 짓밟고 능멸해도 된다는 그 천부의 권리로부터 자유로운 신종남자"로 키우는 것이었다. '신종남자'에 대한 꿈은 여성들의 페미니즘적 기획이라 할 만하다. '신종남자'의 출현은 차문경과 같은, 페미니스트적인 삶을 사는 여성의 힘으로 가능하다는 점에서 박완서가 설정하고 있는 바람직한 여성의 전형은 페미니스트라고 할 수 있다. 페미니스트는 박완서 소설 속의 어머니 세대가 꿈꾼 신여성 상의 현대적 구현으로서 진정한 의미의 근대적 인간형이다. 자기의 주체성에 대한 자각과 그러한 자각을 확대해 나가는 실천성을 겸비하고 있기 때문이다.

3) 여성성의 세계와 내면의 신여성

여성성이란 "가부장적 질서에서 그 동안 소외되어 온 모든 것을 가리키는 환유"[64]로서, 가부장적 질서의 폐쇄성과 배타성을 넘어설

수 있는 잠재력을 지닌 것으로 평가된다. 「그 가을의 사흘동안」[65]
「지알고 내알고 하늘이 알건만」[66] 「흑과부(黑寡婦)」[67] 「공항에서 만
난 사람」[68] 「그 살벌했던 날의 할미꽃」[69] 「해산 바가지」[70] 등에서 그
것은 생명에 대한 존중, 모성의 세계가 지닌 넉넉함과 이타주의, 모
성의 세계를 잉태하는 강인한 생명력 등으로 표현된다.

(1) 여성성의 세계

박완서는 한 번도 "페미니즘 문학을 해야지 하고 의식해 본 적이
없"다고 하는데, 그 이유는 페미니즘 문학이란 "좋은 문학을 만들어
가는 과정에서 저절로 만들어지는 거"라고 생각해 왔기 때문이다.
그녀가 말하는 좋은 문학이란 각계각층의 모순을 드러내고 지배받
아온 계층의 편에 서는 것이다. 그래서 "훌륭한 문학이라면 자연스
럽게 페미니즘 문학이고 민중문학이 포함되는 게 아닐까"라고 말한
다.

> 그런데 나는 한 번도 내가 페미니즘 문학을 해야지 하고 의식해 본 적
> 이 없어요. 페미니즘 문학은 굳이 의도하지 않아도 좋은 문학을 만들어
> 가는 과정에서 저절로 만들어지는 거 아닐까요. 내 생각에 진짜로 좋은

---

64) Moi, T., 『성과 텍스트의 정치학』(이명호 外 옮김, 한신문화사, 1994), p.195 참조.
65) 텍스트 : 『엄마의 말뚝』(세계사, 1999/초판발행 : 1994), 발표잡지 및 연도 : 『한국문학』
　　(1980년 6월호).
66) 텍스트 : 박완서 단편소설 전집4『해산 바가지』(문학동네, 1999/초판발행 : 1999), 발표잡
　　지 및 연도 : 창비신작소설집『지 알고 내 알고 하늘이 알건만』(창작과비평사, 1984).
67) 텍스트 : 박완서 단편소설 전집2『조그만 체험기』(문학동네, 1999/초판발행 : 1999), 발표
　　잡지 및 연도 : 『신동아』(1977년 2월호).
68) 텍스트 : 위의 책, 발표잡지 및 연도 : 『문학과지성』(1978년 가을호).
69) 텍스트 : 위의 책, 발표잡지 및 연도 : 『문예중앙』(1977년 겨울호).
70) 텍스트 : 박완서 단편소설 전집4『해산 바가지』(문학동네, 1999/초판발행 : 1999), 발표잡
　　지 및 연도 : 『세계의 문학』(1985년 여름호).

문학이라면 그 자체로서 페미니즘 문학일 수밖에 없지 않나 생각돼요. 여성들이 얼마나 간교하고 지능적인 체계에 의해서 지배받아온 계층이에요? 여성들을 누르는 위치에서 살아온 남성들보다 사회의 각계각층의 모순을 더 상세히 알수 있다고 봐요. 훌륭한 문학이라면 자연스럽게 페미니즘 문학이고 민중문학이 포함되는 게 아닐까요?[71]

의식하지 않은 페미니즘 문학이 가능했던 이유는 여성들이 "간교하고 지능적인 체계에 의해 지배받아온 계층"이고 박완서 자신도 그 계층의 하나였기 때문이다. 박완서의 생애에서 사회가 부과한 여성다움을 배울 기회는 '돌연히 그리고 우연히' 왔었다고 한다. 어린 시절 그녀는 잘못을 저지른 남자아이를 혼내주기 위해 그 아이를 때린 적이 있는데, 어머니는 잘잘못을 가려주시기는커녕 "계집애가 감히 사내아이한테 대들었다는 걸" 큰 사건으로 받아들였다. "여자라는 게 모든 잘잘못 이전의 더 큰 잘못이 된다"는 걸 이해할 수도 참을 수도 없었던 그녀는 결국엔 경기(驚氣)까지 하고 말았지만, 경기 끝에 기진한 그녀의 머리맡에서 어머니는 "계집애 성질이 저렇게 고약해서 장차 팔자가 드셀까 봐 걱정이라고, 역시 계집애 한탄"이었다.

내가 여자다움이란 것에 대해 배울 기회는 돌연히 그리고 우연히 왔고 그건 내 생애에서 가장 충격적인 사건으로 지금까지도 내 기억 속에 극명하게 낙인 찍혀 있다.

---

71) 고정희 外, 「(좌담) 페미니즘 문학과 여성운동」, 『여성해방의 문학』(또하나의 문화, 1987), p.22.

〔…중략…〕

어머니만은 잘잘못을 가려주실 줄 알았는데 그게 아니었다. 그 엄마한 테 공손하게 사과 먼저 하시고 나를 호되게 나무라시는 것이었다. 어머 니 역시 내가 왜 그 아이를 때렸나보다는 계집애가 감히 사내아이한테 대들었다는 걸 더 중요하게 여기셨다.

나는 경우 바른 어머니만은 우리가 왜 싸웠나와 잘잘못에 대해 바르게 알고 싶어하실 줄 알았다. 그러나 내 설명은 집에서도 받아들여지지 않 았다. 다만 계집애가 그렇게 사나와서 무엇에 쓰느냐는 걱정만 하셨다.

여자라는 게 모든 잘잘못 이전의 더 큰 잘못이 된다는 걸 나는 이해할 수도 참을 수도 없었다. 저지른 잘못이 아닌 태어난 잘못에 나는 도저히 승복할 수가 없었다.

그 때 나는 그 사건의 잘잘못을 설명하기를 단념하자 너무 분해서 온 몸으로 난동을 부리다가 종당엔 경기(驚氣)까지 하고 말았다. 그러나 경 기 끝에 기진한 나의 머리맡에서 어머니의 한숨 섞인 걱정도 역시 계집 애 성질이 저렇게 고약해서 장차 팔자가 드셀까 봐 걱정이라고, 역시 계 집애 한탄이었다.[72]

페미니즘 문학은 이러한 체험으로부터 출발한다. 그러나 박완서 는 피해자로서의 체험보다 보살피는 자로서의 윤리를 강조해 온 경 향이 있다. 그것은 상처와 분노를 넘어서는 내적 힘만이 궁극적으로 는 세계를 변화시킬 수 있다고 믿었기 때문일 것이다. 보살피는 자 로서의 윤리는 생명 그 자체에 대한 존중이라는 형태로 나타나기도

---

72) 박완서, 「성차별을 주제로 한 자서전」, 에세이 『서있는 여자의 갈등』(나남, 1986), pp.76~78.

하고, 어머니로서 모든 상처받은 것을 포용하는 형태로 나타나기도
한다.

생명에 대한 존중으로 나아가기 위해서는 자기 안의 상처와 먼저
화해해야 함을 「그 가을의 사흘동안」은 보여준다. 독신의 산부인과
의사인 '나'는 6·25 전쟁 중에 산부인과를 개업하여 그 후 30년 동
안 '소파 수술'만 해서 그 방면의 전문의가 된다. 그녀가 낙태 전문
의가 된 이유는 "멀리선 포성이, 가까이선 개구리 울음소리가 시끄
러운 여름밤의 풀섶에서 당한 치욕" 때문이다. '나'는 성폭력의 경
험 때문에 "한번도 남자를 사랑하지 않고" 자신이 "박해받은 기억
과 박해를 또다른 박해로써 갚으려는 비밀스러운 보복의 쾌감"을
지속시켜 온다.

그러나 병원문을 닫기 전, 사흘을 남겨 놓고 아기를 받아보고 싶
다는 소망을 품는다. 그 소망은 "나의 생애는 거러지보다 남루하고
나의 손은 피묻어 있다"는 자의식을 씻어버리고 싶었기 때문이다.
그 열망은 이루어지지 않을 듯하다가 임신 7~8개월된 소녀가 찾아
옴으로써 실현된다. 20세가 안돼 보이는 앳된 소녀는, '나'가 진료
하는 마지막 날 병원을 찾아와 임신이 아니라는 말을 듣고자 애원한
다. 소녀는 홀어머니마저 죽은 후, 하숙을 치는 친척집의 잔일을 거
들며 살다가 잠결에 겁탈을 당해 임신을 한 것이다. 이 소녀는 '나'
의 분신과 같은 존재로서 '나'는 소녀의 미숙아를 완벽하게 신생아
취급해 줌으로써 병원 폐업 마지막날 비로소 살아 있는 아이를 받아
보고 싶다는 소망을 성취하게 된다.

그런데 소녀의 미숙아는 아직도 살아 있었다. 내가 모르게 미숙아에게

베푼 건 완벽하고도 따뜻한 신생아 취급이었다. 배꼽처리도 잘돼 있었고 기저귀까지 차고 있었다.

아아, 이제부터 나는 아무것도 숨길 필요가 없겠다. 나는 아기를 갖고 싶었던 것이다. 기르고 사랑할 수 있는 아기를. 마지막으로 한 번 살아 있는 아기를 내 손으로 받아보고 싶단 소망도 실은 아기에 대한 욕심이 쓰고 있는 가면에 불과했다. 나는 나의 정직한 소망이 모든 억압과 가면을 박차고 생명력처럼 억세게 분출하는 걸 느꼈다.

〔…중략…〕

아기는 어제 태어나서 오늘 죽었다. 어제는 내가 살아 있는 아기를 받아보고 싶단 소망을 건 마지막 날이었다. 내 소망은 마지막 날에야 이루어졌고, 오늘은 새날이었다. 그게 무효가 되고 나서야 비로소 나는 그게 이루어졌음을 깨닫고 있었다.

—「그 가을의 사흘동안」, pp.275~276

미숙아를 신생아 취급해서 받은 그날, '나'는 새로운 삶을 시작하게 된다. "아기를 내 새집 뜨락, 양지바른 곳에 깊이 잠재"움으로써 "아기가 잠든 땅 위에 채송화씨를 뿌리"고 자신이 죽인 "수많은 아기의 한 번도 의식화되지 못한 작은 눈같은 채송화씨"가 눈을 틔워 새로운 생명으로 소생하기를 소망하는 것이다. 이는 '나'가 성폭력이 남긴 상처를 스스로 극복해 감으로써 궁극적으로는 자기 안의 모성의 세계를 발견했음을 의미한다.

모성의 세계에 대한 형상화는 「해산 바가지」에서 변함없는 정성으로 며느리의 해산 구완을 해 주던 시어머니의 모습을 통해 이루어진다. 시어머니는 '나'가 '딸'을 넷 낳고 마지막으로 아들을 낳을 때까지 아들 딸 차등을 두지 않고 생명을 존중하는 마음으로 그들을 보살핀다. 남아선호사상이 무엇인지도 모를 듯한 이 시어머니는 신화 속의 어머니 여신 같다. 태어나는 모든 생명을 축복하고 그들이 자기 생명을 온전히 꽃피울 수 있도록 북돋우는 시어머니의 손길은 어머니 여신의 손길처럼 부드럽고 따뜻하며 경건하기 때문이다.

"잘생기고 여물게 굳고, 정한 데서 자란 햇바가지여야 하네. 첫손자 첫 국밥 지을 미역 빨고 쌀 씻을 소중한 바가지니까."

이러면서 후한 값까지 미리 쳐주는 것이었다. 그럴 때의 그분은 너무 경건해 보여 나도 덩달아서 아기를 가졌다는 데 대한 경건한 기쁨을 느꼈었다. 이윽고 정말 잘 굳고 잘 생기고 정갈한 두 짝의 바가지가 당도했고, 시어머니는 그걸 신령한 물건인 양 선반 위에 고이 모셔놓았다. 또 손수 장에 나가 보얀 젖빛 사발도 한 쌍을 사다가 선반에 얹어두었다. 그건 해산 사발이라고 했다.

〔…중략…〕

그 잘생긴 해산바가지로 미역 빨고 쌀 씻어 두 개의 해산 사발에 밥 따로 국 따로 퍼다가 내 머리맡에 놓더니 정성껏 산모의 건강과 아기의 명과 복을 비는 것이었다. 그런 그분의 모습이 어찌나 진지하고 아름답던지, 비로소 내가 엄마 됐음에 황홀한 기쁨을 느낄 수가 있었고, 내 아기가 장차 무엇이 될지는 몰라도 착하게 자라리라는 것 하나만은 믿어도 될 것 같은 확신이 생겼다.

— 「해산바가지」, pp.204~205

시어머니의 아기에 대한 정성과 생명에 대한 사랑은 '나'에게 생명을 낳고 기르는 일의 소중함을 일깨운다. 그래서 '나'는 "아기를 가졌다는 데 대한 경건한 기쁨"을 느낄 수 있었고, "엄마 됐음에 황홀한 기쁨"을 느낄 수가 있었다. 나아가 자신의 아이가 "장차 무엇이 될지는 몰라도 착하게 자라리라는 것 하나만은 믿어도 될 것 같은 확신"을 가질 수 있었다. '나'에게 시어머니란 모성의 세계가 품고 있는 넉넉함과 따뜻함을 일깨워준 인물로서 시어머니와 '나' 사이에는 고부간의 갈등이라는 가부장제 사회의 전형적인 갈등이 나타나지 않는다. 시어머니는 어머니 여신과 같은 존재로서 가부장적 근대의 극복은 여성성의 세계를 매개로 이루어질 수 있음을 암시한다.

여성성의 세계가 갖는 의미는 「그 살벌했던 날의 할미꽃」에서 두 개의 에피소드를 통해 표현된다. 하나는 달래마을의 노파 이야기이다. 달래마을은 중농 정도의 농민들이 모여사는 마을로서 전쟁 때문에 "마을에 여자들만 남게 되자 서로 모함해서 생사람 잡는 일이 다시는 일어나지 않"는다. "서로 모함하고 싶고 죽이고 싶은 충동은 마을 어귀에 있는 분교 건물서부터" 오는데 그곳은 군대가 주둔한 곳, 즉 남성들의 세계이다. 마을 분교에 주둔한 미군이 "색시 해브 예스? 색시 해브 예스?"라는 말을 외치며 돌아다니자, 위기의식을 느낀 마을 여자들은 노파의 집에 모여들고 마을의 우두머리 격인 노파는 마을 여자들을 지키기 위해 희생양이 되기로 결심한다.

젊은 여인처럼 곱게 치장한 노파를 마을분교로 데려온 후 그 실체를 본 미군들은 "하나같이 의자에서 굴러떨어져 마룻바닥에서 허리를 비틀고 배를 움켜쥐고" 웃다가 노파에게 "깡통에 든 무과수, 고기, 잼, 과일, 우유, 새콤하고 달콤한 향기로운 가루, 반짝이는 은종

이에 싼 초콜릿 사탕 젤리, 혼란한 그림이 있는 갑 속에 들은 파삭파
삭한 과자, 쫄깃쫄깃한 과자" 등을 건네준다. "마마상 짭짭"이라는
친절한 설명까지 덧붙인 후 그들은 노파를 마을로 돌려보낸다. 이타
주의적인 모성의 세계가 "서로 모함하고 싶고 죽이고 싶은 충동"마
저 정화시켰기 때문이다.

다른 하나는 전장의 총알이 '숫총각'을 좋아한다는 풍문 때문에
가슴앓이를 하던 김일병이 노파를 만나 '총각딱지'를 떼는 이야기
이다. 김일병은 입대 전 사귀던 여자가 있었지만, 자신이 혹시 전사
라도 하게 되면 그녀에게 씻을 길 없는 상처를 남긴다는 생각 때문
에 아무런 약속 없이 참전한다. '숫총각'들이 불안 때문에 술렁이자
중대장은 사병들에게 하루의 휴가를 주어 불안을 가라앉히려 하고
김일병도 어떡하든지 '총각딱지'를 떼려고 한다. 한 노파를 만나
'딱지'를 뗀 김일병은 노파의 얼굴에서 본 '희열과 만족감' 때문에
오래도록 "여자라는 것에 대한 불결함과 혐오감"을 갖게 된다. 그러
나 나이가 들어감에 따라 노파의 '희열과 만족감'을 성적인 것이 아
닌, "자기의 성(性)이 아직도 남성의 기쁨이 될 수도 있다는 데서 오
는 순전히 정신적인 것"으로, 나중에는 "노파의 행위야말로 무의식
적인 휴머니즘"으로 이해하게 된다.

모성의 세계가 궁극적으로는 휴머니즘의 세계와 만난다는 인식은
「지 알고 내 알고 하늘이 알건만」 「흑과부(黑寡婦)」 「공항에서 만난
사람」에서도 찾아볼 수 있다. 「지 알고 내 알고 하늘이 알건만」의 성
남댁은 인간에 대한 깊은 연민으로 반신불수의 노인을 돌보고 그 임
종을 지키며, 「흑과부(黑寡婦)」의 '흑과부'는 강인한 생명력으로 폐
병에 걸린 남편을 부양하다가 그 임종을 지킨다. 또 「공항에서 만난

사람」의 '무대소 아줌마'는 '양놈'과 결혼한 후 무능한 '양놈'에게 착취당하면서도 "우리 삼천만이 다 네놈들 덕본 걸로 알지만 한국사람 덕으로 굶어죽지 않고 사는 미국놈도 있단 말이야. 내가 바로 그 미국놈 먹여살리는 한국인이고 내 남편은 그 미국놈이다."라는 당당한 의식을 잃지 않는다.

이처럼 모성의 세계는 훼손된 것, 버려진 것에 대한 인간적 관심을 포기하지 않음으로써 휴머니즘의 세계, 강인한 생명력의 세계를 꽃피우게 된다. 특히 「지 알고 내 알고 하늘이 알건」 「흑과부(黑寡婦)」 「공항에서 만난 사람」은 기층여성의 강인한 생명력과 모성의 세계를 결합함으로써 기층여성의 삶에서 새로운 가능성을 찾은 것이 특징이다. 박완서 소설에서 중산층 여성은 대개 6·25 전쟁의 상처에 얽매여 있거나 소비문화에 수동적으로 편입되는 데 반해 기층여성은 여성성의 세계를 무의식적으로 내면화하고 있다. 그런 점에서 박완서는 중·상류층 여성이 아닌 기층여성에게서 새로운 사회의 희망을 엿보고 있었음을 알 수 있다.

(2) 내면의 신여성

박완서 소설에서 딸 세대가 구현하고 있는 긍정적인 신여성 상은 두 가지이다. 하나는 페미니스트적인 신여성이고 다른 하나는 자기 안에 있는 오염되지 않은 영토, 즉 여성성의 세계를 재발견하는 여성이다. '신여성'을 그야말로 새로운 여성이라고 한다면, 여성성의 세계를 내면화한 인물들이야말로 죽임과 폭력으로 얼룩진 남근주의적 세계에서 새로운 여성, 즉 신여성일 것이다. "여성 특유의 경험에서 유래된 특질인 억압받는 자로서의 불평등에 대한 민감성, 자녀

양육의 능력, 사려 깊음 등이 이 시대의 위기를 극복하는 데 중요한 자질"[73]이라면 여성성의 세계는 대안적 세계의 주요한 비전이 될 수 있다.

여성성의 세계를 내면화한 인물들에게서는 다음과 같은 특징이 발견된다. 첫째, 여성이라는 집단 속에 이어져 내려오는 여성의 유구한 전통과 가치를 존중한다. 「해산바가지」의 시어머니는 며느리인 '나'에게 모든 생명을 귀하게 여기고 정성을 다해 보살펴야 함을 실천적인 삶으로써 가르치고 '나'는 그 가르침을 계승한다. 그래서 시어머니가 '노망'이 들어 아이 같은 행동을 할 때 그녀를 가여운 생명이라는 관점에서 돌본다. 시어머니가 가르쳐준 '책임의 도덕성'은 여성의 전통이다. 캐롤 길리건은 여성의 삶에서 가족과 친구가 차지하는 중요성 때문에 여성들은 사람들의 욕구, 필요, 관심, 열망 등의 문제에 관심을 갖도록 유도되고 그 결과 여성의 도덕성은 보살피는 행동을 중심으로 형성된다고 했다.[74] 이러한 도덕성은 여성으로서의 경험 속에서 형성된 여성 고유의 특질이라 할 수 있다.

둘째, '아버지'의 전통을 존중할 줄 안다. 「그 가을의 사흘동안」에서 아버지는 산부인과 의사로 개업한 '나'에게 히포크라테스 선서를 선물한다. "아버지가 우단의자에서 의술이 어쩌구 인술이 어쩌구 설교를 하실 때" '나'는 속으로 코웃음을 치지만, 아버지의 '설교'는 '나'의 무의식이 되어 종국에는 '나'의 의식세계를 바꾼다. '나'는 히포크라테스 선서를 "버리자니 아깝고 쓸모 없는 걸 모아두는 골방"에 넣어두고, 아버지가 앉았던 '우단의자'는 병원 구석에

---

73) 조혜정, 「한국의 페미니즘 문학 어디까지 왔나」, 『또 하나의 문학』(평민사, 1987), p.33.
74) Gilligan, C., 『다른 목소리로』, 허란주 옮김(동녘, 1997) 참조.

놓아둔다. '골방'과 '구석'은 '나'의 무의식을 상징하는 것으로서 그것들은 문득문득 "나의 넋을 움켜" 쥔다. 그래서 결국 '나'는 "증오로 된 넋이 아닌 또다른 넋"을 만나게 된다. 미혼모의 미숙아를 소중하게 받아내고 그 아기의 장례를 치러주는 의식이 그것이다. 히포크라테스 선서로 상징되는 '아버지'의 전통을 외면하지 않음으로써 '나'는 여성성의 세계를 향한 탈태를 시작할 수 있었다.

(가) 그날 아버지가 주신 선물은 히포크라테스 선서가 들어 있는 액자였다. 나는 아버지가 우단의자에서 의술이 어쩌구 인술이 어쩌구 설교를 하실 때 참았던 웃음을 혼자서 마음껏 터뜨렸다. 나는 그 액자를 걸지 않았다. 그날로 그것은 버리자니 아깝고 쓸모는 없는 걸 모아두는 골방 신세가 되었다.

(나) 나는 오로지 내 뜻대로 하면서 살았다. 그런데도 문득문득 그 우단의자가 나의 넋을 움켜쥐고 있는 것처럼 느낄 적이 있다. 증오로 된 넋이 아닌 또다른 넋을.

아무짝에도 쓸모 없고 어떤 것하고도 안 어울리는 우단의자를 버리지도 못하고 천덕구러기 취급도 못하고 여지껏 남으로 난 창가에 모셔놓고 있을 수밖에 없는 것도 그런 까닭이었다.

— 「그 가을의 사흘동안」, (가) pp.236~237, (나) p.260

셋째, 자기 안의 끈질긴 생명력으로 생명을 키우고 돌본다. 「지 알고 내 알고 하늘이 알건만」 「공항에서 만난 사람」 「흑과부(黑寡婦)」 등은 빈곤층 여성이 생명을 고갈시키는 가난이라는 현실 속에서도 꿋꿋한 생명력으로 그것을 헤쳐 나가는 것을 그리고 있다. 반신불수의 노인을 돌본다든가, 폐병 걸린 남편의 병수발을 든다든가, 폐인이 된 남편을 부양한다든가 하는 것이 그러하다. 특히 「흑과부(黑寡婦)」의 경우 '흑과부'의 성격적 특질은 '까만 피부'와 '아름다운 젖무덤'의 대비로 나타나는데, '까만 피부'는 그녀의 고갈되지 않는 생명력을, '아름다운 젖무덤'은 여성성을 상징한다. '까만 피부'가 병든 남편과 아이들을 기르기 위해 기꺼이 자기 희생적인 삶을 사는 '흑과부'의 현실을 상징하는 것이라면, '아름다운 젖무덤'은 그것을 가능하게 하는 그녀 속의 숨은 힘, 즉 생명력의 원천인 여성성을 상징하는 것으로 볼 수 있다.

사시장철 치마끈으로 꽁꽁 동여맨 납작한 가슴 속에 그렇게 아름다운 젖무덤이 감춰져 있으리라곤 누가 감히 상상이나 했겠는가. 흑과부의 속살은 매력적으로 검고, 피부는 섬세하고, 가슴은 풍부했다. 그러나 그런 아름다움에 뭔가 개척되지 않은 처녀지(處女地) 같은 생경함이 있었다.
— 「흑과부(黑寡婦)」, p.134

넷째, 물신주의적 세계·죽임과 폭력의 세계에 비판적이다. 「지 알고 내 알고 하늘이 알건만」에서 성남댁은 반신불수의 시아버지를 버려두고 결국에는 재산마저 빼돌리는 며느리에 대해 혼잣말로 "천하의 잡년들"이라고 '욕'을 퍼붓고, 3년간의 간병인 노릇 끝에 무일푼으로 쫓겨나면서도 노인의 임종을 지킨다. 또한 「그 살벌했던 날의 할미꽃」에서 죽임과 폭력의 정점인 전쟁은 "마을에 여자들만 남게 되자 서로 모함해서 생사람 잡는 일이 다시는 일어나지 않았다"는 진술 속에서 비판된다. 그리고 모성의 세계·휴머니즘의 세계를 보여준 두 노파가 "끝내 노파라든가 할머니라든가 하는 중성적인 호칭이 안 어울리는 강렬한 여자다움을 못 버렸다"고 진술함으로써 '강력한 여자다움'이야말로 새로운 세계의 비전을 열 수 있음을 암시했다.

(가) 저, 저런 해괴망칙한 것들이 있나. 저희들도 자식 길러보았으면 똥싼 머슴애 아랫도리 씻기기가 얼만큼 더 손이 간다는 것은 모르지 안으련만 늙은이들을 가지고 어떻게 그런 흉측한 생각들을 할 수가 있을까? 성남댁은 분해서 부들부들 치가 떨렸다. 영감님이 똥싸 뭉갠 걸 치고 씻기는 일은 정말 못 할 노릇이어었지만, 특히 늙어서 겹겹의 주름만 남은 아랫도리에 늘어붙은 걸 말끔히 씻겨주는 일은 여간한 비위와 참을성 가지곤 어림없는 일이었다. 자꾸자꾸 싸는 거 대강대강 해둘까 하다가도 내가 이일을 소홀히 하고 아파트를 바란다면 그건 도둑놈의 배짱이니 죄받지 싫어 욕지기를 주리 참듯 참으면서 정성을 다했었다.

—「지 알고 내 알고 하늘이 알건만」, pp.163~164

(나) 그들은 하나같이 욕되도록 오래 살았음에도 불구하고 끝내 노파라든가 할머니라든가 하는 중성적인 호칭이 안 어울리는 강렬한 여자다움을 못 버렸었다. 여자라는 것에서 헤어나질 못했다. 나는 차마 그들을 노파하고는, 할머니라고는 못하겠다. 여자라고밖에는.

—「그 살벌했던 날의 할미꽃」, p.257

박완서는 '강렬한 여자다움'을 가진, "여자라는 것에서 헤어나질 못했"던 여성들에게서 하나의 가능성을 발견했는데, 그들이야말로 역사적으로 여성이 내면화해 온 돌보고 보살피는 윤리를 내면화하고 있다고 보았기 때문이다. 그들은 자기 속에서 '어머니'의 전통과 더불어 정의로운 '아버지'의 전통을 발견했고 그것을 강인한 생명력으로 이어나갔다. 그런 점에서 그들은 자기 안에 있는 여성성의 세계를 발견하고 구현한 새로운 여성, 즉 신여성이었다고 할 만하다.

이상에서 살펴본 것처럼 긍정적인 신여성 상은 두 유형으로 형상화되었다. 하나는 근대적 여성해방 이념의 부상을 계기로 내면화된 젠더 이데올로기를 적극적으로 극복해 나가는 페미니스트적 신여성이다. 이들은 자유·평등의 근대적 가치를 자신의 삶 속에 실현시키고자 한 점에서 근대적 개인의 표본이라 할 수 있다. 다른 하나는 자기 속의 여성성과 만나는 여성으로서 그들은 여성성의 세계를 자기 삶 속에서 구현하고 있다. 이들은 타자화된 여성의 경험 속에 내재된 긍정적 힘을 보여주었다는 점에서 전쟁·폭력으로 얼룩진 남성적 근대를 극복할 수 있는 대안적 가능성 또한 품고 있다고 할 수 있다.

제5장

오정희·박완서 소설에 나타난 근대성과 여성의 정체성 비교

제5장

오정희·박완서 소설에 나타난
근대성과 여성의 정체성 비교

여성작가들의 작품에 나타난 근대성의 특징은 근대에 대한 부정의식을 통해 근대를 넘어서려고 했다는 데서 찾을 수 있다. 여성작가들이 비판하는 근대는 이성과 합리성에 근거한 인류역사에 대한 낙관적 전망이 드러났던 시기에 집중되는데, 이 시기는 특히 여성들이 권력과 지위를 상실하는 여성의 희생 위에서 그 발전이 구가되었다고 보기 때문이다. 근대를 비판하는 여성작가들은 대안적 근대의 모색을 여성성·모성성의 회복과 관련짓고 있다. 이 때의 여성성·모성성은 여성들의 경험의 총체이자 여성됨의 과정에 대한 성찰의 결과로서 얻어지는 것이라 할 수 있다. 특히 박완서·오정희는 근대세계 속에서 여성성·모성성이 제도화되고 통제되어 왔다는 데 관심을 기울이면서 여성인물들의 근대체험에 접근해 왔다.

오정희·박완서 소설에서 찾아볼 수 있는 공통점은 다음 두 가지이다.

첫째, 여성 주인공의 근대체험이 도시공간을 배경으로 형상화되고 있다는 점이다. 도시란 "혼란과 충격과 유동성의 감각적 경험을 수용하는 미적 형식의 출처라는 점에서뿐만 아니라 공공의 삶을 향한 욕망과 투쟁의 장소"[1]라는 점에서 근대성의 경험이 이루어지는 핵심적인 공간이라고 할 수 있다. 오정희·박완서 소설의 여주인공들은 이러한 도시를 배경으로 성장하면서 도시적 삶의 현란한 이미지에 매혹되기도 하고, 그 이미지의 실상에 직면하면서 환멸을 경험하기도 한다. 그러므로 도시라는 공간은 오정희·박완서 소설의 여주인공들이 경험하는 근대의 의미를 밝히는 데 상당히 중요한 요소로 작용하고 있다.

도시 공간의 상징성 외에 오정희·박완서 소설에서 발견되는 두 번째 공통점은 두 작가의 소설이 모두 자기 발견의 서사라는 점이다. 자기 발견의 서사란 여성적 글쓰기의 특징으로서 여성의 글쓰기는 기본적으로 자아 발견의 여정을 담고 있음을 의미하는 개념이다. 여성작가에게 자기 발견의 의미가 중요한 이유는 여성작가들은 자신의 현재적 위치를 점검하고 자신이 했던 체험의 의미를 반추하는 과정 속에서 글쓰기를 진행한다는 사실에 있다. 그들은 "자신이 무엇인가 하는 존재론적 질문이 아니라 남성지배의 사회에서 자신들이 어디에서 어떻게 억압받고 있는가에 대한 자의식에 기초하여 글을" 쓴다.[2]

앞에서 살펴보았듯이, 오정희·박완서는 유년→청년→장년→노

---

1) 황종연, 「모더니즘의 망령을 찾아서」, 김성기 편, 『모더니티란 무엇인가』(민음사, 1994), p.210.
2) 김성례, 「여성의 자기진술의 양식과 문체의 발견을 위하여」, 『여자로 말하기 몸으로 글쓰기』(〈또 하나의 문화〉 제9호), pp.123-128 참조.

년에 이르는 여주인공들을 다양하게 등장시키는 가운데 세계를 바라보는 자신의 시각을 드러내고 있다. 물론 작가의 연령과 주인공의 연령이 정비례하는 것은 아니지만, 작가가 자신의 체험이나 기억을 객관화하는 정도에 따라 그것이 선택적으로 서사화되고 있는 것은 사실이다. 그리고 체험이나 기억은 작가가 자신의 현재적 위치를 점검하는 데 결정적인 요소로 작용할수록 반복적으로 나타나거나, 객관화 과정이 이루어진 이후에 비교적 뒤늦게 나타나는 경향이 있다. 그런 점에서 오정희·박완서 소설의 전개과정은 기억과 체험을 반추하는 과정에서 이루어진 여성의 자기발견의 서사라 할 수 있다. 이러한 서사는 새로운 언술 공간을 확보하기 위한 정치적 과정이자 해방의 힘이라는 점에서 '주변성의 시학'을 구현한 것으로 평가될 수 있다.

이러한 두 가지 공통점에도 불구하고 오정희·박완서의 소설세계에는 확연한 차이가 존재한다. 그것은 첫째, 같은 도시 공간이라 하더라도 오정희의 경우에는 지방 소도시가, 그리고 박완서의 경우에는 서울 사대문 안팎이 주요 공간으로 제시되고 있다는 것이다. 이러한 공간의 차이는 여주인공의 근대체험의 성격을 특징짓는 데 결정적인 요소로 작용하고 있다. 둘째, 여주인공의 여성됨의 과정에 대한 형상화의 차이이다. 오정희의 경우에는 히스테리아들을, 박완서의 경우에는 '신여성'들을 주로 등장시키는데 이러한 차이는 여주인공의 근대체험의 성격을 크게 달라지게 하는 요인이 된다. 그래서 오정희 소설의 여주인공들은 근대에 대한 환멸을, 박완서 소설의 여주인공들은 근대에 대한 양가적 반응을 보이게 된다.

1. 공간의 상징성에 나타난 근대성

오정희·박완서 소설의 여주인공들이 살아가는 공간은 도시이다. 그러나 오정희 소설의 여주인공들이 지방 소도시에서 성장하여 성인의 삶 역시 지방 소도시에서 영위해 가는 반면, 박완서 소설의 여주인공들은 서울이라는 대도시로 입성한 이후 줄곧 서울 사대문 안팎에서 살아간다. 이러한 생활공간의 차이는 오정희·박완서 소설의 여주인공들이 경험하는 근대성의 성격에 상당한 영향을 미친다.

1) 오정희 소설의 경우

오정희 소설의 여주인공들은 지방 소도시라는 공간의 특수성 때문에 '주변부 의식'을 깊이 내면화하게 된다. 지방 소도시란 어떤 면에서는 근대의 역동성이 대도시보다 더 뚜렷하게 나타나고 있는 공간이다. 왜냐하면 대도시는 진보의 신화 속에서 지속적인 발전논리가 추구되는 공간인 반면, 지방 소도시는 전근대적인 것과 근대적인 것이 서로 경합하는 이질성의 경합장이기 때문이다. 또한 주변부란 중심의 부정성을 객관화하고 거리화할 수 있는 곳이라는 점에서 근대비판의 의미를 함축하고 있는 공간이기도 하다. 때문에 지방 소도시라는 주변부에서 성장하는 오정희 소설의 여주인공들은 주변부의식을 내면화하게 되고 그 결과 남성으로 젠더화된 근대세계의 여성억압적 성격을 뚜렷하게 감지하게 된다.

좀더 구체적으로 살펴보자면 오정희 소설의 어린 주인공들은 '저잣거리'와 읍내가 있는 작은 마을에서 성장한다. 이 작은 마을은 근대적인 것과 전근대적인 것의 경합장으로서 근대적인 것의 부정적 측면과 전근대적인 것의 부정적 측면이 극대화되어 있는 공간이다. 근대적인 것은 매춘여성이나 양공주의 화려한 외양으로 표상되고 있고, 전근대적인 것은 대행가장의 폭력으로 표상되고 있다. 이러한 두 개의 가치의 경합 속에서 성장하면서 어린 주인공들은 그 둘을 모두 부정하는 반(反)성장의 성장 경로를 선택하게 된다.

그리고 성인이 되어서도 역시 지방 소도시에서 살아가지만 주된 생활공간은 집이다. 집이란 모든 인간의 기본적인 터전으로서 사적 영역의 대표적인 공간이라 할 수 있지만, 오정희 소설에서는 집 공간의 상징성이 상당히 중요하다. 왜냐하면 오정희 소설에서 집이란 근대의 위계적 성별 이분법이 작동되고 있는 공간으로서 개인적인 영역 이상의 의미, 즉 근대적 공간으로서의 의미를 지니고 있기 때문이다. 근대세계에서 공적 영역이 남성으로 젠더화된 공간이라면, 집과 같은 사적 영역은 여성으로 젠더화된 공간이다. 그러므로 오정희 소설의 여주인공들이 집 공간을 억압적인 공간으로 경험한다는 것은 근대세계가 여성을 타자화하는 가운데 유지·확대되어 왔음을 의미하는 것으로 해석될 수 있다.

집 공간에서 근대를 환멸로서 경험하던 오정희 소설의 여주인공들은 '혼자만의 공간'을 모색함으로써, 근대의 위계적 성별 이분법을 해체하고 새로운 공간을 창출하게 된다. '혼자만의 공간'이란 버지니아 울프가 일찍이 여성이 주체성을 확보하려면 '자기만의 방'이 있어야 한다고 말했던 것과 유사한 공간으로서, 오정희 소설의 여주인공들은 성찰의 장인 '혼자만의 공간'을 추구한다. 물론 이 공간은 표면적으로 보면 기왕의 집 공간과 별반 다르지 않다. 그러나 창조

활동과 사색이 이루어지는 자아성찰의 장이라는 점에서 사적 영역으로 젠더화된 집 공간과는 크게 다르다.

이러한 공간 변화를 통해 볼 때 오정희 소설의 여주인공들은 근대 세계를 소비와 일상성의 세계로서 경험해 왔음을 알 수 있다. 이는 오정희 소설의 어린 주인공들이 '저잣거리'에 매혹되는 동시에 양공주의 화려한 외양을 무비판적으로 동경하는 데서 일차적으로 확인된다. 그리고 두 번째로는 젊은 여주인공들이 집을 불임의 공간 내지는 불모의 공간으로 경험하면서, 삶의 일상성에 권태로움과 무의미함을 느끼는 데서 확인된다. 오정희 소설의 여주인공들은 전근대적인 질서가 해체되고 있는 지방 소도시에서 근대의 부정적 측면인 소비주의 문화와 사물화된 세계의 불모성을 경험하면서 성장했던 것이다. 그래서 그들은 근대의 긍정적 가치라 할 수 있는 합리성·자유·평등 등의 가치를 미처 경험하지 못하고 그 부정적 이면에 먼저 눈뜨게 된다.

그 결과 오정희 소설의 여주인공들은 근대를 환멸로서 경험한다. 환멸이란 근대적 형식의 삶의 등장과 깊은 관련이 있다. 환멸의 감정은 근대적인 것으로 간주될 수 있는데, 왜냐하면 전근대적인 세계에서는 공동체의 역할이 중요한 반면 개인은 그 공동체의 구성원으로서만 자신의 위치를 인식할 수 있었기 때문이다. 전근대적인 세계에서는 공동체와 개인이 불가분의 관계를 맺고 있었고, 개인의 위상보다는 공동체의 위상이 훨씬 중요했다. 그러나 근대의 출현과 더불어 자아에 대한 인식이 이루어지고 공동체보다는 주체의 문제가 훨씬 중요한 것으로 간주되기 시작한다. 그래서 주체로서의 개인은 자신의 가치관과 판단에 따라 세계를 이해하고 더 이상 세계의 질서에 자신을 순응시키지 않게 된다. 그 결과 나타난 것이 환멸의 감정이라 할 수 있는데, 환멸은 확대된 자아의 이상을 세계 속에서 실현시킬 수 없다는 상실감의 표현이기 때문이다. 그러므로 오정희 소설의 여주인공들이 경험하는 환멸의 감정은, 여성됨·어머니됨의 과정이 억압적으로 이루어지고 있는 남성 중심주의적 근대에 대한 부정의식의 표출이었다고 할 수 있다.

2) 박완서 소설의 경우

박완서 소설의 여주인공들은 오정희 소설의 여주인공들과 달리 대도시인 서울에서 살아간다. 대도시란 근대의 진보 신화가 실질적이고도 구체적으로 구현되고 있는 근대성의 전형적인 공간으로서 근대의 진취성과 자기 발전성이 지속적으로 추구되고 있는 공간이다. 자본주의적 근대의 특징 중 하나로 '불균등 발전의 법칙'을 들 수 있는데, 불균등 발전이란 도시와 농촌간의 발전이 불균등하게 이루어지면서 도시의 문제점이 농촌으로 전가된다는 것이다. 그런 점에서 대도시는 근대의 발전 신화가 구가되고 있는 공간이라면, 지방 소도시나 농촌은 그러한 발전의 찌꺼기들이 버려지는 공간이라 할 수 있다. 대도시가 근대가 약속한 풍부함의 신화가 전면적으로 전시되는 공간이라면, 박완서 소설의 여주인공들은 이러한 풍부함의 신화에 매료되기도 하고 한편으로는 그 신화의 허상을 깨닫기도 하는 근대에 대한 양가 감정 속에서 성장하게 된다.

이를 구체적으로 살펴보면 다음과 같다. 첫째, 박완서 소설의 어린 주인공은 농촌 공동체인 박적골을 떠나 도시로 입성한다. 그러나 어린 주인공이 첫발을 내딛는 곳은 서울 사대문 안이 아니라 사대문 밖이다. 사대문 밖은 일종의 경계지역이라 할 수 있는데, 이러한 경계지역에서의 성장은 어린 주인공에게 일종의 주변부 의식인 '문밖의식'을 심어주게 된다. 이 '문밖의식'의 결과 어린 주인공은 대도시의 양면성을 인식하면서 성장한다. 즉 대도시에 대한 어머니의 매혹을 경계하는가 하면 농촌공동체 박적골에 대한 향수를 버리지 못하는 것이다. 어린 주인공의 근대세계에 대한 이러한 양가감정을 단적으로 상징하는 공간이 '농바위 고개'이다. 이 공간은 고향 박적골과 '대처'의 중간지점에 위치한 지리적 공간으로서, 근대에 대한 매혹과 두려움을 동시에 간직한 어린 여주인공의 내면세계를 그대로 보여주고 있다.

둘째, 사대문 안팎이라는 공간 역시 여주인공의 '문밖의식'을 형성하는 데 깊은 영향을 미친다. 성인이 된 여주인공은 사대문 안에서 6·25 전쟁을 맞고 피난지로는 사대문 밖을 선택한다. 여기에는 커다란 상징이 숨어 있는 것으로 보아야 하는데, 왜냐하면 사대문 안은 근대의 부정성이 폭발하는 공간으로, 이와 달리 사대문 밖은 그것을 성찰하고 객관화할 수 있는 공간으로 설정된 것이기 때문이다. 사대문 밖이 성찰의 공간이라는 것은, 여주인공이 정부(政府)마저 피난해 버린 텅 빈 서울 시내를 홀로 내려다보면서 "언젠가 글을 쓸 것 같은 예감", 전쟁을 "증언할 책무"를 느끼는 데서 단적으로 확인된다.

이처럼 사대문 안팎이라는 공간은 여주인공에게 양가적인 근대체험의 계기를 제공하고 있다. 여기서 근대의 부정성은 6·25라는 참혹한 전쟁체험으로 표현되고 있고, 근대의 긍정성은 자아의 확대라는 측면에서 접근되고 있다. 여주인공은 비록 근대를 이데올로기 전쟁이라는 폭발적인 사건을 통해 부정적으로 체험하지만, 자아라는 여과지를 통해 그러한 세계를 나름의 방식으로 해석하게 된다. 자아의 확대란 근대적 주체의 출현과 밀접한 관련이 있는 현상으로서, 이는 박완서 소설에서 세계를 이해하는 방식의 확대 및 심화와 관련되고 있다.

셋째, 신흥주택가라는 공간은 소비주의 문화가 팽배해 있는 부정적인 근대 공간이다. '신흥'이라는 수식에서 알 수 있듯이 이 공간은 졸부들의 속물적인 생활방식이 지배하고 있는 획일화된 물신적 공간이다. 이 물신화된 일상성의 세계는 신흥주택가라는 공간적 상징을 통해 표현되고 있는데, 구체적으로 예시한다면 그것은 교환가치에 지배되고 있는 결혼풍속, 배금주의적인 생활태도, 획일화된 생활양식 등이다. 신흥 주택가가 배경이 되고 있는 작품들에서는 근대의 물신성이 비판되고 있다.

그러나 여주인공이 이에 대응하는 방식을 살펴보면, 여기에서도 역시 박완서는 근대를 양가적인 것으로 표현하고 있음을 알 수 있다. 그것은 물신주의의 신봉이 종국에는 견고한 자본주의적 가부장제마저 파열시키고 만다는 데서 나타난다. 예컨대『휘청거리는 오후』의 초희는 가부장제의 어머니노릇과는 무관한 어머니가 됨으로써, 또한 남편의 권위에 도전하는 부정을 저지르는 아내가 됨으로써 견고한 가부장제를 부정적인 방식으로 와해시킨다. 이처럼 물신주의의 극단적 추구가 마침내 현 체제마저 위협할 수 있다는 것은, 자본주의의 역동적인 발전 욕망이 궁극적으로는 자본주의 구조의 해체로까지 나아갈 수 있음을 암시한다.

넷째, 신흥주택가 주변이라는 공간은 주로 페미니즘 이념의 확산을 다룬 소설들에서 나타난다. 신흥주택가 주변은 급속한 자본주의화의 주변부를 상징하는 공간으로서 자본주의화의 수혜 공간인 동시에 그늘을 자각할 수 있는 공간이다. 이러한 공간적 특수성의 측면에서 보면, 이 공간은 어린 주인공이 성장했던 사대문 밖이라는 공간과 유사하다. 사대문 밖이라는 공간에서 어린 주인공이 근대의 양면성을 인식할 수 있었던 것과 마찬가지로, 성인이 된 여주인공 역시 신흥주택가 주변이라는 고도 자본주의의 주변부에서 근대의 양면성을 인식하게 되는 것이다. 그러므로 신흥주택가 주변이라는 공간은 그 자체로서 여주인공들의 양가적인 근대체험을 상징한다고 할 수 있다.

이러한 공간 변화를 통해 볼 때, 박완서 소설의 여주인공들은 근대를 시종일관 양가적인 것으로 경험했음을 알 수 있다. 그러므로 "〈매개자〉로서 두 세계, 즉 봉건과 근대에 공히 걸쳐져 있던 엄마의 책략과 달리 박완서가 선택한 것은 근대에 철저히 무릎꿇는 〈자굴감〉"[3]이었다는 식으로 박완서 소설을 해석하는 것은 옳지 않다. 박완서 소설의 여주인공들은 근대와 전근대, 혹은 근대적 세계의 중심과 그 주변부의 경계에서 근대의 긍정성과 부정성을 동시에 인식하면서 그것을 비판적으로 드러내는 역할을 담당해 왔기 때문이다. 물론 그것이 하나의 맹아로서 존재하는 경우도 많긴 하지만, 그럼에도 불구하고 그것은 근대에 대한 진지한 성찰의 결과로서 획득될 수 있었다는 점에서 의미 있는 것으로 받아들여진다.

---

3) 신수정, 「증언과 기록에의 소명」(『소설과 사상』 1997년 봄호), p.241.

2. 근대체험과 정체성 형성의 상관성

근대체험과 여성의 정체성 정립 사이의 상관성을 짚어보는 작업
이 중요한 이유는, 오정희 소설에 표현된 근대에 대한 환멸이나 박
완서 소설에 표현된 근대에 대한 양가적 반응이 실은 젠더화된 경험
이기 때문이다.

1) 오정희 소설의 경우

오정희 소설의 여주인공들은 대개 히스테리아들이다. 히스테리란
여성 육체의 의학적 병리화를 보여주는 전형적인 사례로서, 여성성
에 대한 기존의 사회 규범과 일치하지 않는 모든 행동 양태를 명명
하기 위해 사용되었던 포괄적인 개념이다.[4] 이는 정신분석학의 등
장과 함께 여성의 성격적 특질을 설명할 때 광범위하게 사용되던 개
념으로서, 여성성이 두드러지게 비합리적이고 불안정한 본질을 지
니고 있다는 것을 재확인하는 데 주로 사용되었다. 그래서 히스테리
란 여성 고유의 질병이며 남성들에게는 발견되지 않는 것으로 이해
되기도 했다.

그러나 페미니즘의 관점에서 히스테리 환자를 조명할 때는 전혀
다른 해석이 가능해진다. 그것은 히스테리 환자가 사회에 대해 보이
는 수동적이고 내면지향적이며 궁극적으로는 자기파괴적인 거부가
실은 여성성·모성성의 제도화에 대한 반발이라는 관점이다. 프로

---

4) Felski, R., 『근대성과 페미니즘』, p.282 참조.

이트는 정상적인 여성됨의 과정이 순조롭게 이루어지기 어렵다는 것을 여성 히스테리 환자들의 임상치료 과정에서 밝힌 바 있다. 여아가 정상적인 여성성을 획득하기 위해서는 쾌락의 부위를 이전해야 하는 과정과 아이(=대리 남근), 그 중에서도 특히 남자아이를 생산하는 과정을 거쳐야 한다고 설명했다. 이는 기왕의 여성다움을 정상성의 범주로, 그렇지 않은 특질들을 비정상의 범주로 분류하는 성차별적인 시각을 그대로 노정하고 있는 것이긴 하지만 여성됨의 과정이 순조롭게 이루어지지 않음을 역설적으로 보여준 의의가 있다. 그러므로 히스테리란 기왕의 여성다움/남성다움의 젠더 이데올로기 속에서 여성들이 여성으로 길들여지는 과정에 대한 거부감의 표출로 이해될 수 있다.

오정희 소설의 여성인물들이 보여주는 히스테리 역시 이같은 맥락에서 해석이 가능하다. 오정희 소설의 어린 주인공들은 탐식, 도둑질, "서서 오줌을 누고 싶다는 충동", 동성애적인 정사, 죽음충동에의 경사 등을 통해 자신의 히스테리를 드러내고 있다. 어린 주인공들이 히스테리를 보이는 까닭은 크게 두 측면에서 이해될 수 있다. 하나는 기왕의 제도화된 여성성·모성성에 대한 반발이다. 이는 어머니의 다산이나 자신의 초경을 부정적인 것으로 인식하는 어린 주인공들의 태도 속에서 확인된다.(「中國人 거리」) 또다른 하나는 '유교적 가부장제'에 대한 반발이다. 어린 주인공들은 아버지가 부재한 가운데 '대행가장'의 폭력적인 통제 속에서 성장하거나(「幼年의 뜰」), 폭력적인 아버지 밑에서 어머니와의 유대를 억압당하면서 성장하거나(「새」), 아버지의 무관심 속에서 방치된 채 성장한다(「완구점 여인」). 이러한 일련의 경험 속에서 어린 주인공들은 가정을 억압

적이고 폭력적이며 소외된 공간으로 인식하게 되고, 그 결과 가정의
일원이 될 자신의 여성적 특질을 부정하며 성장하게 되는 것이다.

그리고 성인이 된 20대의 젊은 여주인공의 경우에는 근대의 위계
적 성별 이분법에 저항하는 방식으로 태아살해의 욕망이나 타나토
스의 욕망을 표출한다. 태아살해의 욕망은 어머니와의 동일시 경험
을 지속시키려는 욕망에서 비롯되거나(「燔祭」), 제도화된 모성성에
대한 반발심리에서 비롯된다(「봄날」). 타나토스의 욕망 역시 제도화
된 여성성 · 모성성에 대한 반발과 깊은 관련을 맺고 있는데, 그것은
관행에 길들여진 자신의 몸을 해체하고자 하는 욕망인 죽음에 대한
기다림으로 표현되거나(「비어 있는 들」「전갈」), 자신에게 각인된 여
성다움의 표지를 파열하고자 하는 파괴욕망으로 표현된다(「순례자
의 노래」「어둠의 집」). 이처럼 태아살해의 욕망이나 타나토스의 욕망
은 제도화된 여성성 · 모성성에 대한 거부감과 깊은 관련을 맺고 있
다.

마지막으로 중년의 가정주부의 경우에는 젠더 이데올로기에 의해
훈육된 자신의 육체를 '탈영토화'하는 전략을 수행하고 있다. 이는
섹슈얼리티와 재생산성이 통합된 모성의 세계에 대한 추구로 나타
나거나(「옛우물」), 섹슈얼리티라는 실지(失地)의 회복에 대한 추구
로 나타나고 있다(「木蓮抄」). 오정희 소설에서 여성 육체의 '탈영토
화'는 주로 가부장제에 의해 억압되어 왔던 여성의 섹슈얼리티를 재
탈환하는 방식으로 이루어진다.

여성육체의 히스테리화 전략과 '탈영토화' 전략은 공통적으로 그
로테스크(grotesque)라는 형식을 차용하고 있다. 그로테스크란 18
세기에 우스꽝스럽고 괴상하고 뚱뚱하고 기형적이고 부자연스러운

것을 지시하는 데 흔히 사용되었던 말로서 바람직한 규범들로부터의 일탈을 가리킨다. 이는 20세기에 들어와서 특별한 문학적 의미를 띠게 되는데, 그 이유는 인간 운명의 좌절에 대한 우리 시대의 관심이 그로테스크라는 형식을 통해 표현되고 있기 때문이다.[5]

오정희 소설에서 그로테스크는 여성육체의 히스테리화를 표현하는 데 적절한 형식이기도 하지만, 또한 동시에 세계에 대한 환멸을 드러내는 데 유효한 형식이기도 하다. 오정희 소설의 여성인물들이 세계에 대해 보이는 환멸은 여성됨·어머니됨의 과정에 대한 환멸과 깊은 상관성이 있다.

오정희 소설에서 어머니란 제도화된 모성성의 희생자이거나, 딸을 가부장제 사회의 여성성이라는 규범에 어울리도록 훈육하는 존재이다. 어머니는 정체성을 잃어버린 존재, 타자화된 존재로 조명되고 있다. 그래서 생산하는 어머니는 대체로 부정적으로 그려지는 반면, 한 번도 생산을 하지 않은 서모 할머니의 몸은 긍정적으로 그려진다(「中國人 거리」). 물론 이러한 양상은 오정희 소설의 전개과정에 따라 조금씩 변모한다. 그러나 중심축은 역시 생산하는 어머니에 대한 부정과 연민의 감정이다. 어머니를 부정하거나 연민의 대상으로 삼으면서 성장한 오정희 소설의 여주인공들은 자신이 어머니가 되는 과정을 경과하면서 비로소 어머니의 삶을 성찰적인 시각으로 바라보게 된다. 그런 점에서 오정희 소설은 '아버지의 딸'도, '어머니의 딸'도 아닌 여성이 독립적인 '딸의 서사'를 발견해 가는 혼란과 불안정의 과정이었다고 요약될 수 있다.

---

5) Thomson, P., 『그로테스크』, 김영무 옮김(서울대학교출판부, 1986), p.14.

2) 박완서 소설의 경우

박완서 소설에서 여주인공들의 정체성 정립은 젠더 이데올로기와의 충돌 및 상호침투 속에서 이루어진다. 젠더 이데올로기란 여성다움/남성다움의 기질이나 재생산/생산으로 분할된 성역할 분담 등을 자연스럽고 당연한 것으로 간주하는 성별 이분법에 근거한 남성지배 이데올로기로서 부정적인 여성상이 등장하는 소설들에는 젠더 이데올로기에의 투항이 주로 나타난다. 반면 긍정적인 여성상이 등장하는 소설들에서는 당대의 지배적인 젠더 이데올로기를 비판하거나 당대에 새롭게 부상하고 있는 젠더 역할을 수용하는 것으로 나타난다.

어린 여주인공이 등장하는 소설들에서는 당대에 새롭게 부상하고 있는 신여성에 대한 비판적 수용이 나타나고 있다면, 20대에서 30대 초반의 젊은 여주인공이 등장하는 소설들에서는 젠더 이데올로기의 내면화가 주로 나타나고 있다. 그리고 중년을 전후한 여주인공이 주로 등장하는 소설들에서는 다시 당대에 새롭게 부상하고 있는 여성상에 대한 수용이 나타나고 있다. 즉, 박완서 소설은 새롭게 부상하는 여성상에 대한 비판적 수용→젠더 이데올로기의 내면화→새롭게 부상하는 여성상의 수용이라는 정(正)→반(反)→합(合)의 구도로 전개되고 있다.

먼저 첫번째 단계인 어린 여주인공이 등장하는 소설들에서는 '신여성' 상에 대한 비판적 수용이 나타난다. 일제 말기를 살았던 어머니 세대는 '신여성'을 새로운 여성상의 전형이자 대안적인 여성상으로 간주하면서 딸 세대를 '신여성'으로 키우고자 한다. 이 때 어머니 세대가 생각한 '신여성'이란 세상의 이치를 모두 깨닫고 뭐든지 맘먹은 대로 할 수 있는 '전지전능한' 여성이다. 그러나 딸 세대는 이러한 '신여성' 상을 그대로 수용하지는 않는다. 어머니 세대가 꿈꾸었던 '신여성' 상(像)과 현실에서 만나는 '신여성'의 실체를 비교해 봄으로써 딸 세대는 '신여성'의 허위를 비판하면서 성장하게 된다.

그리고 두 번째로 20대 초반에서 30대 초반의 젊은 여주인공이 등장하는 소설들에는 젠더 이데올로기를 수용하는 부정적인 여성상이 주로 나타난다. 이는 당대의 사회현실에 대한 여주인공들의 반응과도 밀접한 관련이 있는데, 이들이 경험하는 것은 6·25와 같은 폭력적인 전쟁체험이거나 소비주의 문화의 확산과 같은 부정적인 근대화 체험이다. 이 속에서 여주인공들은 생존을 유일한 가치로 삼거나(6·25를 직접 체험한 경우), 부의 향유를 최고의 가치로 삼는 인물로 변화하게 된다(소비주의 문화에 침윤된 경우). 그 결과 이들은 기왕의 젠더 이데올로기를 무비판적으로 내면화하는 경향을 보이게 된다.

마지막으로 중년을 전후한 여주인공이 주로 등장하는 소설들에서는 다시 당대에 새롭게 부상하고 있는 여성상에 대한 수용이 나타나고 있다. 이는 크게 두 측면에서의 접근이 가능한데, 하나는 여성해방사상을 의식적으로 선택한 경우이고 다른 하나는 대안적 여성성·모성성을 삶의 경험 속에서 체득한 경우이다. 여성해방사상을 의식적으로 선택하는 여성인물들은 주로 지식인 여성으로서, 이들은 여성의 삶을 제약해 온 젠더 이데올로기를 비판적으로 극복하고 새로운 여성의식을 내면화함으로써 궁극적으로는 당대에 새롭게 부상하고 있는 여성상을 수용하게 된다. 그리고 대안적 여성성·모성성을 삶의 경험 속에서 체득한 여성인물들은 주로 기층여성으로서 삶의 경험 속에서 대안적 가치를 발견하게 된다.

이처럼 박완서 소설의 여성인물들은 기왕의 젠더 이데올로기나 새롭게 부상하고 있는 여성의 역할과 밀접한 긴장관계를 형성하고 있다. 이는 박완서 소설에 나타난 근대성을 양가적인 것으로 특징짓는 데 큰 영향을 미치고 있다. 왜냐하면 젠더 이데올로기의 내면화는 근대에 대한 수동적인 굴복이나 매혹에 대응되는 반면, 새롭게 부상하는 여성상의 내면화는 부정적인 근대에의 극복의지에 대응되기 때문이다.

여성인물의 의식은 새롭게 부상하는 여성상에 대한 비판적 수용→젠더 이데올로기의 내면화→새롭게 부상하는 여성상의 창조적 수용이라는 정(正)→반(反)→합(合)의 구도로 변화되고 있는데, 이는 근대체험의 세 단계에 대응된다. 즉 여주인공의 근대체험은 근대에의 두려움과 동경→근대에의 수동적인 매혹/근대에의 환멸→근대에의 극복의지로 변모된다.

이처럼 근대성과 여성의 정체성 정립 사이의 상관성을 중심으로 박완서 소설을 살펴볼 때, 박완서 소설은 '어머니―딸의 서사'이다. 왜냐하면 박완서 소설의 딸들은 어머니 세대가 동경해 온 '신여성' 상(像)을 비판적으로 극복하는 가운데 '딸의 서사'를 새롭게 구성할 수 있었기 때문이다. 딸들은 어머니 세대의 한을 이해하면서도, 어머니 세대가 동경해 온 '신여성'이 실은 허구에 지나지 않음을 깨달음으로써, 현실 속에서 살아 움직이는 새로운 여성상인 주체적인 여성상을 스스로 창조하게 된다. 이는 여성해방사상의 의식적인 수용과 자신의 삶을 성찰하는 가운데 구현될 수 있었다. 그런 점에서 박

완서 소설은 어머니 세대의 꿈과 그 꿈의 한계를 극복해 온 딸들의
서사, 즉 '어머니—딸의 서사'라고 할 수 있다.

제6장
결론

제6장
결론

본고에서는 해방 이후 한국 여성소설을 주도해 온 작가로 박완서·오정희를 들 수 있다는 전제 아래 각성소설(The Novel of Awakening)의 흐름을 대표할 수 있는 작가로 오정희를, 그리고 페미니스트 성장소설(Feminist Bildungsroman)의 흐름을 대표할 수 있는 작가로 박완서를 선정하여 이들의 작품 속에 나타난 근대성과 여성의 정체성 정립양상 사이의 관계를 살펴보았다.

이들의 작품 속에 나타난 근대성과 여성의식이 중요하다고 생각한 이유는 다음과 같다. 첫째, 박완서·오정희가 왕성하게 창작활동을 벌인 1970년대에서 90년대에 이르는 시기는 근대의 발전 이데올로기가 전면적으로 확산된 시기이자 이러한 발전 이데올로기의 허구성이 점진적으로 비판된 시기이다. 그러므로 이들의 소설세계에는 작가 자신이 자각했든 자각하지 못했든 이러한 근대성의 경험이 필연적으로 투영되어 있다. 둘째, 이 시기에는 보수적 여성 의식에 대한 반성이 적극적으로 이루어지면서 여성 억압적인 현실과 여성 자아의 주체적 자각의 문제가 여성문학의 중심 테마로 자리잡기 시작했다. 그러므로 이들의 소설을 분석할 때 여성의식에 대한 접근은 필수적으로 요청되는 과제라 할 수 있다.

본고의 연구 방법은 네 가지로 설명될 수 있다.

첫째, 본고에서는 오정희·박완서 소설의 여주인공들이 엮어내는 서사를, 유년→청년→장년→노년으로 이어지는 단일한 자아의 서사로 볼 수 있다는 전제 아래, 이들의 소설을 여주인공의 연령에 따라 재배열하여 살펴보았다. 그 이유는 이들의 소설에서 여주인공의 육체적 성숙과정과 자아발견의 과정이 대위법적으로 전개되고 있기 때문이다. 오정희·박완서 소설이 이러한 성장담의 구도를 보이는 것은 여주인공들이 실감하는 정체성의 위기가 그만큼 심각하다는 것을 의미한다. 왜냐하면 성장 과정이란 안정된 계급사회에서는 중요하게 다루어지지 않기 때문이다. 성장담은 어린 주인공이 불안정한 사회 속에서 자기의 정체성과 사회 속에서의 역할을 찾아가는 이야기로서, 여기에 나타난 젊은이의 방황과 모색은 근대의 역동성과 불안정성을 강조하는 근대성의 중요한 기호이기도 하다. 그러므로 오정희·박완서의 소설세계 전체를 각각 단일한 자아의 서사로 간주하는 것은 여주인공들이 경험하는 근대성의 성격을 살펴보는 데 유효한 방법론이 될 수 있다.

둘째, 본고에서는 도시 공간의 상징성에 주목하였다. 오정희 소설의 주요공간은 ①저잣거리·읍내→②집 안 →③'혼자만의 공간'으로 이동한다. 이는 ①근대에 대한 동경→②근대에의 환멸→③새로운 근대성의 기획으로 나아가는 주인공의 근대 체험의 성격을 압축적으로 보여준다. 또한 박완서의 소설의 주요공간은 ①고갯마루(농바위고개)→②사대문 안팎(현저동과 돈암동 주변)→③사대문 안의 신흥주택가→④사대문 안의 신흥주택가 주변으로 이동한다. 이는 ①근대에의 양가(兩價)감정→②근대에의 환멸→③근대에의 부정적인 매혹→④새로운 근대성의 기획으로 나아가는 주인공의 근대 체험의 성격을 역시 압축적으로 보여준다. 그러므로 오정희·박완서의 소설에서 공간이란 근대적 경험의 양식을 보여주는 상징적인 기호로 간주될 수 있다

셋째, 근대성이란 다양한 함의를 가진 용어이지만 본고에서는 마샬 버만, 미셸 푸코, 리타 펠스키, 위르겐 하버마스 등의 논의에 기대어 근대성을 자신과 당대를 근본적으로 성찰하는 태도, 즉 근대적 경험의 양식으로 정의하여 사용하였다. 이는 마테이 칼리니스쿠가 나눈 사회·역사적 근대성과 미적 근대성을 매개하는 개념으로서 미적 근대성보다 광의의 개념이다. 본고에서 미적 근대성이란 용어를 쓰지 않은 이유는 다음과 같다. 첫째, 미적 근대성이란 종종 사조로서의 모더니즘과 동일시되는 경향이 있기 때문이다. 둘째, 여성문학 논의에서는 특히 여성 고유의 경험세계가 강조되는데, 본고에서 사용한 근대적 경험의 양식으로서의 근대성 개념은 이러한 여성문학 논의에 적절하다고 판단했기 때문이다.

넷째, 젠더는 사회·문화적으로 구성된 성(性)을 가리키는 용어로서 지금까지 다양한 방식으로 논의되어 왔는데, 본고에서는 그러한 논의를 바탕으로 여주인공의 정체성 정립양상에 접근했다. 젠더 정체성 개념은 한 개인의 정체성이 사회·역사적 현실과의 상호작용 속에서 형성되는 것임을 보여준다는 점에서 중요하다. 즉 한 개인의

정체성이 성(性)이라는 결정 요인뿐만 아니라 민족·계급·인종·성적 지향 등의 다양한 요인의 착종 속에서 형성된다는 것을 보여줌으로써 정체성 논의가 생물학적 결정론이나 성적 환원론에 빠질 위험을 피해갈 수 있게 해 준다.

본고에서는 앞에서 밝힌 방법론을 바탕으로 오정희·박완서 소설을 다음과 같이 분석했다.

제3장에서는 오정희의 소설집 『불의 江』(1977), 『幼年의 뜰』(1981), 『바람의 넋』(1986), 『불꽃놀이』(1995), 『새』(1996)를 연구대상으로 삼아 오정희의 소설세계를 세 단계로 나누어 살펴보았다.

첫째, 유년기의 여주인공이 화자로 설정된 「幼年의 뜰」「中國人 거리」「완구점 여인」「새」를 살펴본 결과, 다음과 같은 결론을 얻을 수 있었다. 지방 소도시에서 성장하는 어린 여주인공들은 새로운 가능성의 세계로 비치는 도시를 동경하지만 그 세계가 여성들에게는 제한적으로 열려 있다는 것을 깨닫고 동경을 포기한다. 그 결과 여주인공들은 가부장제에 의해 젠더화된 여성이라는 표지 또한 거부하게 되는데, 이는 구토, 탐식(貪食), 도둑질, 동성애 등의 형태로 표현된다. 이는 어린 주인공의 근대체험과 젠더화가 매혹과 환멸의 이중성 속에서 이루어져 왔음을 보여준다.

둘째, 미혼여성이나 기혼의 젊은 가정주부가 주인공으로 설정된 「직녀」「燔祭」「불의 江」「봄날」「새벽별」「전갈」「어둠의 집」「비어 있는 들」「바람의 넋」「꿈꾸는 새」「순례자의 노래」를 살펴본 결과 다음과 같은 결론을 얻을 수 있었다. 이 단계의 여주인공들은 근대를 성별분업구조 속에서 경험하면서 집을 불임(不姙)의 공간 내지는 불모(不毛)의 공간으로 인식한다. 이 속에서 그들은 제도화된 젠더 역할을 거부하는 한 방법으로서 태아살해의 욕망과 같은 광증(狂症)이나 타나토스의 욕망과 같은 파괴본능을 표출하게 된다. 이는 여성의 근대체험과 젠더화가 환멸 속에서 이루어져 왔음을 보여준다.

셋째, 중년 혹은 중년으로 넘어가는 시기의 가정주부가 주인공으로 설정된 「옛우물」「夜會」「破虜湖」「木蓮抄」를 살펴본 결과 다음과 같은 결론을 얻을 수 있었다. 여주인공들은 여성자아의 재발견이라는 성찰적 근대체험 속에서 자신의 젠더를 새롭게 기획하게 된다. 그것은 모성으로서의 자기 경험이나 성적(性的) 주체로서의 자신의 섹슈얼리티를 새롭게 인식하는 형태로 이루어지게 된다. 이는 여주인공들이 근대의 성별분업구조 속에 포함되지 않는 '혼자만의 공간'이라는 새로운 공간을 확보함으로써 가능할 수 있었다.

요컨대 오정희 소설의 여주인공들은 환멸의 근대체험 속에서 근대 부정의 의지를 드러내는 한편, 이데올로기화된 젠더 역할을 거부하는 저항적 여성의식을 내면화하고 있음을 알 수 있었다. 여기서 환멸에 바탕한 근대 부정의 의지란 바로 오정희 소설에 나타난 근대성으로서, 이는 여성육체의 히스테리화로 표현되었다.

제4장에서는 박완서 장편소설 전집(세계사刊, 1993~1999) 14권과 단편소설 전집(문학동네刊, 1999) 5권, 『그 많던 싱아는 누가 다 먹었을까』 『그 산이 정말 거기 있었을까』를 연구대상으로 삼아 박완서의 소설세계를 세 단계로 나누어 살펴보았다.

첫째, 어린 여자아이가 주인공으로 설정된 「엄마의 말뚝·1」『그 많던 싱아는 누가 다 먹었을까』를 살펴본 결과 다음과 같은 결론을 얻을 수 있었다. 어린 여주인공은 도시입성과 더불어 도시에 대한 양가(兩價) 감정을 갖게 된다. 하나는 '문화의 예감'이 가져다주는 동경의 감정이라면, 다른 하나는 박적골에 대한 향수로 표상되는 거부의 감정이다. 이 양가 감정 속에서 어린 주인공은 '엄마'에 의해 강제된 신여성 이상(理想)의 양면성을 인식하게 된다. 이는 새롭게 부상하는 여성상에 대한 동경과 부정의 양가감정 속에서 어린 주인공의 여성의식이 형성됨을 보여준다.

둘째, 미혼여성 혹은 젊은 기혼여성이 주인공으로 설정된 작품의 경우, 주인공의 근대체험의 내용에 따라 다시 두 갈래로 나누어 살펴보았다.

먼저, 왜곡된 근대성의 폭발인 6·25체험이 형상화된 『나목』『그 산이 정말 거기 있었을까』『목마른 계절』『그해 겨울은 따뜻했네』「부처님 근처」「카메라와 워커」「엄마의 말뚝·2」「세상에서 가장 무거운 틀니」를 살펴본 결과 다음과 같은 결론을 얻을 수 있었다. '정신의 높이'를 가진 '이상주의자'이자 무모한 낭만주의자였던 오빠가 이데올로기 공방전의 희생양이 되는 과정을 지켜보면서 주인공은 근대의 자기발전 욕망의 부정성을 충격적으로 인식하게 된다. 그 결과 주인공은 일종의 생존전략으로서 기왕의 젠더 이데올로기를 받아들이는 보수적인 여성의식을 보이게 된다. 그러나 이 역시 이중성 속에서 형성되는 것으로 보아야 하는데, 왜냐하면 젠더 이데올로기의 수용이 생존전략의 차원에서 이루어지는 것이지 내면화의 차원에서 이루어지는 것은 아니기 때문이다.

다음으로 부정적 근대성의 확산을 의미하는 생활세계의 식민화 현상이 표현된 『휘청거리는 오후』『도시의 흉년』「歲暮」「주말 농장」「어떤 나들이」「닮은 방들」「泡沫의 집」「서울 사람들」을 살펴본 결과 다음과 같은 결론을 얻을 수 있었다. 이 작품들에서 주인공들은 소비주의 문화의 화려한 외양에 매혹되는 수동적인 존재로 그려진다. 그것은 근대의 부정성을 내면화하는 것이자 기왕의 젠더 역할을 무비판적으로 수용하는 것이기도 하다. 그러나 이 역시 이중성을 내포하고 있는데 소비주의 문화에의 탐닉이 결국에는 젠더 역할의 와해로 나아가기 때문이다. 예컨대 『휘청거리는 오후』의 초희는 가부장제의 어머니노릇과는 무관한 어머니가 됨으로써, 또한 남편의 권위에 도전하는 부정을 저지르는 아내가 됨으로써 기왕의 젠더 역할을 부정적인 방식으로 와해시킨다.

셋째, 중년 혹은 중년으로 넘어가는 여성이 주인공으로 설정된 작품의 경우도 주인공의 근대체험의 내용에 따라 다시 두 갈래로 나누어 살펴보았다.

먼저, 여성해방 이념의 수용이라는 해방적 근대체험이 형상화된 『살아있는 날의 시작』『서있는 여자』『그대 아직도 꿈꾸고 있는가』「꿈꾸는 인큐베이터」를 살펴본 결과 다음과 같은 결론을 얻을 수 있었다. 근대의 자기발전의 욕망을 부정적인 것으로 경험한 주인공들은 성찰적 근대체험이라 할 수 있는 여성해방운동의 분위기 속에서 새롭게 자신의 젠더를 기획한다. 그것은 주인공들이 기왕의 젠더 역할을 거부하고 새로운 젠더 역할을 찾아가는 데서 알 수 있다.

다음으로 여성성·모성성의 재발견이라는 내면성의 성찰적 근대체험이 나타난 「그 가을의 사흘동안」「지 알고 내 알고 하늘이 알건만」「黑寡婦」「공항에서 만난 사람」「그 살벌했던 날의 할미꽃」「해산 바가지」를 살펴본 결과 다음과 같은 결론을 얻을 수 있었다. 이는 여성주인공이 근대세계의 부정성을 직접 경험하지만, 거기에 함몰되지 않고 그것을 비판하면서 자기 안에 내재된 대안적 젠더로서의 여성성·모성성을 발견하게 된다는 것이다.

요컨대 박완서 소설의 여주인공들은 동경과 환멸이라는 양가적인 근대체험 속에서 근대 부정의 의지를 드러내는 한편, 기왕의 젠더 이데올로기나 당대의 부상하는 새로운 여성상을 내면화하면서 궁극적으로는 창조적 여성의식을 보여주었다.

제5장에서는 제3장과 제4장의 연구결과를 바탕으로 오정희·박완서 소설에 나타난 근대성과 여성의 정체성 정립양상을 비교 고찰해 보았다. 그 결과 오정희·박완서 소설에 나타난 근대성이란 모두 근대부정의 의지로 표출되고 있지만, 오정희가 환멸을 강조하는 것과 달리 박완서는 양가적 반응을 강조함을 알 수 있었다. 이는 오정희의 경우 내성적(內省的)인 자기 발견의 길을, 박완서의 경우 외향적(外向的)인 자아발견의 길을 보여준 것과 관련된다. 오정희의 여주인공들은 내성적(內省的)인 자기 발견의 길 위에서 제도화된 여성성·모성성에 대한 환멸을 그 극단까지 추구한 반면, 박완서의 여주인공들은 외향적(外向的)인 자기 발견의 길 위에서 당대에 새롭게 부상하는 여성상을 선택적으로 수용했다.

오정희·박완서 소설을 중심으로 여성소설의 근대성에 접근할 때 우리는 다음과 같은 결론을 내릴 수 있다. 여성작가들은 근대에 대한 비판의지를 제도화된 여성성·모성성에 대한 거부와 연결짓고 있다. 이는 젠더 중립적이고 가치 중립적인 것으로 간주되어 온 근대가 실은 남성으로 젠더화된 세계임을 상징적으로 보여준다는 점에서 중요하다. 여성작가들은 근대 속에서 여성이 어떻게 소외되고 배제되어 왔는가를 여성됨의 경험과 과정을 통해 드러냄으로써 근대성의 경험이 성별화되어 있음을 적극적으로 형상화해 낸 것이다.

그러나 여성작가들은 그러한 타자화의 경험 속에서도 새로운 비전을 준비해 놓고 있었다. 그것은 대안적인 여성성·모성성의 발견과 관련된다. 오정희의 경우 내성적(內省的)인 자기발견의 과정 속에서 궁극적으로는 모성과 섹슈얼리티가 결합된 새로운 모성성을 발견했고, 박완서의 경우 외향적(外向的)인 자기발견의 과정 속에서 여성 집단 속에 일종의 전통으로 흐르고 있던 여성성·모성성의 세계와 만나는 동시에 새롭게 부상하고 있던 여성해방의 이념 속에서 미래세계를 열어갈 대안적 가치를 발견할 수 있었다. 그것은 여성 역시 또 하나의 근대적 주체로서 근대의 서사를 만들어 가는 일에 참여해 왔음을 보여주는 의미 있는 지표이다.

■ 참고문헌

1. 기초 자료

박완서, 『박완서 소설 전집 1~14』, 세계사, 1993~1999.
_____, 『박완서 단편소설 전집1~5』, 문학동네, 1999.
_____, 『그 많던 싱아는 누가 다 먹었을까』, 웅진, 1992.
_____, 『그 산이 정말 거기 있었을까』, 웅진, 1996.
_____, 『너무도 쓸쓸한 당신』, 창작과비평사, 1998.
_____, 『(에세이) 서있는 여자의 갈등』, 나남출판사, 1986.
오정희, 『불의 강』, 문학과지성사, 1997.
_____, 『유년의 뜰』, 문학과지성사, 1997.
_____, 『바람의 넋』, 문학과지성사, 1995.
_____, 『불꽃놀이』, 문학과지성사, 1995.
_____, 『새』, 문학과지성사, 1997.
_____, 「나의 소설, 나의 삶」, 『작가세계』 1995년 여름호.
_____, 「소설쓰기 소설짓기」, 이남호·이광호 엮음, 『오정희 문학앨범』,
　　　　웅진, 1995.

2. 국내 논저 및 학위논문

2.1. 박완서 연구 논저 및 학위논문

강인숙, 『박완서 소설에 나타난 도시와 모성』, 둥지, 1997.
박완서·권영민·호원숙 지음, 『박완서 문학앨범』, 웅진, 1992.

삼인행 편집부 편, 『박완서론』, 삼인행, 1991.

이태동 편, 『(한국문학의 현대적 해석 18) 박완서』, 서강대학교 출판부, 1998.

권향숙, 『박완서 소설의 성장소설적 양상』, 서강대학교 석사학위논문, 1999.

김기숙, 『박완서 소설 연구: 현실반영을 중심으로 한 작가의식 고찰』, 연세대학교 석사학위논문, 1994.

김동선, 『박완서 소설 연구: 부권상실 하의 여성상을 중심으로』, 성신여자대학교 석사학위논문, 1997.

김민아, 『박완서 소설의 문체적 특성 연구』, 동덕여자대학교 석사학위논문, 1999.

김지현, 『한국 현대 여성문학 연구』, 부산여자대학교 석사학위논문, 1991.

김희진, 『박완서 소설 연구: 풍자성을 중심으로』, 중앙대학교 석사학위논문, 1995.

남진아, 『박완서 소설 연구』, 인하대학교 석사학위논문, 1996.

박민숙, 『박완서 소설 〈미망〉 연구』, 서강대학교 석사학위논문, 1998.

서민자, 『1980년대 한국 여성 소설의 자기 정체성 연구』, 부산대학교 석사학위논문, 1993.

안광진, 『박완서 장편소설 연구: 체험의 소설적 형상화를 중심으로』, 중앙대학교 석사학위논문, 1997.

윤송아, 『박완서 소설에 나타난 모녀관계 연구』, 경희대학교 석사학위논문, 1999.

윤철현, 『박완서 소설 연구』, 부산여자대학교 석사학위논문, 1991.

이경식, 『박완서 소설 연구』, 경희대학교 석사학위논문, 1987.

이두혜, 『박완서 〈엄마의 말뚝〉에 나타난 서사전략 연구』, 동아대학교 석사
　　　학위논문, 1997.

이홍진, 『박완서 초기 장편소설 연구』, 계명대학교 석사학위논문, 1996.

전창호, 『여성의 글쓰기와 자기발견의 서사구조: 박완서 장편소설을 중심
　　　으로』, 한남대학교 석사학위논문, 1993.

지지연, 『박완서 소설 연구』, 경희대학교 석사학위논문, 1997.

한상희, 『박완서 소설의 작중인물 연구』, 경희대학교 석사학위논문, 1999.

홍미광, 『한국 여성 소설의 에코 페미니즘적 연구』, 부산대학교 석사학위논
　　　문, 1996.

2.2. 오정희 연구 논저 및 학위논문

이남호·이광호 엮음, 『오정희 문학앨범』, 웅진, 1995.

김예진, 『오정희 소설의 문체와 기법 연구』, 한국외국어대학교, 2000.

남혜란, 『오정희 소설의 공간연구』, 경남대학교 석사학위논문, 1998.

노수진, 『오정희 소설의 시간구조 분석』, 동국대학교 석사학위논문, 1998.

노희준, 『오정희 소설 연구―시·공간 구조를 중심으로』, 경희대학교 석사
　　　학위논문, 1999.

박미경, 『오정희 소설연구』, 동덕여자대학교 석사학위논문, 1998.

박찬종, 『오정희론―비관적 세계인식의 근원』, 중앙대학교 석사학위논문,
　　　1997.

박향자, 『여성중심적 시각에서 본 오정희의 작품세계』, 계명대학교 석사학
　　　위논문, 1993.

원　화, 『오정희 소설 연구』, 경희대학교 석사학위논문, 1998.

이정선, 『오정희 소설에 나타난 중산층 여성의 자아탐색』, 경남대학교 석사
　　학위논문, 1996.

정영화, 『오정희 소설연구―여성적 상상력과 문체징후를 중심으로』, 중앙
　　대학교 석사학위논문, 1996.

정우련, 『오정희 소설의 서술시점 연구』, 경성대학교 석사학위논문, 1999.

조정희, 『오정희 소설에 나타난 여성주의―타자화된 여성인물을 중심으
　　로』, 성신여자대학교 석사학위논문, 1997.

2.3. 기타 연구 논저 및 학위논문

강수택 편, 『일상생활의 패러다임』, 민음사, 1998.

권영민, 『한국현대문학사』, 민음사, 1993.

권택영, 『프로이트의 성과 권력』, 문예출판사, 1998.

김상태, 『언어와 문학세계』, 이우출판사, 1989.

김성기 편, 『모더니티란 무엇인가』, 민음사, 1995.

김열규 편, 『페미니즘과 문학』, 문예출판사, 1990.

김우종, 『한국현대소설사』, 성문각, 1994.

김욱동, 『모더니즘과 포스트모더니즘』, 현암사, 1992.

김욱동 편, 『포스트모더니즘의 이해』, 문학과지성사, 1990.

김윤식, 『한국문학의 근대성 비판』, 문예출판사, 1993.

김윤식·정호웅 공저, 『한국소설사』, 예하, 1993.

김재홍, 『한국 현대시의 사적 탐구』, 일지사, 1998.

김정자, 『한국 여성소설연구』, 민지사, 1991.

김종회, 『위기의 시대와 문학』, 세계사, 1996.

_____,『전환기의 시대정신』, 민음사, 1997.

김진균·정근식 편저,『근대 주체와 식민지 규율권력』, 문화과학사, 1997.

김진송,『현대성의 형성: 서울에 딴스홀을 許하라』, 현실문화연구, 1999.

나병철,『모더니즘과 포스트모더니즘을 넘어서』, 소명출판사, 1999.

민족문학사연구소 편,『민족문학과 근대성』, 문학과지성사, 1995.

송명희,『여성해방과 문학』, 지평, 1988.

송지현,『다시 쓰는 여성과 문학』, 평민사, 1995.

역사문제연구소 편,『한국의 근대와 근대성 비판』, 역사비평사, 1996.

윤평중,『푸코와 하버마스를 넘어서』, 교보문고, 1990.

이승희,『한국 현대 여성운동사』, 백산서당, 1994.

이재선,『한국현대소설사』, 민음사, 1991.

이정옥 外,『근대가족의 변모와 여성문제』, 서울대 출판부, 1997.

이진경,『근대적 시·공간의 탄생』, 푸른숲, 1997.

이화여자대학교 한국여성연구소 편,『여성사회철학』, 이화여자대학교 출판
　　　　부, 1980.

_____,『여성학』, 이화여자대학교 출판부,
　　　　1984.

이효재,『여성해방의 이론과 현실』, 창작과비평사, 1979.

장춘익 外,『하버마스의 사상』, 나남, 1996.

정순진,『한국문학과 여성주의 비평』, 국학자료원, 1992.

정영자,『한국현대여성문학론』, 지평, 1988.

조(한)혜정,『성찰적 근대성과 페미니즘―한국의 여성과 남성 2』, 또 하나
　　　　의 문화, 1998.

조혜정,『글 읽기와 삶 읽기 2』, 또 하나의 문화, 1994.

_____,『한국의 여성과 남성』, 문학과 지성사, 1988.

최문규,『(탈)현대성과 문학의 이해』, 민음사, 1996.

최혜실,『한국모더니즘소설연구』, 민지사, 1992.

한국여성연구소 여성사연구실,『우리 여성의 역사』, 청년사, 1999.

한국여성연구회 문학분과 편역,『여성해방문학의 논리』, 창작과비평사, 1990.

한용환,『소설학 사전』, 고려원, 1992.

강금숙,『젠더 공간구조로 본 서사체 연구—1930년대 소설을 중심으로』, 이화여자대학교 박사학위논문, 1989.

김미현,『한국 근대 여성소설의 페미니스트 시학—여성적 글쓰기를 중심으로』, 이화여자대학교 박사학위논문, 1996.

김양선,『1930년대 후반 소설의 미적 근대성 연구』, 서강대학교 박사학위논문, 1997.

백승대,『지식사회학의 새로운 성향과 하버마스의 근대성 논의』, 경북대 박사학위논문, 1996.

송지현,『1930년대 한국소설에 있어서의 여성자아 정립양상 연구』, 전남대학교 박사학위논문, 1991.

이광호,『한국 근대시론의 미적 근대성 연구』, 고려대학교 박사학위논문, 1998.

이연정,『모성론에 관한 비판적 고찰』, 서울대학교 석사학위논문, 1994.

3. 국내 소논문 및 평문

3.1. 박완서 연구 소논문 및 평문

강금숙, 「박완서 소설의 공간에 나타난 여성의식」, 『이화어문논집』 제10집, 1989.3.

강인숙, 「박완서의 소설에 나타난 도시의 양상(3)」, 『건국대인문과학논총』 16, 1984.

_____, 「박완서론―〈울음소리〉와 〈닮은 방들〉, 〈泡沫의 집〉 비교연구」, 『건국대인문과학논총』 26, 1994.

고정희 外, 「(좌담) 페미니즘 문학과 여성운동」, 『여성해방의 문학』, 또하나의 문화, 1987.

고정희, 「(탐방) 다시 살아 있는 날의 지평에 서 있는 작가, 박완서」, 『한국문학』 1990년 1월호.

권순긍, 「(탐방) 두 얼굴을 가진 광기」, 『소설문학』 1981년 4월호.

권영민, 「소설 〈미망〉의 구도」, 『미망』 해설, 문학사상사, 1990.

김경수, 「삶의 무게가 실린 글의 가벼움」, 『현대문학』 1998년 1월호.

_____, 「여성경험의 소설화와 삽화형식」, 『현대소설』 1991년 12월호.

_____, 「여성 성장 소설의 제의적 국면」, 『페미니즘과 문학비평』, 고려원, 1994.

김경연·전승희·김영혜·정영훈, 「여성해방의 시각에서 본 박완서의 작품세계」, 『여성2』, 창작사, 1988.

김경연, 「개성 1931―서울 1991」, 『작가세계』 1991년 봄호.

_____, 「박완서 문학을 보는 시각」, 『작가세계』 1991년 봄호.

김교선, 「생리적 감각적 정서형태의 소설」, 『표현』 1989년 7월호.

_____, 「호소력의 문제」, 『창작과비평』 1976년 여름호.

김문조, 「참회로의 긴 여로」, 『그해 겨울은 따뜻했네』 해설, 중앙일보사, 1983.

김상옥, 「삶의 실체와 작가의 통찰력」, 『세계의 문학』 1983년 겨울호.

김양선·오세은, 「안주와 탈출의 이중심리」, 『오늘의 문예비평』 1991년 가을/겨울호.

김연숙·이정희, 「여성의 자기발견의 서사, '자전적 글쓰기' : 박완서, 신경숙, 김형경, 권여선을 중심으로」, 『여성과사회』 제8호, 1997.

김영무, 「박완서의 소설세계」, 『세계의 문학』 1977년 겨울호.

김영민, 「상처의 인식과 그 치유」, 『월간문학』 1991년 7월호.

김영민, 「슬픔, 종교, 성숙, 글쓰기」, 『오늘의 문예비평』 1995년 가을/겨울호.

김영희, 「근대체험과 여성」, 『창작과비평』 1995년 가을호.

김우종, 「한국인의 유산과 그 미망」, 『세계의 문학』 1978년 봄호.

김윤식, 「박수근과 박완서」, 『낯선 신을 찾아서』, 일지사, 1988.

_____, 「천의무봉과 대중성의 근거」, 『문학사상』 1988년 1월호.

_____, 「기억과 묘사」, 『그 많던 싱아는 누가 다 먹었을까』 해설, 웅진, 1999.

김윤정, 「근대 주체, 소비자본주의, 여성의 욕망」, 『현대소설의 여성성과 근대성 연구』, 깊은샘, 2000.

김인환, 「이중의 분단」, 『그해 겨울은 따뜻했네』 해설, 중앙일보사, 1983.

김주연, 「구원과 소설」, 『문학을 넘어서』, 문학과지성사, 1987.

_____, 「순응과 탈출」, 『변동 사회와 작가』, 문학과지성사, 1979.

김치수, 「함께 사는 꿈을 위하여」, 『우리시대 우리작가, 박완서』, 동아, 1987.

류보선, 「개념에의 저항과 차이의 발견」, 박완서 단편소설 전집1 『어떤 나들이』 해설, 문학동네, 1999.

_____, 「고통의 기억, 기억의 고통: 〈그 많던 싱아는 누가 다 먹었을까〉 연작에 대한 단상」, 『문학동네』 1998년 봄호.

박혜란, 「여자다움의 껍질벗기」, 『작가세계』 1991년 봄호.

배경열, 「중간소설의 구조 미학」, 『문학과 의식』 1995년 3월호.

서영채, 「사람다운 삶에 대한 갈망」, 박완서 단편소설 전집 3 『아저씨의 훈장』 해설, 문학동네, 1999.

서준섭, 「개성상인 또는 근대적 시민을 찾아서: 박완서 장편소설 〈미망〉」, 『현대문학』 1997년 1월호.

성민엽, 「박완서의 구원 추구」, 『고통의 언어, 삶의 언어』, 한마당, 1986.

_____, 「윤리적 결단과 소설적 진실」, 『지성과 실천』, 문학과지성사, 1985.

송명희, 「중년여성의 위기의식」, 『표현』 1989년 1월호.

신덕룡, 「고립된 폐쇄주의, 그 비극적 결말」, 『동서문학』 1991년 겨울호.

신상성, 「중편적 미학—〈굶주린 혼〉과 〈엄마의 말뚝〉의 경우」, 『현대문학』 1981년 11월호.

신수정, 「증언과 기록에의 소명」, 『소설과사상』 1997년 봄호.

_____, 「자아의 서사, 소설의 기원」, 박완서 단편소설 전집4 『해산 바가지』 해설, 문학동네, 1999.

신철하, 「기억·음화·미망」, 『동서문학』 1998년 봄호.

안숙원, 「〈엄마의 말뚝 1·2·3〉 연작소설과 모녀관계의 은유/환유체계」,

서강어성문학연구회 편,『한국문학과 모성성』, 태학사, 1998.

염무웅,「사회적 허위에 대한 인생론적 고발」,『세계의 문학』, 1977년 여름
　　호.

오생근,「한국 대중문학의 전개」, 권영민 편,『해방 40년의 문학4』, 민음사,
　　1977.

오세은,「박완서 소설 속의 '어머니와 딸' 모티프」,『한국여성문학비평론』,
　　개문사, 1995.

원윤수,「꿈과 좌절」,『문학과 지성』1976년 여름호.

유남옥,「풍자와 연민의 이중성」,『숙명여대어문논집』제5호, 1995.12.

유종호,「고단한 세월 속의 삶」,『나목, 도둑맞은 가난』해설, 민음사,
　　1997.

_____,「고단한 세월 속의 젊음과 중년」,『창작과 비평』1977년 가을호.

_____,「불가능한 행복의 질서」,『동시대의 시와 진실』, 민음사, 1982.

이경훈,「작가의 전쟁 체험 문학의 핵심적 구조」,『문학사상』1996년 3월
　　호.

이광훈,「소시민적 삶과 일상의 덫―박완서론」,『현대문학』1980년 2월호.

이남호,「〈말뚝〉의 사회적 의미」,『문학의 위족2』, 민음사, 1990.

_____,「그 때 거기에 있었던 아픔과 아름다움에 대하여」,『그 산이 정말
　　거기 있었을까』해설, 웅진, 1996.

이동열,「삭막한 삶의 형상화」,『문학과 지성』1979년 여름호.

이동하,「문제의 역사와 문학」,『세계의 문학』1987년 봄호.

_____,「집 없는 시대의 문학」,『세계의 문학』1982년 겨울호.

_____,「한국대중소설의 수준」,『해방 40년대의 한국문학』, 민음사, 1985.

_____,「근대화의 문제와 소설적 진실」,『작가세계』1991년 봄호.

이선미, 「위기의 여자와 성찰의 시선―박완서론」, 한국문학연구회 편, 『페미니즘은 휴머니즘이다』, 한길사, 2000.

이선영, 「세파속의 생명주의와 비판의식」, 『그가을의 사흘동안』 해설, 나남, 1991.

이재현, 「90년대의 징후와 추억으로서의 글쓰기」, 『문예중앙』 1994년 여름호.

이정숙, 「〈서 있는 여자〉, 그 서성거림의 두 가지 방식」, 『서울사대 선청어문21』 1993.9.

이태동, 「서 있는 여자의 갈등」, 『문학사상』 1992년 3월호.

_____, 「성장소설과 리얼리즘」, 『소설과 사상』 1993년 여름호.

_____, 「여성작가 소설에 나타난 여성성 탐구」, 동국대 『한국문학연구』 19집, 1997.3.

장석남, 「상처가 아물기 전에 딱지를 뜯어내며 써야 하는 소설」, 『동서문학』 1996년 봄호.

전승희, 「소설가 박완서에게 보내는 비평적 질문」, 『사상문예운동』 1991.6.

_____, 「여성문학과 진정한 비판의식」, 『창작과비평』 1991년 여름호.

정규웅, 「목마른 계절의 세계」, 『제3세대 한국문학』, 삼성사, 1983.

정호웅, 「스스로 넓어지고 깊어지는 문학」, 박완서 단편소설 전집5 『가는비, 이슬비』 해설, 문학동네, 1999.

_____, 「상처의 두 가지 치유 방식」, 『작가세계』 1991년 봄호.

정홍수, 「지난 연대를 향한 문학의 증언」, 『창작과비평』 1996년 봄호.

조선희, 「바스러지는 것들에 대한 연민」, 『작가세계』 1991년 봄호.

조주현, 「미친년 넋두리」, 『또 하나의 문화』 제8호, 1992.

조혜정, 「박완서 문학에 있어 비평이란 무엇인가」, 『작가세계』 1991년 봄호.

_____, 「한국의 페미니즘 문학 어디까지 왔나」, 『또 하나의 문화』 제3호, 평민사, 1987.

최경희, 「〈엄마의 말뚝1〉과 여성의 근대성」, 『민족문학사연구』 9호, 1996. 6.

최성실, 「산수유, 그래 산수유였다」, 『소설과사상』 1996년 여름호.

편집자가 붙이는 글, 「억척 모성(母性)의 슬픔 곁에서」, 『한 말씀만 하소서』 해설, 솔, 1994.

하응백, 「모성, 그 생명과 평화」, 박완서 단편소설 전집2 『조그만 체험기』 해설, 문학동네, 1999.

홍정선, 「한 여자 작가의 자기 사랑」, 『샘이 깊은 물』 1985년 11월호.

황도경, 「생존의 말, 교신의 꿈」, 『이화어문논집』 14, 1996. 4.

_____, 「정체성 확인의 글쓰기―박완서의 〈엄마의 말뚝 1〉의 경우」, 『페미니즘과 문학비평』, 고려원, 1994.

3.2. 오정희 연구 소논문 및 평문

김복순, 「여성의 광기와 그 비관적 내면의 문체」, 『인문논총』 제17호, 명지대 인문과학연구소, 1998.

_____, 「여성 광기의 귀결, 모성 혐오증」, 한국문학연구회 지음, 『페미니즘은 휴머니즘이다』, 한길사, 2000.

김영미·김은하, 「중산층여성의 정체성 탐색」, 『오늘의 문예비평』 1991년 가을호.

권영민, 「동시대인들의 꿈 혹은 고통」, 『문학사상』 1982년 12월호.

_____, 「현실적 상황과 소설적 상상력」, 『문학과지성』 1978년 봄호.

_____, 「오정희와 소설적 열정」, 『소설의 시대를 위하여』, 이우출판사, 1983.

권오룡, 「원체험과 변혁의식」, 『우리세대의 문학』 1985년 1월호.

김경수, 「여성성의 탐구와 그 소설화」, 『문학의 편견』, 세계사, 1994.

_____, 「여성 성장소설의 제의적 국면」, 『페미니즘과 문학비평』, 고려원, 1994.

_____, 「여성적 광기와 그 심리적 원천」, 『작가세계』 1995년 여름호.

_____, 「성에 따른 문화적 이분법」, 『문학사상』 1990년 2월호.

김기주, 「욕망의 기의, 기의에의 욕망」, 동국대 『한국문학연구』, 1997.

김병익, 「세계에의 비극적 비전」, 『월간조선』 1982년 7월호.

_____, 「성장소설의 문화적 의미」, 『세계의문학』 1981년 여름호.

김승환, 「오정희론―오정희적 자아의 존재양상에 대하여」, 『한국현대작가 연구』, 민음사, 1989.

김예림, 「세계의 겹과 존재의 틈, 그 음각의 사이를 향하는 응시」, 『문학과 사회』 1996년 겨울호.

김은정, 「여성적 자아로의 접근」, 『한국여성문학비평론』, 개문사, 1995.

김용구, 「일상의 갇힘과 밀침」, 『세계의 문학』 1983년 겨울호.

김윤식, 「창조적 기억 회상의 형식」, 『소설문학』 1985년 11월호.

김정자, 「끝없는 자아탐색, 어둠과 바람의 세계―오정희의 작품세계」, 『한 국여성소설연구』, 민지사, 1991.

김주연, 「말의 순결 그 파탄과 회복」, 『세계의 문학』 1981년 가을호.

김치수, 「전율 그리고 사랑」, 『유년의 뜰』 해설, 문학과지성사, 1981.

_____, 「외출과 귀환의 변증법」, 『불꽃놀이』 해설, 문학과지성사, 1995.

김　현, 「살의의 섬뜩한 아름다움」, 『불의 강』 해설, 문학과지성사, 1977.

_____, 「삶의 양면성에서 느껴지는 긴장감」, 『한국현대작가연구』, 문학사상사, 1991.

_____, 「새와 상처받은 유년」, 『뿌리깊은 나무』 1980년 8월호.

_____, 「새와 상처받은 유년」, 『한국문학』 1980년 9월호.

김혜순, 「여성적 정체성을 향하여」, 『옛우물』 해설, 청아, 1994.

김화영, 「개와 늑대 사이의 시간」, 『문학동네』 1996년 가을호.

박혜경, 「불모의 삶을 감싸안는 비의적 문체의 힘」, 『작가세계』 1995년 여름호.

_____, 「안과 밖이 어우러져 드러내 보이는 무늬」, 『문학과사회』 1996년 겨울호.

성민엽, 「존재의 심연에의 응시」, 『바람의 넋』 해설, 문학과지성사, 1986.

_____, 「존재의 진실의 추구」, 『우리시대의 작가』 11 해설, 동아출판사, 1987.

성현자, 「오정희 소설의 공간성과 죽음」, 충북대 『인문학지』 제4집, 1989. 8.

_____, 「오정희 '별사'에 나타난 시간구조」, 『동천 조건상 선생 고희기념 논총』, 1986.

송명희, 「한국소설의 페미니즘—오정희와 김향숙의 경우」, 『동양문학』 1991년 3월호.

_____, 「한국 여성작가와 여성해방—오정희와 김향숙을 중심으로」, 『문학과 성의 이데올로기』, 새미, 1994.

신경숙, 「사로잡혀서 생의 바닥까지 내려가기」, 『작가세계』 1995년 여름호.

신철하, 「성과 죽음의 고리―오정희의 소설구조」, 『현대문학』 1987년 10
　　　월호.

＿＿＿＿, 「〈별사〉의 죽음」, 『문학정신』 1992년 4월호.

심진경, 「오정희 초기소설에 나타난 모성성 연구」, 『한국문학과 모성성』,
　　　태학사, 1998.

＿＿＿＿, 「여성의 성장과 근대성의 상징적 형식」, 『여성문학연구』 창간호,
　　　태학사, 1999.

오생근, 「오정희 문학론―허구적 삶과 비관적 인식」, 『야회』 해설, 나남,
　　　1990.

＿＿＿＿, 「집, 가족, 그리고 개인―이청준과 오정희의 경우」, 『현실의 논리
　　　와 비평』, 문학과지성사, 1994.

우찬제, 「'텅빈 충만', 그 여성적 넋의 노래」, 『타자의 목소리』, 문학동네,
　　　1996.

이남호, 「휴화산의 내부」, 『문학의 위족2』, 민음사, 1990.

이상섭, 「〈별사〉의 수수께끼」, 『문학사상』 1984년 8월호.

이상신, 「〈바람의 넋〉의 다기능 문체 분석」, 『소설의 문체와 기호론』, 느티
　　　나무, 1990.

＿＿＿＿, 「광기, 그 영원한 틈새의 축복」, 『페미니즘과 문학비평』, 고려원,
　　　1994.

이상우, 「의식의 흐름과 불연속적 장면제시」, 『현대소설론』, 양문각, 1993.

이중재, 「오정희 소설을 읽는 방법―〈저녁의 게임〉을 중심으로」, 『동국어
　　　문학』, 1996.

이태동, 「오정희의 〈동경〉」, 《동아일보》 1982년 4월 22일.

＿＿＿＿, 「여성작가 소설에 나타난 여성성 탐구」, 동국대 『한국문학연구』,

1997.

이혜원, 「도도새와 금빛 잉어의 전설을 찾아서」, 『작가세계』 1995년 여름
    호.

임순만, 「미학의 정점—오정희소설」, 『옛우물』 해설, 청아, 1994.

정영자, 「오정희론—〈어둠의 집〉에 나타난 동굴 모티브 분석」, 『한국현대
    여성문학론』, 지평, 1988.

_____, 「한국 여성소설의 특징과 그 문제점」, 『여성과문학』 제1권, 문학세
    계사, 1989.

정재석, 「의식의 흐름과 그 서사적 변주: 오정희의 〈옛우물〉」, 『현대소설
    플롯의 시학』, 태학사, 1999.

정정숙, 「유년 체험의 소설적 변형—오정희론」, 『한성어문학』, 1997.

정현기, 「유년기 체험소설 연구」, 『매지논총』, 연세대, 1994.

최윤정, 「부재의 정치성」, 『작가세계』 1995년 여름호.

하응백, 「자기 정체성의 확인과 모성적 지평」, 『작가세계』 1995년 여름호.

_____, 「소멸에의 저항과 모성적 열림」, 『문학과 사회』 1996년 가을호.

황도경, 「뒤틀린 성, 부서진 육체」, 『작가세계』 1995년 여름호.

_____, 「불을 안고 강 건너기」, 『문학과사회』 1992년 여름호.

_____, 「빛과 어둠의 이중문체」, 『문학사상』 1991년 1월호.

_____, 「어긋나는 말, 혹은 감추어진 말: 오정희 인물의 말하기」, 『작가세
    계』 1996년 가을호.

_____, 「여성의 글쓰기와 꿈꾸기, 그 여성성의 지평」, 『문학정신』 1992년
    5월호.

3.3. 기타 소논문 및 평문

강금숙, 「〈아담의 후예〉에 나타난 '젠더' 공간의 양상」, 『페미니즘과 문학 비평』, 고려원, 1994.

강준만, 「페미니즘과 백화점의 결혼」, 『리뷰』 1995년 봄호.

강홍빈, 「도시환경의 기호학」, 『세계의 문학』 1983년 봄호.

고갑희, 「여성주의적 주체 생산을 위한 이론 I —성계급과 성의 정치학에 대하여」, 『여/성이론』 통권 제1호, 1999.

고정희, 「소재주의를 넘어 새로운 인간성의 실현으로」, 『문학사상』 1990년 2월호.

구모룡, 「한국문학과 근대성 문제」, 『오늘의 문예비평』 1992년 가을호.

권택영, 「여성비평의 어제와 오늘」, 『현대시사상』 1991년 봄호.

김경일, 「한국 근현대사에서 근대성의 경험과 근대주의」, 『현대사상』 1997년 여름호.

김미현, 「주변에서 쓰기, 중심에서 읽기」, 『소설과 사상』 1996년 여름호.

김선아, 「여성주의자, 그 불순한 이름에 대하여」, 『여/성이론』 통권 제1호, 여성문화이론연구소, 1998.

김성곤, 「현대 영미 페미니즘과 〈여성중심비평〉」, 『외국문학』 1988년 겨울호.

김성례, 「여성의 자기진술의 양식과 문체의 발견을 위하여」, 『여자로 말하기 몸으로 글쓰기』, 또 하나의 문화, 1992.

김애령, 「지배받는 몸, 자유로운 몸—다시보는 여성의 몸」, 『여성과사회』 제6호, 1995.

김양선, 「왜곡과 침묵의 서사에서 정체성과 발화의 서사로의 긴 여정—

근·현대문학에 나타난 여성문제 인식의 변모 양상」, 『문학사상』
1999년 4월호.

김영희·이명호·김영미, 「포스트모던 여성해방론의 딜레마」, 『여성과사
회』 제3호, 1993.

김은하·박숙자·심진경·이정희, 「90년대 여성문학 논의에 대한 비판적 고
찰」, 『여성과 사회』 제10호, 1999.

김익두, 「페미니즘과 민족사상, 그리고 민족문학」, 『문예중앙』 1993년 여
름호.

김해옥, 「한국 여성 소설을 통해 본 '근대성'과 '여성성'의 대위법」, 『현대
소설의 여성성과 근대성 연구』, 깊은샘, 2000.

김 현, 「계몽주의, 현대성, 성숙성 : 푸코와 하버마스의 칸트 해석에 대하
여」, 『시칠리아의 암소』, 문학과지성사, 1989.

김호기, 「모더니티와 한국사회 : 사회학적 시각」, 『현대사상』 1997년 여름
호.

박미선, 「(페미니즘 사전) 젠더」, 『여/성이론』 통권 제1호, 1999.

박오복, 「여성언술의 가능성」, 『영어영문학』 1991년 가을호.

배은경, 「오늘, 여기 페미니즘 담론/문화의 겉과 속」, 『세계의 문학』 1995
년 가을호.

백낙청, 「문학과 예술에서의 근대성 문제」, 『창작과비평』 1993년 겨울호.

변신원, 「여성소설에 나타난 낭만적 사랑의 의미」, 『여성문학연구』 창간호,
1999.

서정자, 「여성작가와 자기발견의 서사」, 『문학정신』 1991년 9월호.

송두율, 「우리에게 근(현)대는 무엇을 의미하는가」, 『현대사상』 1997년 여
름호.

신양숙, 「여자의 병 : 해체 페미니즘과 히스테리아」, 『외국문학』 1995년 여름호.

신용하, 「식민지 근대화론 재정립 시도에 대한 비판」, 『창작과비평』 1997년 겨울호.

신은경, 「여성성의 구현으로서의 여성텍스트와 여성문체」, 『문학정신』 1991년 12월호.

심광현, 「육체, 무엇이 문제인가」, 『문화과학』 1993년 가을호.

심정순, 「주체적 자아의 완성」, 『외국문학』 1988년 겨울호.

안숙원, 「유사남성적 언술과 '젠더' 의식의 교착―강경애의 〈인간문제〉, 『한국여성문학비평론』, 개문사, 1995.

연효숙, 「여성주체성과 페미니즘의 문화기획」, 『시대와 철학』 1998년 가을호.

오수연, 「쥬디스 버틀러와 로지 브라이도티의 대담」, 『여/성이론』 통권 제1호, 여성문화이론연구소, 1999.

오정화, 「주체로서의 어머니의 언술분석」, 『현대비평과 이론』 1993년 봄/여름호.

원영선, 「올바른 여성해방론을 위하여」, 『오늘의 문예비평』 1991년 가을호.

유재건, 「식민지, 근대와 세계사적 시야의 모색」, 『창작과비평』 1997년 겨울호.

이경숙, 「영미 페미니스트 문학비평의 비판적 고찰 : 페미니스트시학의 정립을 향하여」, 『현상과 인식』 1991년 봄/여름호.

이경순, 「탈식민주의 페미니즘」, 『외국문학』 1992년 여름호.

이득재, 「화장, 리비도의 정치경제학」, 현실문화연구 편, 『문화연구 어떻게 할 것인가』, 현실문화연구, 1993.

이상경, 「한국 여성문학론의 역사와 이론」, 『여성문학연구』 창간호, 1999.

이선영, 「우리 문학 연구의 새로운 지평」, 민족문학사연구소 엮음, 『민족문학과 근대성』, 문학과지성사, 1995.

이성욱, 「여자의 눈길 ― '볼거리'의 숙명에 대하여」, 『문화과학』, 1993년 가을호.

이수자, 「여성 주체 형성의 삼각 구도 : 몸-섹슈얼리티-노동」, 『여/성이론』 통권 제1호, 1999.

이정희, 「근대체험과 타자성」, 『여성문화의 새로운 시각2』, 월인, 2000

이진경, 「근대적 주체와 정체성」, 『경제와 사회』 1997년 가을호.

이진우, 「계몽의 변증법과 생활세계의 병리화」, 하버마스 著, 『현대성의 철학적 담론』 해설, 문예출판사, 1994.

이태동, 「여성해방에서 인간해방으로」, 『문학사상』 1994년 4월호.

임옥인 外, 「미국여성비평의 전개과정」, 『세계의 문학』 1988년 봄.

임옥희, 「법과 권력이 생산한 주체―쥬디스 버틀러의 수행적 정체성」, 『여/성이론』 통권 제1호, 여성문화이론연구소, 1998.

_____, 「타자의 정치학과 욕망의 시학」, 『세계사상』 1998년 여름호.

임옥희·최재봉·이명호, 「미국 여성비평의 전개과정」, 『세계의 문학』 1988년 봄호.

장석만, 「한국 근대성 이해를 위한 몇 가지 검토」, 『현대사상』 1997년 여름호.

장필화, 「몸에 대한 여성학적 접근」, 『한국여성학』 제8집, 1992.

_____, 「여성체험의 공통성」, 『철학과 현실』 1996년 겨울호.

전혜자, 「한국 여류소설에 나타난 페미니즘분석」, 『아세아여성연구』 제21

집, 1982.

정순진, 「여성주의 문학이란 무엇인가」, 『한국문학과 여성주의비평』, 국학
　　자료원, 1992.

정영자, 「한국 현대 여성문학사의 흐름과 그 특성」, 『여성문학연구』 창간
　　호, 1999.

정정호, 「성차와 〈여성적 글쓰기〉의 정치적/무의식」, 『현대비평과 이론』
　　1992년 가을/겨울호.

정진성, 「여성억압 기제의 전통과 근대」, 『창작과비평』 1996년 겨울호.

조옥라, 「가부장제에 관한 이론적 고찰」, 『한국여성학』 제2집, 1986.

조　형, 「남성지배문화」, 『지배문화, 남성문화』, 청하, 1992.

조혜정, 「결혼, 사랑, 그리고 성」, 『새로 쓰는 사랑 이야기』, 또하나의 문화,
　　1991.

＿＿＿, 「성(性)의 사슬 풀고 자기 언어 가지기」, 『문학사상』 1990년 2월
　　호.

＿＿＿, 「한국의 페미니즘 문학 어디까지 왔나」, 『또하나의 문화』 제3호,
　　평민사, 1987.

최원식, 「여성주의와 아버지 부재의 문학적 의미」, 『또 하나의 문화』 제3
　　호, 1987.

태혜숙, 「제3세계 여성과 탈식민주의: 인종/계급/젠더의 역학」, 『세계사
　　상』 1998년 여름호.

하응백, 「여성의식의 응축과 확산」, 『문학정신』 1992년 5월호.

하정일, 「근대성과 민족문학」, 『실천문학』 1994년 여름호.

황종연, 「모더니즘의 망령을 찾아서」, 김성기 편, 『모더니티란 무엇인가』,
　　민음사, 1994.

4. 외국 논저 및 편저

Barrett, M. & McIntoch, M., 『가족은 반사회적인가』, 김혜경 옮김, 여성사, 1994.

Beauvoir, S., 『제2의 성』, 최용식 옮김, 을유문화사, 1993.

Beck, U. & Giddens, A. & Lash, S., 『성찰적 근대화』, 임현진·정일준 옮김, 한울, 1998.

Beck, U., 『위험사회 : 새로운 근대(성)을 향하여』, 홍성태 옮김, 새물결, 1997.

Berman, M., 『현대성의 경험』, 윤호병 外 옮김, 현대미학사, 1994.

Calinescu, M., 『모더니티의 다섯 얼굴』, 이영욱 外 옮김, 시각과언어, 1993.

Callinicos, A.T., 『포스트모더니즘 비판』, 임상훈 外 옮김, 성림, 1994.

Deleuze, G. & Guattari, F., 『앙띠 오이디푸스』, 최명관 옮김, 민음사, 1997.

Donovan, J., 『페미니즘 이론』, 김익두·이월영 옮김, 문예출판사, 1993.

Felski, R., 『근대성과 페미니즘』, 김영찬·심진경 옮김, 거름, 1998.

Firestone, S., 『성의 변증법』, 김예숙 옮김, 풀빛, 1993.

Foucault, M. 外, 『미셸 푸코, 섹슈얼리티의 정치와 페미니즘』, 황정미 外 편역, 새물결, 1995.

Foucault, M., 『성의 역사 1』, 이혜숙·이영목 공역, 나남, 1990.

Freud, S., 『정신분석강의(상)』, 임홍빈·홍혜경 옮김, 열린책들, 1997.

_____, 『쾌락원칙을 넘어서』, 박찬부 옮김, 열린책들, 1997.

Friedan, B., 『여성의 신비(上·下)』, 김행자 옮김, 평민사, 1978.

Giddens, A., 『포스트모더니티』, 이윤희 · 이현희 옮김, 민영사, 1994.

_____, 『현대사회의 성 · 사랑 · 에로티시즘』, 배은경 外 옮김, 새물결, 1996.

_____, 『현대성과 자아 정체성』, 권기돈 옮김, 새물결, 1997.

Gilligan, C., 『다른 목소리로』, 허란주 옮김, 동녘, 1997.

Habermas, J., 『현대성의 철학적 담론』, 이진우 옮김, 문예출판사, 1995.

Harvey, D., 『포스트모더니티의 조건』, 구동회 · 박영민 옮김, 한울, 1994.

Horkheimer, M. & Adorno, T., 『계몽의 변증법』, 김유동 · 주경식 · 이상훈 옮김, 문예출판사, 1995.

Humm, M., 『페미니즘 이론 사전』, 심정순 · 염경숙 옮김, 삼신각, 1995.

Irigaray, L., 『나, 너, 우리』, 박정오 옮김, 동문선, 1996.

Irigaray, L. 外, 『성적 차이와 페미니즘』, 권현정 편역, 공감, 1997.

Lasch, C., 『나르시시즘의 문화』, 최경도 옮김, 문학과지성사, 1998.

Lash, S. & Friedman, J. ed., 『현대성과 정체성』, 윤호병 外 옮김, 현대미학사, 1998.

Lemaire, A., 『자크 라캉』, 이미선 옮김, 문예출판사, 1994.

Lunn, E., 『마르크시즘과 모더니즘』, 김병익 옮김, 문학과지성사, 1986.

Mercuse, H., 『에로스와 문명』, 김인환 옮김, 나남, 1989.

Millett, K., 『성의 정치학 (上 · 下)』, 정의숙 · 조정호 옮김, 현대사상사, 1976.

Mitchell, J., 『여성의 지위』, 이형랑 · 김상희 옮김, 동녘, 1984.

Moi, T., 『성과 텍스트의 정치학』, 이명호 外 옮김, 한신문화사, 1994.

Morris, P., 『문학과 페미니즘』, 강희원 옮김, 문예출판사, 1997.

Oliver, K., 『크리스테바 읽기』, 박재열 옮김, 시와반시사, 1997.

Ramazanoglu, C., 『페미니즘 무엇이 문제인가』, 김정선 옮김, 문예출판
    사, 1997.

Ramazano lu, C. 外, 『푸코와 페미니즘』, 최영 外 옮김, 동문선, 1998.

Rich, A., 『더 이상 어머니는 없다』, 김인성 옮김, 평민사, 1995.

Sarsby, J., 『낭만적 사랑과 사회』, 박찬길 옮김, 민음사, 1985.

Schramke, J., 『현대소설의 이론』, 원당희·박병희 옮김, 문예출판사,
    1995.

Thorne, B., 『페미니즘의 시각에서 본 가족』, 권오주 外 옮김, 한울아카데
    미, 1994.

Tomson, P., 『그로테스크』, 김영무 옮김, 서울대학교출판부, 1986.

Tong, R. 『페미니즘 사상―종합적 접근』, 이소영 옮김, 한신문화사, 1995.

Walsh, M. R. ed, 『여성의 심리(上·下)』, 이순형 外 옮김, 양서원, 1995.

Weedon, C., 『포스트구조주의와 페미니즘』, 이화 영미문학회 옮김, 한신
    문화사, 1994.

Wright, E. ed, 『페미니즘과 정신분석학 사전』, 박찬부·정정호 옮김, 한신
    문화사, 1997.

Yaguello, M., 『언어와 여성』, 강주헌 옮김, 여성사, 1994.

Z raffa, M., 『소설과 사회』, 이동열 옮김, 문학과지성사, 1989.

Chodorow, N., *Reproduction Of Mothering*, University of California
    Press, 1978.

Felski, R., *Beyond Feminist Aesthetics―Feminist Literature and
    Social Change*, Harvard University Press Cambridge,
    Massachusetts, 1989.

이마무라 히토시, 『근대성의 구조』, 이수정 옮김, 민음사, 1999.

우에노 치즈코,『내셔널리즘과 젠더』, 이선이 옮김, 박종철출판사, 1999.

5. 외국 논문 및 대담

Althusser, L., 「이데올로기와 이데올로기적 국가장치」, 김동수 옮김,『아미엥에서의 주장』, 솔, 1993.

Anderson, P., 「근대성과 혁명」, 김영희 外 옮김,『창작과비평』1993년 여름호.

Bourdieu, P., 「남성지배」, 이봉지 옮김,『세계사상』1998년 여름호.

Butler, J., 「법과 권력이 생산한 주체―주디스 버틀러의 수행적 정체성」, 임옥희 옮김,『여/성이론』통권 제1호, 여성문화이론연구소, 1999.

_____, 「성차의 문제점과 페미니스트 이론, 그리고 정신분석적 담론」, 이은경 옮김,『세계사상』1998년 여름호.

Delphy, C., 「가부장제, 가내 생산양식: 젠더와 계급」, 이미연 옮김,『세계사상』1998년 여름호.

Featherstone, M., 「소비문화 속의 육체」, 김성호 옮김,『문화과학』1993년 가을호.

Felski, R., 「페미니즘, 포스트모더니즘 그리고 모더니티 비판」, 이소영·정정호 공편,『페미니즘과 포스트모더니즘』, 정연재 옮김, 한신문화사, 1992.

Foucault, M., 「계몽이란 무엇인가」, 김성기 편,『모더니티란 무엇인가』, 장은수 옮김, 민음사, 1994.

Freud, S., 「〈문명적〉 성도덕과 현대인의 신경병」, 『문명 속의 불만』, 김석
　　희 옮김, 열린책들, 1997.

_____, 「나르시시즘에 관한 시론」, 『무의식에 관하여』, 윤희기 옮김, 열
　　린책들, 1997.

_____, 「늑대인간―유아기 노이로제에 관하여」, 『늑대인간』, 김명희
　　옮김, 열린책들, 1996.

_____, 「두려운 낯설음」, 『창조적인 작가와 몽상』, 정장진 옮김, 열린책
　　들, 1996.

_____, 「성의 해부학적 차이에 따른 심리적 결과들」, 『성욕에 관한 세
　　편의 에세이』, 김정일 옮김, 열린책들, 1996.

_____, 「여성의 성욕」, 『성욕에 관한 세 편의 에세이』, 김정일 옮김, 열
　　린책들, 1996.

Habermas, J., 「근대성―미완의 과제」, 윤평중 옮김, 윤평중 著, 『푸코와
　　하버마스를 넘어서』, 교보문고, 1990.

_____, 「근대의 시간의식과 자기확신 욕구」, 김성기 편, 『모더니티란
　　무엇인가』, 서도식 옮김, 민음사, 1994.

Jehlen, M., 「젠더(성별)」, 이소영 옮김, 이소영 · 정정호 공편, 『페미니즘
　　과 포스트모더니즘』, 한신문화사, 1992.

Kristeva, J., 「여성의 시간」, 김성곤 옮김, 『현대문학비평론』, 한신문화사,
　　1994.

Osborne, P., 「사회역사적 범주로서의 모더니티 이해: 차별적 역사적 시
　　간의 변증법에 대한 각서」, 김경연 옮김, 『이론』 1993년 여름호.